I0604537

Il Mio Amante Scozzese

Romancing the Scot

Serie della famiglia Pennington

May McGoldrick

with

Jan Coffey

Book Duo Creative

Grazie per aver scelto *Il Mio Amante Scozzese*. Nel caso in cui apprezzassi questo libro, ti invitiamo a condividere le buone parole lasciando una recensione o a metterti in contatto con gli autori.

Il Mio Amante Scozzese (Romancing the Scot). Copyright © 2022 di Nikoo e James McGoldrick.

Traduzione Italiana © 2024 di Nikoo K. e James A. McGoldrick

Tutti i diritti riservati. Fatta eccezione per l'uso in una recensione, è vietata la riproduzione o l'utilizzo di quest'opera, in tutto o in parte, in qualsiasi forma, con qualsiasi mezzo elettronico, meccanico o di altro tipo, conosciuto o inventato in futuro, compresa la xerografia, la fotocopiatura e la registrazione, o in qualsiasi sistema di archiviazione o recupero di informazioni, senza il permesso scritto dell'editore: Book Duo Creative.

NESSUN ADDESTRAMENTO ALL'INTELLIGENZA ARTIFICIALE: Senza limitare in alcun modo i diritti esclusivi dell'autore [e dell'editore] ai sensi del diritto d'autore, è espressamente vietato qualsiasi utilizzo della presente pubblicazione per "addestrare" tecnologie di intelligenza artificiale generativa (AI) alla generazione di testi. L'autore si riserva tutti i diritti di concedere in licenza l'utilizzo della presente opera per l'addestramento di AI generativa e lo sviluppo di modelli linguistici di apprendimento automatico.

Copertina di Dar Albert, WickedSmartDesigns.com

ENJOY!

Niloo & Jim

May / Jane C

A Donna Boyko

Una buona amica, una fan da sempre,

e un'anima compassionevole

Capitolo Uno

Anversa
Maggio 1817

PER L'UCCELLO *che lotta per volare, il Signore trova un ramo basso.*

Quante volte quelle parole erano tornate in mente a Grace nei suoi ventotto di vita? Doveva essere vero. In quale altro modo avrebbe potuto vivere senza una madre o una casa permanente, o fratelli, o zie o zii o cugini? Non aveva mai avuto una vera e propria famiglia da chiamare "sua", al di là di quel padre che un tempo si ergeva alto e forte come una quercia. E ora anche lui stava appassendo rapidamente davanti ai suoi occhi.

"Al diavolo questa maledetta gamba".

Grace si fermò a fasciare la ferita e guardò Daniel Ware. I suoi occhi blu irlandesi erano velati di dolore. Erano passati due anni da quando era stato gravemente ferito mentre guidava il suo reggimento di dragoni contro gli inglesi a Waterloo, dove erano state sprecate tante vite innocenti. Lui era sopravvissuto, come decine di migliaia di persone. Ma la gamba del colonnello non era mai stata curata adeguatamente e la sua ferita aveva continuato ad aggravarsi. L'aveva combattuta - e ignorata - per molto tempo, ma durante il viaggio di ritorno dall'America, l'infezione aveva ricominciato a diffondersi. Il ginocchio e l'intera parte inferiore della gamba erano ormai gonfi e scoloriti.

"Dov'è la nostra dannata carrozza? Dobbiamo proseguire per Bruxelles. Non ho alcun desiderio di fermarmi qui".

"La carrozza sta arrivando con i bauli, dalla nave", gli assicurò, facendo cenno al valletto di somministrare a suo padre un'altra dose di laudano.

"Ci stiamo mettendo troppo tempo". Il colonnello cercò di alzarsi ma sprofondò nella sedia.

"Padre, devi stare fermo e lasciarmi finire". Grace si affrettò a legare la gamba.

Il viaggio dall'America era stato a dir poco estenuante, con mare mosso e frequenti scrosci di pioggia. La loro cabina - una delle sole venti presenti sulla nave - offriva un comfort di gran lunga superiore a quello della cabina di servizio, dove i viaggiatori più poveri si accalcavano nell'oscurità e nell'umidità. Ma suo padre aveva comunque sofferto molto. Era riuscito a lasciare la stanza solo una volta, trasportato sulla sedia da due domestici, fino al ponte. Grace si occupava di lui quando era sveglio, ma ogni volta che dormiva, lei scappava sul ponte. Lì, anche in caso di maltempo, trovava tregua e occasionalmente conversava con i compagni di viaggio.

"Questa medicina è troppo debole", si lamentò il colonnello. "Me ne serve di più".

Grace scosse la testa e fece cenno al cameriere di mettere via la bottiglia.

"Sai che il laudano richiede diversi minuti per fare effetto. Ti ho dato due cucchiaini ed è tutto quello che puoi prendere".

"Lo avrò, per Dio!", scattò.

"Non lo farai", rispose lei. "Non dubitare di me, padre. Devi dargli il tempo di funzionare".

Prima di preparare da sola l'intruglio di oppio e alcol a Filadelfia, Grace aveva letto tutti i trattati di medicina su cui era riuscita a mettere le mani. Aveva la capacità unica di ricordare ogni parola letta; poteva citare i dosaggi alla lettera. Sapeva quanto era forte la medicina e come usarla. E aveva messo nei loro bauli abbastanza flaconi da bastare fino all'arrivo a Bruxelles.

"Pensa a qualcos'altro", disse più dolcemente.

Grace sapeva che aveva molte cose di cui preoccuparsi, a parte la salute. Anche se Daniel Ware non ne parlava, stava portando un messaggio di Giuseppe Bonaparte a sua moglie, Julie, a Bruxelles. Da quando l'imperatore era stato imprigionato a Sant'Elena, suo fratello - l'ex re di Napoli e di Spagna - viveva in America sotto la protezione del conte di Survilliers. I messaggi andavano continuamente avanti e indietro tra coloro che erano ancora fedeli alla famiglia Bonaparte.

Si rivolse ferocemente verso di lei. "Allora, dov'è la maledetta carrozza?".

Lei gli sorrise di rimando. "Questo è il mio coraggioso padre".

I medici di Philadelphia non avevano dato alcuna speranza di guarigione. Le dissero che la gamba avrebbe dovuto essere amputata subito dopo Waterloo. Era l'unica cosa che avrebbe potuto salvargli la vita. Duro e ostinato, il colonnello non lo permise allora. E ora sapevano entrambi che era troppo tardi.

Mancava ancora mezza giornata di carrozza per raggiungere Bruxelles e Grace sapeva che per lui sarebbe stato un inferno. Tirò su la calza sopra il vestito. Toccò la fronte di suo padre. La sua pelle era umida e calda al tatto e il polso era troppo veloce. La febbre stava peggiorando da giorni. Aveva messo in dubbio la sua decisione di proseguire subito dopo l'arrivo in porto, ma lui era stato irremovibile. Temeva per lui che cercava di superare l'ultima tappa del viaggio..

Le si strinse il cuore, ma Grace si ostinò a respingere le lacrime. Non voleva perderlo. Non riusciva a immaginare la sua vita senza di lui. Ma non poteva pensare a sé stessa in questo momento. Doveva essere forte per lui.

Una mano instabile si allungò e lui le toccò una ciocca di capelli. "Anche in queste stanze squallide, i tuoi capelli brillano come l'oro", disse dolcemente. "Sei diventata così simile a tua madre".

Erano passati tanti anni da quando Janet Macpherson era morta. Grace non aveva alcun ricordo di lei. Ma negli ultimi mesi, mentre la ferita continuava a intaccare la vitalità di suo padre, lui parlava più spesso di lei.

"Tutte le nostre cose sono state trasportate dalla nave?". Le sue parole si facevano più impastate mentre il laudano iniziava a fare effetto. Lei ne fu felice. Non c'era motivo di farlo soffrire inutilmente.

"Me ne sono occupata".

"Certo", disse il colonnello. "Riesci a gestire tutto così bene. Saresti stata un ottimo ufficiale".

Prima della partenza, aveva programmato ogni fase del viaggio: dall'imballaggio delle sei casse all'assunzione di barcaioli a Bordentown per il viaggio lungo il fiume fino a Philadelphia, fino alla sistemazione della cabina per il passaggio in nave.

"Ricordi le mie indicazioni?", ringhiò a bassa voce. "Codice del Portogallo".

"Tu mi conosci, padre. I tuoi ordini sono impressi nella mia memoria".

Sotto l'effetto del laudano, la sua mente tornava a vagare ai giorni in cui aveva combattuto nella Penisola. Lei era una sua subordinata e lui insisteva perché conoscesse gli ordini.

Grace gli baciò la mano e fece un cenno al valletto, che stava aspettando di aiutare il padre a infilarsi gli stivali.

Al di sopra del frastuono che si levava dalle finestre aperte all'esterno, sentì le ruote di una carrozza avvicinarsi. Lanciò un'occhiata ai due domestici pronti a portare la sedia del colonnello in strada.

Andando alla finestra e guardando fuori, vide il veicolo che aveva noleggiato.

"C'è qualcosa che non va".

Accidenti, imprecò silenziosamente. Nessun bagaglio era stato fissato sopra la carrozza. Guardò il conducente. Era sicuramente lo stesso uomo con cui aveva organizzato il trasporto. Gli aveva detto di occuparsi delle loro casse mentre venivano scaricate dalla nave, ma lui non le aveva portate.

"Aspetta qui. Non farlo scendere ancora", disse al valletto prima di toccare la mano del padre. "Torno subito".

Grace si precipitò lungo il corridoio buio e tortuoso. Era inaccettabile. Voleva essere sulla strada per Bruxelles adesso, mentre il laudano rendeva il viaggio più facile per suo padre.

Scese la scala posteriore malconcia fino al vicolo odoroso e pieno di rifiuti che costeggiava la locanda. Non appena uscì dall'edificio, una banda di monelli abbandonò la sua sfida per una barricata di casse rotte e corse verso di lei.

"Salve, ragazzi", disse, prendendo un respiro per calmare la sua rabbia crescente.

Non importava se si trovava ad Anversa, a Napoli, a Madrid, a Parigi o a Filadelfia: questi bambini ricoperti di stracci esistevano ovunque. Tirò fuori dalla tasca una manciata di monete e le distribuì mentre si dirigeva velocemente verso l'ingresso della locanda.

I ragazzi si mossero con lei verso la fine del vicolo come uno sciame di api, ringraziandola a profusione. Quando raggiunse la carrozza e guardò all'interno, il conducente scese dal suo trespolo e la raggiunse.

"Che fine hanno fatto i nostri bauli? Ti avevo detto di portarli dalla nave".

"Ma mi è stato detto che dovevano venire nell'altra carrozza".

"Non ho noleggiato nessun'altra carrozza". Grace sentì il sangue pulsare nelle tempie. Non avevano bisogno di questa complicazione. Ora dovevano tornare al molo e trovare le loro cose. "Chi ti ha detto una cosa del genere?"

"L'altro signore". Il volto dell'autista si incupì. "Volete dire che non era dei vostri, signora? Ha detto che viaggiava con voi. Sembrava conoscerla. I suoi servitori hanno preso i bagagli".

"Ti ho dato indicazioni chiare. Invece di seguirle, hai dato i nostri bauli a uno sconosciuto".

"Mi dispiace molto, signora". Guardò impotente verso il molo.

Grace esaminò rapidamente le sue opzioni. Avrebbe mandato uno dei loro domestici a correre verso il molo. Forse questo "altro signore" si era già reso conto di aver commesso un errore e aveva restituito i bauli. Guardò le finestre della locanda, sapendo che era sperare troppo.

"Aspetta qui", ordinò.

Grace scese nel vicolo e prese le scale sul retro. La sua mente correva mentre si affrettava a percorrere il corridoio poco illuminato. Girando l'angolo vicino alle loro stanze, scivolò su qualcosa di bagnato e per poco non cadde. Si aggrappò al muro. Il valletto di suo padre giaceva immobile ai suoi piedi, con il sangue che gli si accumulava intorno.

La bile le salì in gola. L'orrore le bloccò le ginocchia. Rimase a guardare, stordita e agghiacciata, incapace di comprendere appieno ciò che era accaduto.

Dall'interno, sentì il suono soffocato di voci maschili. La paura per suo padre le scivolò come una lama tra le costole e le trafisse il cuore. Grace si costrinse a superare il valletto e guardò dentro.

Avevano viaggiato sotto falso nome, ma dopo tutto i guai li aspettavano qui ad Anversa.

Gli uomini stavano perlustrando la stanza. Le sedie erano rovesciate. Uno dei domestici giaceva disteso sul tavolo e l'altro era rotolato contro il muro. Fissò sbigottita davanti a sé, dove c'era il corpo di suo padre accasciato sulla sedia, con gli occhi azzurri che la fissavano senza vita.

La stanza si inclinò e iniziò a girare. Non riusciva a staccare gli occhi dal centro del vortice. Lui era morto. Suo padre era morto. Lo avevano ucciso. Ma non poteva essere.. Aveva parlato con lui solo pochi istanti prima, aveva toccato la sua mano, si era presa cura delle sue ferite. Il suo rifiuto si scontrava con la verità. La rabbia le ruggì in testa. Un desiderio feroce e impellente di attaccare e colpire quei maledetti la attraversava, anche se si rendeva conto del pericolo.. Era impotente di fronte a questi assassini e la frustrazione alimentava la sua furia.

L'ordine brusco di un uomo interruppe quel momento di sospensione. "Prendila".

Si erano accroti di lei. Grace si voltò e corse verso il corridoio. Prendendo le scale, inciampò in fondo e cadde nel vicolo. La stavano inseguendo, con il loro passo pesante che rimbombava sui gradini.

All'istante, i monelli di strada che si stavano battendo erano accanto a lei e la tiravano su.

"Nascondetemi", gridò ai ragazzi con gli occhi sbarrati.

Senza un'altra parola, le presero le mani e iniziarono a correre. Corsero attraverso un labirinto di vicoli e cantieri navali, tra edifici di pietra grigia e baracche di legno marcio. Grace era come un gingillo rubato nelle mani di quei ragazzini esperti. Poteva sentire i suoi inseguitori dietro di loro, che urlavano e imprecavano contro gli ostacoli che i ragazzi lanciavano, ogni volta che ne avevano la possibilità.

I ragazzi la tirarono a sé, facendola andare avanti mentre attraversavano ponti di legno traballanti e si addentravano nell'ombra sotto le arcate basse. Ben presto cominciò a stancarsi. Sentiva l'impotenza di un animale della foresta che corre a perdifiato davanti a un fuoco impetuoso. Tuttavia, continuarono ad andare avanti, con il suo giovane equipaggio che la chiamava e la incoraggiava. I vicoli puzzolenti e pieni di rifiuti si trasformarono in passaggi verso la libertà, se solo fosse riuscita a correre più velocemente.

Il fumo dei fuochi di cucina, le case abbandonate e il retro delle botteghe che incombevano su di lei da ogni lato divennero un arazzo acquoso di colori, forme e odori confusi. Da qualche parte ai margini della sua mente, Grace si chiese come fosse possibile che il suo cuore martellante continuasse a funzionare. La lama calda e frastagliata della perdita si era conficcata nel suo petto. Le lacrime le rigavano il viso. Lacrime per suo padre e per gli altri uomini che giacevano morti intorno a lui.

Ma lei continuò ad andare avanti, lottando per tenere il passo dei suoi valorosi aiutanti.

Mentre seguivano un muro diroccato lungo uno stretto canale, le grida alle loro spalle risuonavano più forti. Gli assassini li stavano quasi raggiungendo.

"Da questa parte".

Si affrettò con loro, salì una serie di scalini viscidi e si addentrò in un vicolo senza sole. Attraversarono una strada di ciotoli e uscirono su un lungo molo fiancheggiato da edifici. Mentre gli altri ragazzi correvano per allontanare i loro inseguitori, uno di loro la trascinò nel basso portone laterale di un magazzino.

Grace si guardò intorno. Il posto era pieno di barili e casse di tutte le dimensioni. Le assi erano accatastate lungo le pareti e un fuoco fumoso ardeva all'estremità della struttura simile a un fienile. Appena fuori da due grandi porte aperte, una folla rumorosa e chiassosa di uomini stava in piedi e fumava. Poteva vedere una nave legata al molo dietro di loro.

Il ragazzo indicò una grande cassa aperta su un carrello. "Nasconditi qui finché non se ne vanno".

Lui scostò un telo per rivelare un'enorme cassa. Senza esitare, salì e si sedette.

"Torno subito", mormorò, coprendola e facendo scivolare la copertura della cassa al suo posto.

"Grazie", sussurrò nella penombra.

Il suo sollievo durò poco. Passi di corsa passarono davanti al suo nascondiglio. Qualcuno chiamava e qualcun altro rispondeva. Due uomini si fermarono accanto alla sua cassa. Le voci erano soffocate.

"Cercate ovunque", disse il capo in inglese. "Non possiamo lasciarla scappare".

Grace trattenne il respiro, pregando che il ragazzo fosse fuggito.

Altre voci la raggiunsero. Sperava che fossero gli operai che stavano rientrando nel magazzino.

Quasi subito iniziarono i suoni di martelli e seghe. Le ruote del carro rotolavano pesantemente sul pavimento di pietra. In lontananza, uno schianto e delle imprecazioni. Un grido giunse da qualche parte sopra di lei e un altro rispose.

Il carretto sobbalzò quando qualcuno vi salì sopra.

Terrorizzata dall'idea di essere scoperta, Grace soffocò il suo grido di aiuto. Gli assassini sarebbero potuti essere ancora nelle vicinanze.

"Sigillalo".

La commozione provocata dal martello che inchiodava la parte superiore della cassa la stordì per un attimo. Poi la realtà della sua situazione la colse. Il pensiero di morire nella stiva di una nave in mare aperto doveva essere un destino ben peggiore che lottare per la sua vita qui all'aperto. Presa dal panico, si sforzò di spingere indietro il telo.

"Aspettate, sono qui. Aspettate!"

Capitolo Due

Baronsford
I Borders, Scozia
Cinque giorni dopo

"LA MIA PROPRIETÀ deve essere protetta, Greysteil, e per farlo mi avvalgo del mio attendente e del mio guardiacaccia".

Hugh Pennington, Visconte Greysteil, Lord Justice del Tribunale Commissariale di Edimburgo, fissava in silenzio la fila di blocchi da gioco in legno sulla sua scrivania, cercando di mantenere la calma. Il corpulento e spesso prepotente Conte di Nithsdale non gli stava facilitando il compito.

Hugh cercava raramente di risolvere le controversie legali nella tenuta di famiglia di Baronsford, ma quel giorno faceva eccezione. Non poteva permettere che un evidente torto si protraesse per quindici giorni prima che un tribunale di grado inferiore avesse la possibilità di esaminare il caso. Il pensiero di lasciare che un uomo innocente restasse un giorno in più nella prigione locale era troppo per lui.

Il Conte di Nithsdale, appena arrivato da Londra, si era recato immediatamente a Baronsford in risposta all'invito di Hugh e poi, seduto di fronte alla scrivania, aveva riempito i dieci minuti successivi con tutte le frottole che i suoi collaboratori gli avevano propinato. Proprio come avrebbe fatto in tribunale, Hugh ascoltò doverosamente.

Nei giardini recintati fuori dalle alte finestre del suo studio, una pioggia sporadica cadeva sui fiori della tarda primavera. All'estremità dei giardini, dove i prati si diradavano verso il lago, si era posata una nebbia che oscurava parzialmente gli alberi dei frutteti e il parco dei cervi.

"Quale messaggio invierei ai miei dipendenti e agli altri se non li sostenessi ora?". chiese Nithsdale.

Hugh rivolse lo sguardo al conte. "La questione si riduce a questo. A causa delle azioni del tuo guardiacaccia, sei responsabile del fatto che un uomo sia stato ingiustamente imprigionato per undici giorni".

"I . . . Io ... responsabile?" balbettò il conte.

"Il signor Darby stava dormendo sotto un albero vicino alla strada quando i vostri sottoposti lo hanno attaccato e portato dall'ufficiale giudiziario".

"Mi è stato detto che stava sconfinando".

"Gli era stata negata una stanza nella locanda del tuo stesso villaggio".

"Nessuno me ne ha parlato", rispose il conte, il cui tono rifletteva la sua sorpresa. "Mi è stato detto che stava cacciando di frodo".

"Secondo Darby, non aveva mangiato altro che del pane freddo che aveva con sé. Non c'è traccia di uccelli, pesci o cervi di frodo".

"Per la maggior parte dell'anno sono a Londra. Capisci che devo credere alla parola del mio guardiacaccia piuttosto che a quella di un vagabondo".

"Darby non è un vagabondo", disse brevemente Hugh. "Si trovava in questa zona per l'offerta di un posto di lavoro da parte del tuo vicino, Lennox. In questo momento ha in tasca una lettera di assunzione".

"Non so nulla di nessuna lettera". L'imbarazzo del conte traspariva dal suo volto arrossato.

"Darby ha mostrato la lettera all'ufficiale giudiziario mentre il guardiacaccia era ancora nella stanza".

Nithsdale si alzò e si diresse verso una finestra e Hugh aspettò. Il conte a volte poteva essere un idiota pomposo, ma non era cattivo.

"Quel maledetto guardiacaccia l'ha già fatto in passato", disse infine, tornando alla sua sedia. "Ha la mano pesante e raramente è schietto quando si tratta di dettagli".

"Cosa pensi di fare?" Chiese Hugh.

Nithsdale allargò le mani in segno di riconciliazione. "Sai bene quanto sia difficile trovare buoni lavoratori. Quest'uomo non è del massimo livello, te lo concedo, ma ha prestato servizio nel mio reggimento nella Penisola. Ha perso metà delle dita dei piedi a causa del gelo".

"Siamo tutti alle prese con la scarsa disponibilità di lavoratori". Hugh prese la penna e scrisse le istruzioni all'ufficiale giudiziario. "Ecco come risolveremo la situazione. Darby sarà rilasciato immediatamente. E tu lo compenserai con un mese del salario del guardiacaccia".

"Si arrabbierà".

Lo sguardo di Hugh fece rimangiare al conte la sua risposta.

"È giusto, suppongo", brontolò l'uomo.

"E in cambio, non farò arrestare il tuo guardiacaccia per percosse e detenzione abusiva. Lascio a te la scelta di come gestire il tuo uomo".

Nithsdale iniziò a dire qualcosa ma si fermò. La decisione era stata presa e nessuno in quella regione - a prescindere dalla sua posizione nella società, dalla sua istruzione, dalla sua influenza o dalla sua amicizia con la famiglia - avrebbe contestato il giudizio del Visconte Greysteil.

"Non è esattamente l'accoglienza che mi aspettavo al mio ritorno da Londra", disse ironicamente il conte, alzandosi in piedi.

"Forse una tranquilla giornata di pesca sul Tweed rimetterà tutto a posto".

"È un'idea geniale, Greysteil. La pesca sarebbe proprio l'ideale per lasciarsi alle spalle questi affari *e il* fastidioso trambusto di Londra. Ti va di unirti a me?".

"Grazie, ma no". Hugh si alzò e accompagnò il suo vicino alla porta. "Devo tornare a Edimburgo per qualche giorno".

Aprì la porta, ma prima che Nithsdale potesse uscire, apparve una donna dai capelli scuri.

"Lady Josephine". Nithsdale fece un passo indietro quando Jo entrò nello studio.

"M'Lord. Ho saputo che voi e Lady Nithsdale siete tornati da Londra. Spero che abbiate trovato piacevoli i divertimenti della stagione".

"Ad essere sincero, sono felice di essere tornato in Scozia. Ma è sempre un'impresa trascinare mia moglie lontano dalla vita mondana. Lei rimarrebbe fino alla fine, come sai".

"Beh, la contatterò, quindi sono sicura che ne sentirò parlare".

"Questo è certo". Il conte lanciò un'occhiata a Hugh. "Comunque, ho degli affari molto importanti da sbrigare giù al Tweed. Buona giornata a entrambi".

Con un inchino, il conte uscì e Hugh tornò alla sua scrivania. "Sarò da te tra un attimo, Jo".

Mentre sigillava la lettera per il rilascio di Darby, sua sorella si avvicinò alla finestra e guardò la pioggia. Hugh si diresse verso una porta laterale, chiamò uno dei suoi impiegati e gli consegnò l'ordine con indicazioni specifiche.

"Tutto questo perché il signor Darby è di origine africana, non è vero?".

"Purtroppo, nonostante la legge, il bigottismo è alla base di questo caso".

Hugh la raggiunse alla finestra. Molto prima di pensare di diventare un giudice, molto prima del periodo trascorso a Eton e Oxford e degli anni precedenti al servizio come ufficiale di cavalleria durante le Guerre Francesi, i valori personali relativi, ai diritti umani, che lui e i quattro fratelli Pennington avevano stabilito, erano ben saldi. Se non fosse stato lui a difendere gli uomini di razza diversa, chi lo avrebbe fatto?

"E vedo che hai ancora le tue spie nelle carceri locali", continuò Jo, con i suoi occhi scuri che danzavano con orgoglio. "Per assicurarti che la giustizia non venga infranta".

"Beh, non calpestata, perlomeno. E non solo nelle carceri locali".

"Chi ti ha riferito della disavventura del signor Darby?".

Hugh scosse la testa. Non divulgava mai le fonti delle sue informazioni, nemmeno alla sua famiglia. Notò che la pioggia macchiava il vestito di Jo e cambiò argomento.

"Sei tornato da due giorni dall'Hertfordshire e sei già irrequieta? Sei stata fuori a camminare con il tempo che fa?".

"Non una passeggiata. La mia supervisione è stata richiesta per una certa spedizione che è appena arrivata. Volevo assicurarmi che venisse consegnata nella vecchia stalla delle carrozze e non portata nella sala da ballo".

Hugh si avviò verso la porta. "Finalmente. Ho temuto follemente che andasse perduta".

"Mi fa piacere che tu ammetta che c'è di mezzo la follia". Jo si affrettò seguirlo. "Capisci che sono stata mandata qui con una dozzina di direttive per fermare questo tuo folle hobby".

"Questa non è una follia e non è un hobby", ricordò Hugh alla sorella. "Il volo in mongolfiera è uno sport. Una passione. È il futuro".

"Credo che gli abitanti di Bedlam usino la stessa terminologia per i loro interessi". Gli mise una mano sul braccio mentre camminavano. "Devi ammettere che c'è un elemento di rischio in questo tuo ultimo 'sport'".

"Hai detto la stessa cosa quando ho iniziato a praticare il pugilato".

"È vero, ma questo è peggio", affermò. "Guardare il tuo volto insanguinato e martoriato dopo ogni incontro e chiedersi quanto tempo ti ci vorrà per riprenderti, dopo tanti colpi a mani nude in testa, non è proprio la stessa cosa che pianificare il tuo funerale".

"Hai solo un anno in più. Questo non ti rende lamia custode".

"Custode, sorella... chiamami come vuoi", disse dolcemente mentre raggiungevano la porta del cortile. "Vorrei che mettessi fine a questo tuo desiderio di morte. Non voglio perderti".

"Volare mi ricorda che sono vivo, Jo". Premette la mano di sua sorella. "Ma per il tuo bene, prometto di essere attento alla mia sicurezza. E aspetta di vedere questo cesto. È stato costruito da uno dei migliori artigiani di Anversa".

La donna si accigliò mentre Hugh accettava un ombrello da uno dei camerieri e lo spingeva nella mano di Jo.

"Se ti succede qualcosa", brontolò, "i nostri genitori mi riterranno responsabile, ne sono certa".

I suoi occhi scuri riflettevano il suo disagio per il modo in cui lui sceglieva di trascorrere il suo tempo libero. Non poteva mentire, non a Jo. Non le avrebbe negato che sfidava il pericolo. Accoglieva con piacere il rischio di morte. Ed entrambi ne conoscevano il motivo. Erano passati otto anni e lui era ancora in lutto. Tra tutti i suoi fratelli, lei era quella che capiva meglio tutto quello che aveva passato. Il suo passato e il dolore che accompagnava la perdita delle persone che amava.

Ma Hugh non aveva un vero desiderio di morte, nonostante i passatempi pericolosi che amava. Con il combattimento, si perdeva nella velocità e nella fisicità dello sport. Il volo gli offriva un altro tipo di brivido. Librarsi in cielo gli permetteva di lasciarsi alle spalle la frenesia della vita quotidiana. Era una sensazione unica. E lontano dalla terra, gli veniva ricordata la sua insignificanza di fronte al maestoso splendore della natura.

"Ti darò una lettera che ti esonera da ogni responsabilità prima che io mi alzi di nuovo in volo. Oppure puoi venire a volare con me".

"Non credo", replicò lei. "Se l'uomo fosse destinato a volare...".

I due costeggiarono i giardini formali e scesero i gradini di pietra grigia verso le scuderie e le rimesse per le carrozze. Seguendo il sentiero di ghiaia, oltrepassato il canile, raggiunsero l'edificio che ora utilizzava come officina.

Tre anni fa aveva tolto tutto da li, ma cominciava a pensare di dover costruire uno spazio più grande per ospitare le sue attrezzature. Il pavimento in mattoni era quasi pieno di casse di tessuto di seta piegato, barili di olio di lino e barili più grandi di acido solforico e riempimenti metallici. Bobine di corda e di rete e il pallone di seta stesso pendevano dalle travi del soffitto.

In un angolo, una cesta gravemente danneggiata era appoggiata su blocchi di legno, vittima di un atterraggio brusco in una giornata di vento dello scorso autunno. Trascinato per mezzo miglio attraverso campi, muri e siepi, Hugh ne era uscito illeso, se non per qualche graffio e livido. Ma il cesto non se l'era cavata altrettanto bene. Si era rotto in modo irreparabile e, purtroppo, serviva da preoccupante promemoria per Jo e i loro genitori. Hugh si disse che doveva rimuoverlo.

Dopo aver esaminato la cassa alla ricerca di eventuali danni, recuperò una barra di ferro da un banco di lavoro. Jo era in piedi all'interno delle porte e osservava la cassa da una distanza di sicurezza.

"Avvicinati. Non morde".

"Scordatelo. Dall'odore di quella cosa, si potrebbe pensare che stai importando cadaveri. Hai anche iniziato a fare il Resurrezionista come hobby?".

Accarezzò la cassa con affetto. "Questa dolcezza è rimasta nelle viscere di una nave proveniente da Anversa. Sai che odore ha la stiva di una nave?".

"In realtà, non lo so". Si portò un fazzoletto al naso e si avvicinò. "Ma credo che tu abbia ragione quando parli di 'intestino'".

Hugh tolse il primo chiodo. "Beh, stai indietro, visto che sei diventata così schizzinosa. Anche se ricordo una versione più giovane di te che guidava il resto di noi attraverso paludi e acquitrini che non avevano un odore migliore".

"Certo! Ma se non ricordo male, avevamo rane e tartarughe e qualche drago da cacciare", rispose con un sorriso. "Molto bene. Aprila e vediamo questo tuo tesoro".

Per togliere la parte superiore gli ci volle solo un attimo. Gettandola di lato, tirò indietro il telo che copriva il cesto e poi fissò con curiosità gli stracci verde scuro appallottolati sul fondo.

Sporgendosi, l'entusiasmo di Hugh evaporò quando una terribile consapevolezza si fece strada. Non si trattava di un mucchio di vecchi vestiti. Una ciocca di capelli biondi. Una scarpa. Una mano. Il corpo di una donna morta giaceva raggomitolato nella gondola.

"Porca miseria".

"Cosa c'è?" Immediatamente Jo fu al suo fianco. "Buon Dio!"

Hugh salì e si accovacciò accanto al corpo. Le prese la mano. Era fredda al tatto. Il suo cuore affondò. La cassa era stata spedita da Anversa. Era rimasta intrappolata per così tanti giorni senza acqua, senza cibo, nel freddo e nell'umidità della stiva della nave. Non aveva idea di chi fosse questa donna o di come fosse arrivata lì.

Un pensiero lo colpì. Forse non è stato un atto involontario. Forse era stata uccisa e il suo corpo era stato gettato nella cassa.

Lo sgomento e l'allarme lo attanagliarono mentre scostava le ciocche opache dei capelli dorati. Era giovane. Le sollevò il mento. Il corpo non aveva la rigidità del post mortem. Fissò le sue labbra. Forse lo aveva immaginato, ma sembrava che si fossero mosse.

"Luminoso..." Il sussurro era un semplice fruscio di foglie nella brezza.

Le dita sussultarono e presero vita, stringendo la sua mano.

"Non è morta", disse a Jo, sollevato. "Manda a chiamare il dottore. Io la porterò a casa".

Sua sorella corse fuori, chiamando aiuto, e lui sollevò la donna. Lei emise un basso gemito. Le sue membra erano rimaste bloccate nella stessa posizione angusta per tanti giorni. Hugh la puntellò sul lato del cesto.

"Resta con me", la incoraggiò. "Parlami".

Tenendo la donna in posizione, si arrampicò sulla cesta e poi la sollevò delicatamente, cullandola tra le braccia. Non pesava quasi nulla.

Mentre uscivano sotto la pioggia, lui temette che lei stesse per morire. Lo sforzo di respirare le si leggeva in faccia. L'aveva visto sul campo di battaglia. L'ultimo sforzo prima della morte.

Iniziando a risalire il sentiero, inciampò, non rendendosi conto che le gonne della donna si stavano trascinando sul terreno. Barcollò ma si riprese prima che finissero a terra. La testa di lei si appoggiava al suo petto, il viso grigio e simile a una maschera. Sembrava che stesse scivolando via. Sarebbe stato un peccato se fosse sopravvissuta alla traversata solo per morire ora.

Una stilettata di rabbia trafisse il cervello di Hugh mentre ricordava un'altra triste giornata in cui aveva sollevato altri due corpi, avvolti in sudari funebri, da una cassa di legno.

"Parlami", ordinò. "Di' qualcosa".

Mentre saliva la collina verso la casa, un fulmine attraversò il cielo sopra Baronsford. Un tuono scosse la terra e il cielo si aprì, scatenando su di loro violenti torrenti di pioggia.

Sua moglie. Suo figlio. Hugh non era stato presente per loro. Erano morti mentre lui e l'esercito britannico venivano inseguiti dai francesi attraverso la Spagna. Aveva cercato di salvare le vite dei suoi uomini, senza sapere che le persone più preziose per lui stavano soffrendo.

"Sei sopravvissuta a una prova orribile. Dammi la possibilità di salvarti".

La donna si dimenava debolmente tra le braccia di Hugh e la sua testa si rovesciava all'indietro. Lui osservò le sue labbra che si aprivano, accogliendo l'umidità della pioggia che cadeva.

"Ci siamo quasi".

"Luminoso..." mormorò.

La guardò in faccia e vide che si stava sforzando di aprire gli occhi.

"Sì, più luminoso di quella cassa", disse, incoraggiato dal suo sforzo. Qualsiasi movimento, per quanto piccolo, gli dava speranza. "E tu eri lì dentro da chissà quanto tempo".

I suoi respiri erano poco profondi e l'affanno si placava. Nonostante ciò, cercava di parlare.

"Oh madre, addio per sempre...".

Una folata di vento da ovest si abbatté sul suo viso e le gocce di pioggia si trasformarono in spilli pungenti..

Adieu per sempre. Quelle parole scatenarono un altro ricordo. Il vento a Corunna soffiava sui loro volti quando le linee di fanteria francese aprirono il fuoco. Tanti giovani uomini che si erano battuti non avevano mai avuto la possibilità di tornare dalle loro madri, dalle loro mogli e dai loro figli.

"Ora sono sul mio letto di morte...".

I suoi mormorii si levarono come una preghiera. Quando aveva dimenticato come si prega? Durante la fredda e dura marcia dopo lo stallo di Astorga? Per quanti giorni aveva inviato preghiere verso il cielo, solo perché i cieli crudeli si erano dimostrati sordi alle sue implorazioni?

Un colpo di tosse le rimbombò nel petto e il cielo seguì il suo esempio. Un tuono rotolò attraverso i campi e li avvolse.

"Se fossi vissuto... Sarei stata coraggiosa..."

Le parole altezzose di una gioventù inesperta. E ciò che seguì per molti fu la morte. Morire al primo assalto, prima di poter dimostrare il proprio coraggio.

Una forte raffica li colpì con la pioggia e Hugh si fermò per un attimo, voltandosi per farle da scudo con il suo corpo.

"Il fatto che tu sia ancora viva è un miracolo. Sei una donna tenace", sussurrò. "E la tenacia richiede coraggio".

Un lampo e un immediato tuono fecero trasalire Hugh.

"Mi crolla... la mia testa giovane...".

Riprese la salita costante verso la casa. Erano completamente zuppi.

"Le nostre ossa si ammuffiscono...".

Stava parlando della guerra. Quella maledetta guerra. Le ossa si stavano ammuffendo nei campi e nei cimiteri di tutto il continente. Ogni uomo, donna e bambino da Mosca a Lisbona ne era stato colpito. Tutti.

"Su di noi crescono salici piangenti...".

Un boschetto di salici si trovava a Waterloo. Gli alberi, prima così graziosi, erano stati ridotti in schegge da una raffica di cannoni prussiani. Ricordava le grida dei soldati morenti tra i rottami.

"Vicino a..."

"Cosa c'è qui vicino?" chiese, concentrando la sua attenzione sulle sue deboli parole. Forse stava cercando di dirgli chi era o come era stata intrappolata.

"L'oceano che si gonfia..."

"Sì, hai attraversato il mare", lo incoraggiò. Fece un passo in un solco pieno di acqua fangosa, ma riuscì a tenersi in piedi. "Dimmi di più. Parlami".

"Una mattina..."

"Una mattina? Dimmi cosa è successo".

Sentì un rumore scendere alle sue spalle e si voltò per scorgere uno dei suoi stallieri che si dirigeva a rotta di collo verso il villaggio. Finalmente.

"Nel mese di giugno . . ."

"Siamo ancora a maggio, ma giugno sta arrivando", disse. Avrebbe detto qualsiasi cosa pur di farla continuare. Finché parlava, era viva.

"Mentre i canterini gorgheggianti piumati. . ."

I suoi occhi rimasero chiusi, ma Hugh riconobbe ciò che stava facendo. Stava portando alla luce ricordi sepolti da tempo. Raramente parlava della guerra. Cercava di non pensarci nemmeno, ma gli incubi rimanevano.

Lottava per rimanere nel presente e concentrarsi su di lei. Aveva bisogno di dare un senso a ciò che stava dicendo.

"Cosa stai cercando di dirmi?".

"Le loro affascinanti note". Era decisa a continuare, nonostante la difficoltà a respirare.

La sua voce si affievolì in un colpo di tosse nel profondo del petto. Quando si placò, gli occhi azzurri lo squadrarono. Lui guardò i capelli scuri di pioggia, gli zigomi alti e il naso dritto.

"Cosa c'è? Cosa stai cercando di dire?".

"Luminoso...".

Un altro fulmine lampeggiò in direzione del fiume e lui guardò la casa che si stagliava davanti a lui. Avevano quasi raggiunto l'ala est. Un cameriere apparve dietro una curva, correndo verso di loro e portando un ombrello.

"Dobbiamo sistemarti in un letto. Mia sorella ti procurerà le cure...".

"Il bel mazzo di rose, O."

La comprensione giunse con il conseguente fragore del tuono.

"Accidenti a me se non sembra una poesia. Non riesci nemmeno a respirare, ragazza, ma stai recitando una poesia".

Il suo mento si sollevò leggermente. Gli occhi cercarono ancora una volta di mettere a fuoco il viso di lui. Si sforzò di dire qualcosa sottovoce. Lui non riusciva a capire le parole. Quando lui scosse la testa, lei lo ripeté.

"Una ballata", sussurrò.

"Oh. Le mie scuse. Una ballata".

I suoi occhi si erano nuovamente chiusi. Lo aveva davvero corretto?

Una mezza dozzina di camerieri e cameriere li aspettavano davanti a una porta di servizio. Sua sorella li superò.

"La porto in braccio. Fate largo", ordinò Hugh, attraversando l'ingresso.

"Vai dritto per le scale", gli disse Jo.

Mrs. Henson, la governante, apparve in cima. "Abbiamo aperto la prima camera da letto, My Lord".

I servitori si affannavano intorno a loro, mentre altri correvano avanti.

La donna tossì - un suono terribilmente doloroso - e rantolò per prendere aria. Il timore che avesse ragione lo attraversò. Aveva usato tutte le sue forze per recitare una ballata del cavolo.

Un cameriere aprì una porta. Mentre Hugh la trasportava attraverso il salotto in una camera da letto, i domestici le tirarono indietro le coperte. La fece sdraiare sul letto.

Mentre Jo le asciugava delicatamente il viso, la giovane donna tossì di nuovo, cercò di respirare e le sue labbra si mossero.

"Il resto della ballata?" chiese. Avvicinò l'orecchio alle sue labbra. Emerse un suono debole.

"Dove . . . sono?"

Hugh si ritrasse e guardò gli occhi blu che cercavano di metterlo a fuoco.

"Scozia", disse. "Sei al sicuro".

Sollevò una mano, si mosse rigidamente e cercò di alzarsi. Ma le sue membra non avevano la forza e la sua testa affondò di nuovo sul cuscino.

Gli occhi cominciarono a chiudersi, ma lei riprese a sussurrare.

Fissò le sue labbra e si avvicinò.

"Rimandami indietro".

Capitolo Tre

GRACE NON AVEVA idea di quanto tempo avesse vagato nella nebbia. Non sapeva cosa ci fosse davanti a lei. Gli alti alberi che incombevano sulle loro teste oscuravano la luce. Il sottobosco intricato trascinava i suoi piedi incatenati. Occhi di predatori la fissavano dall'ombra. Troppo esausta per preoccuparsi, sprofondò a terra. L'odore della terra e del pino le riempì i sensi.

La confusione si impadronì di lei. Lo stomaco le si strinse mentre il mondo verde intorno a lei iniziava a girare. Le voci riecheggiavano da lontano. Intorno a lei, la foresta si dissolveva, come una tela dipinta. Non si trovava in una foresta, ma piuttosto in una camera da letto. Le parole divennero distinte.

"I suoi polmoni sono stati danneggiati, signore. Ma da quello che mi dite, c'era da aspettarselo".

Grace scrutò l'uomo seduto sul letto accanto a lei. Gli occhiali spessi erano posizionati su un letto di sopracciglia bianche e folte, in cima a un naso rosso e butterato. Il viso rubicondo portava le linee profondamente incise dell'età avanzata.

Cercò di respirare, ma non ci riuscì. Perché non hanno spostato il masso che era appoggiato sul suo petto?

Stava morendo. Era stata imprigionata in quella cesta. Sigillata viva in quella tomba di vimini e legno. Calata nella tomba della stiva di una nave. Le sue grida erano rimaste senza risposta, finché alla fine non aveva più voglia di gridare, non aveva più forza per combattere la disperazione e l'angoscia. I portelli erano sigillati, l'oscurità era completa e il tempo perse ogni significato. Non sapeva per quanti giorni o settimane fosse rimasta in quella cesta. La sete e la fame le lacerarono le viscere per un po', ma anche queste afflizioni scomparvero, per essere sostituite da un vago desiderio che arrivasse la fine.

Ma quella liberazione silenziosa era ancora lontana e i ricordi dolorosi del suo caro padre tornavano continuamente. Alla fine, per combattere la follia che era certa sarebbe arrivata, la sua mente evocò un altro mondo. Pagine di libri illuminarono l'oscurità. Linee di poesie e ballate apparvero davanti ai suoi occhi. Tutto ciò che aveva letto le tornava in mente.

Suo padre la chiamava "talento". Grace ricordava tutto: nomi, volti, numeri e molto altro. I suoi amici lo vedevano come un gioco. La mettevano alla prova e ridevano quando recitava capitoli di libri che aveva letto una sola volta. Era in grado di indicare la posizione di qualsiasi carta dopo aver visualizzato il mazzo per un solo istante. Alcuni che conoscevano il suo talento la definivano una stranezza. Una volta uno studioso francese aveva insistito per studiarla. Ma suo padre non glielo permise e lei gli fu grata per il suo intervento.

Su quella nave, chiusa in quella che pensava sarebbe stata la sua bara, Grace aveva iniziato a recitare ad alta voce le parole chiuse nella sua memoria. Riga dopo riga, poesia dopo poesia, ballata irlandese e francese, libro di testo e romanzo, ognuna di esse le ricordava che era ancora viva.

Ma alla fine la sua voce si fece più silenziosa, finché rimase solo il rumore del mare, lo scricchiolio del legno e il rumore dell'acqua sottostante. Infine, anche quei suoni scomparvero e il silenzio invase l'oscurità.

"Sarei molto negligente se vi offrissi parole di ottimismo", disse l'anziano. Il suo volto si spostò dalla visuale della donna. "Posso dissanguarla, mio signore, ma non so a cosa possa servire".

Niente sangue. Grace ne aveva visto troppo ad Anversa. La pozza nera intorno al valletto. La macchia rosso intenso sul petto di suo padre. Mentre era rinchiusa nella cassa, la sua mente era tornata a quei momenti. Sveglia o addormentata, non faceva differenza. Continuava a vedere i morti. Anche adesso gli occhi di Grace bruciavano, ma dubitava di avere ancora una lacrima da versare.

"No", rispose un altro uomo. "Non farò scorrere il suo sangue. Non è abbastanza forte".

Aveva già sentito quella voce. Lo stesso tono profondo e autoritario. L'uomo che l'aveva sollevata da quella tomba di vimini e portata in braccio sotto la pioggia. Aveva recitato per lui una ballata irlandese e lo aveva confuso con le sue parole.

Al sicuro, aveva detto con tranquillità, mettendola nel letto.

Se solo avesse saputo quanto si sbagliava.

Grace cercò di mettere a fuoco la macchia alta e dai capelli scuri che si librava in lontananza. Le spalle larghe avvolte in un cappotto nero dominavano la parete al di là. Riuscì a malapena a distinguere i suoi lineamenti, ma sentì la preoccupazione nel suo tono.

Cercò di respirare di nuovo e si dimenò. I colpi di tosse le avvolsero il corpo e un dolore lancinante le squarciò il petto. Dov'era la morte ora? Dov'era la sua liberazione? Non aveva sofferto abbastanza?

Quando gli spasmi si attenuarono un po', qualcuno le sollevò la testa dal cuscino e le versò una medicina amara tra le labbra. Grace soffocò e il suo corpo reagì violentemente. Ansimò invano per cercare aria e poi la stanza divenne ancora una volta nera intorno a lei.

Hugh aveva già visto abbastanza morti. Non voleva assistere nuovamente allo spettacolo.

Guardare questa donna che respirava affannosamente gli riportò alla mente i ricordi ossessionanti dei suoi cari, morti così lontano da casa. Stava mormorando i versi di una ballata. Non conosceva l'opera, ma sembrava l'addio di un soldato che muore sul campo di battaglia.

Oh madre, addio per sempre...
Ora sono sul mio letto di morte...
Se fossi vissuto sarei stato coraggioso...
Abbasso la mia testa giovanile...

Le nostre ossa si ammuffiscono...
I salici piangenti crescono su di noi...

Hugh lottò per reprimere, per la millesima volta, la sua amara rabbia nei confronti del tiranno francese e della sua sanguinosa guerra.

Fissò la donna, chiedendosi chi la stesse perdendo ora. Come la madre della poesia, chi la stava aspettando, angosciato da ciò che era stato di lei, senza sapere se fosse viva o morta?

Hugh non aveva saputo che sua moglie e suo figlio stavano soffrendo fino a quando non fu troppo tardi. Amelia aveva portato il loro prezioso bambino dall'altra parte del mare, in Spagna, senza avvisarlo. Mentre Hugh e la sua cavalleria leggera si facevano strada attraverso la Spagna, lei lo aspettava a Vigo. Mentre lui e i suoi uomini proteggevano il fianco dell'esercito britannico in quella terribile ritirata attraverso la neve e la pioggia gelata, Amelia e il suo bambino di tre anni stavano morendo di febbre da campo, straziati dal dolore, boccheggiando e aggrappandosi disperatamente alla vita. Ma fu inutile. Morirono lì, nel villaggio sul mare vicino a Corunna, senza nessuno che si prendesse cura di loro, senza una famiglia che li confortasse, nello squallore di quel luogo dimenticato da Dio, isolati dai soccorsi e colpiti dalla malattia.

E non era stato presente quando avevano avuto bisogno di lui.

Hugh maledisse di nuovo i francesi, come aveva fatto milioni di volte. Più tardi, nei campi di Francia e Belgio, li aveva fatti sanguinare per questo, anche se continuavano a fare a pezzi i suoi compagni intorno a lui. Tante volte si era gettato nella mischia più fitta della battaglia, senza curarsi di vivere o morire. Quante volte aveva desiderato di morire?

La donna si lasciò andare a un sonno agitato, o così gli parve. Se fosse morta ora, non avrebbe voluto vederla.

Hugh uscì dalla stanza e si fermò. Guardando lungo il corridoio le stanze di quell'ala, ormai inutilizzate da tempo, sentì il dolore che lo attraversava con la stessa ferocia del giorno in cui aveva saputo della morte di sua moglie e di suo figlio. Questa parte dell'ala est un tempo era stata per lui un luogo pieno di gioia.. Ora non più. Andava comunque lì, nonostante il dolore che gli procurava. Doveva farlo. Era tutto ciò che gli rimaneva di loro.

Si voltò verso la porta dove giaceva la donna, che lottava per respirare. Era una combattente, sicuramente. Ma non riusciva a capire come fosse finita in quella maledetta cassa.

Scese le scale e uscì in cortile. Stava ancora cadendo una leggera pioggia, anche se i lampi e i tuoni si erano già allontanati da tempo verso est.

Seguì il viale che scendeva oltre le scuderie fino alla rimessa delle carrozze ed entrò.

Fissando la cassa aperta, Hugh cercò di calcolare quanto tempo doveva essere rimasta intrappolata lì dentro. La cesta era stata spedita da Anversa. Qualcuno aveva inchiodato la cassa. Come era possibile che passasse inosservata, a meno che non si fosse nascosta lì dentro di proposito? Potrebbe essere stata drogata o stordita e nascosta nella cesta. Se così fosse, sarebbe stata lasciata lì dentro intenzionalmente per morire. O forse qualcun altro non era riuscito a intercettare la spedizione e l'aveva fatta uscire prima che lasciasse Anversa. Le possibilità erano numerose, ma nessuna di esse lo faceva sentire più tranquillo.

Hugh ispezionò la cassa. Non gli sembrò che ci fosse nulla di strano. Guardando cesta, pensò al tormento di essere confinati in uno spazio simile. Era incredibile che fosse sopravvissuta.

Qualcosa attirò la sua attenzione in fondo al cesto. Diverse monete. Si arrampicò, le raccolse e le tenne sotto la luce.

Monete americane.

Capitolo Quattro

Da oltre quarant'anni, la gestione di Baronsford era affidata alle abili mani di Walter Truscott. Cugino del padre di Hugh, Truscott era ampiamente rispettato perché la tenuta dei Pennington era un modello di cura ed efficienza in quell'angolo di Scozia.

Hugh si teneva al corrente di tutto, ma la sua posizione nella magistratura lo teneva occupato. Così Truscott supervisionava il lavoro dell'intendente e dei gestori della fattoria e prendeva tutte le decisioni operative, sia che la questione riguardasse la fattoria privata che i fittavoli. Nessun cottage veniva costruito o riparato senza la sua autorizzazione. Nessun capo di bestiame veniva acquistato o venduto e nessun campo veniva arato senza la sua autorizzazione. Nessun bracciante veniva assunto o licenziato senza la sua approvazione finale.

Era stato Truscott a suggerire di offrire un lavoro a Darby dopo che questi aveva erroneamente trascorso un periodo nella prigione locale. Dopo aver preso accordi con l'amministratore di Lennox, Walter aveva offerto al fabbro un posto di lavoro a Baronsford la mattina successiva al rilascio.

Al ritorno a Baronsford dopo due giorni a Edimburgo, Hugh scoprì che Darby aveva accettato l'offerta. In piedi davanti alla porta di una stalla, Truscott fece un gesto verso la vicina fucina.

"Gran lavoratore, intelligente e capace nel suo mestiere", gli disse Truscott. "Sarà una risorsa per noi".

"Non sbagli mai, Walter". Hugh consegnò il cavallo a uno degli stallieri. "

" La sistemazione per lui?".

"Me ne sono già occupato". ".

Le guerre francesi e la migrazione di molti lavoratori verso città come Edimburgo negli ultimi due decenni avevano ridotto il numero di contadini che lavoravano e coltivavano nei dintorni di Baronsford, così come la popolazione del Melrose Village. Un numero sempre maggiore di vagabondi irlandesi si era riversato nella zona, ma molti cottage erano rimasti vuoti.

"Ha anche chiesto qualche momento del tuo tempo", ha detto Truscott. "Dice che è importante che parli con te. Ho pensato che sarebbe stato meno intimidatorio per lui se tu avessi ascoltato ciò che aveva da dire qui fuori, piuttosto che nel tuo studio".

Hugh era impaziente di parlare con Jo della loro paziente misteriosa. Sperava che fosse ancora viva. Non aveva ricevuto alcuna notizia del contrario mentre si trovava a Edimburgo.

Pochi istanti non avrebbero fatto alcuna differenza. Lasciando Truscott alle spalle, si diresse verso le porte aperte della fucina. L'uomo alto stava lavorando accanto a un aiutante coperto di fuliggine.

"Voleva parlarmi, signor Darby?".

Vedendolo, il fabbro appese il grembiule di pelle e uscì. Hugh fece un cenno verso il canile e si spostarono verso l'edificio basso. Qualunque cosa avesse da dire, tanto valeva che l'uomo avesse un po' di privacy per farlo. Una dozzina di piccoli segugi attraversarono il recinto, scodinzolando.

"Prima di tutto, volevo ringraziarvi, signore". Il fabbro si tolse il berretto, stringendolo a due mani. "So che sarei ancora a marcire in quella prigione se non fosse stato per voi".

"Non c'è bisogno di ringraziarmi. Mi piace pensare che facciamo un buon lavoro nell'applicare la legge in questa regione. Ma quello che ti è successo è sbagliato".

"Questa è la mia vita, signore. Sono nato e cresciuto nell'East End di Londra. Un posto difficile", aggiunse. "Venendo a nord per questo lavoro, speravo in un cambiamento".

"Posso assicurarti che a Baronsford sarai trattato in modo equo e pagato in base al tuo valore. Il signor Truscott è un uomo giusto".

"A dire il vero, lo vedo già".

Il cappello continuava a girare nei suoi grandi pugni. Hugh aveva trascorso abbastanza anni sul banco degli imputati per capire quando un uomo stava accumulando il coraggio per dire qualcos'altro. Si sporse oltre la recinzione e accarezzò i cani.

"Vi sono grato per la vostra generosità, mio signore. Ho incontrato solo gentilezza da parte di tutti da quando sono arrivato ieri. Ma..." Fece una pausa, lo sguardo scrutò il terreno tra loro. "Non voglio portare problemi alla vostra porta. Siete stati gentili con me, quindi vorrei essere onesto con voi. Il vostro vicino che doveva assumermi non sapeva tutto di questa storia. Non sono un assassino o un ladro, ma ci sono persone che mi guardano dall'alto in basso".

"Sono a conoscenza del suo precedente arresto a Londra, signor Darby", disse Hugh, rivolto a lui. "Dopo i disordini di Spa Fields dello scorso dicembre, lei ha trascorso ventisei giorni in prigione prima di essere rilasciato. Non è stata formulata alcuna accusa nei suoi confronti".

Le rivolte dello scorso dicembre erano state il culmine di un decennio di malcontento per i prezzi elevati e le tasse dopo le guerre francesi. E i più poveri di Londra non furono gli unici a scendere in strada a manifestare. Con grande sorpresa di molti, un gran numero di aristocratici si unì alla cosiddetta "marmaglia".

"Lo sapete e mi avete accettato lo stesso?".

"Protestare contro il governo è un diritto antico". Non volle menzionare le leggi che il Parlamento emanò dopo quelle rivolte.

Il fabbro smise di maltrattare il suo berretto e tirò un respiro di sollievo.

"Abbiamo bisogno di artigiani qui", disse Hugh, cambiando argomento. "E il signor Truscott mi ha detto che sei un abile fabbro".

"Lavoro sodo, signore".

Ora davanti a lui c'era un uomo diverso. Un uomo libero dalle ombre del passato.

"Eccellente. In effetti, mi servirebbe il vostro aiuto per un mio progetto, se siete disposto a farlo".

"Sarei felice di aiutarvi, signore".

"Bene. Mi metterò d'accordo con il signor Truscott su quando potrete prestarmi i vostri servizi".

Hugh aveva bisogno di un metalmeccanico che lo aiutasse a costruire palloni aerostatici e non aveva dubbi che Truscott pensasse proprio a questo quando aveva assunto Darby.

Pochi istanti dopo, quando Hugh raggiunse la casa, Jo lo stava aspettando. Il suo saluto brusco e la sua espressione preoccupata indicavano che aveva bisogno della sua attenzione immediatamente.

"Biblioteca?" chiese.

"La biblioteca al piano inferiore andrà bene". Si rivolse a uno dei camerieri che si trovava lì vicino. "Per favore, chiedi a Mrs. Henson di mandare del tè per Sua Signoria".

Senza aspettarlo, si incamminò in quella direzione. Hugh si liberò del cappello e del mantello e la seguì.

Stava camminando avanti e indietro quando lui entrò. Jo aveva un temperamento generalmente calmo. Era una pacificatrice naturale, paziente nell'affrontare le seccature dei problemi più banali. L'unico momento in cui le sue emozioni emergevano era a causa della famiglia. Quando se ne presentava la necessità, diventava una leonessa che proteggeva il branco.

"Stai facendo un solco nel tappeto, Jo". Chiuse la porta alle sue spalle. "Cosa c'è?"

Si fermò, rivolta verso di lui. "Si tratta della nostra ospite".

"Lei? È morta?"

"No, è ancora viva, anche se continua a fluttuare dentro e fuori dalla coscienza. Il dottor Namby è stato qui a mezzogiorno. Dice ancora che ci sono poche speranze che sopravviva. È preoccupato anche per le infezioni perché è stata sottoposta per tanto tempo ai vapori nocivi della stiva della nave".

"È questo che ti preoccupa?".

Scosse la testa. "Sono stata con lei da quando l'abbiamo portata a casa. Anna è stata l'unica serva ad aiutarmi. Ci siamo prese cura di lei e dopo tre giorni stiamo entrambe bene".

Sapendo che sua sorella non avrebbe smesso di camminare finché non avesse detto quello che le passava per la testa, Hugh si sedette su un divano.

"Sei riuscito a trovare qualcosa su di lei mentre eri a Edimburgo?".

"Sono andato all'ufficio spedizioni di Leith e ho fatto qualche domanda discreta sulla gestione della cassa", le disse. "Nessuno aveva la minima idea che ci fosse un problema. Così ho mandato il mio impiegato, Aston MacKay, ad Anversa per scoprire tutto il possibile sulla donna americana scomparsa. Dovremmo avere sue notizie entro due settimane. Fino ad allora, spero ancora che la nostra ospite si risvegli e ci dica lei stessa come è finita in quella cassa. Nel frattempo, non voglio attirare ulteriori attenzioni su di lei mentre si sta riprendendo".

Essendo un giudice che conosce i lati oscuri della natura umana, Hugh era ben consapevole delle brutte esagerazioni e delle falsità che si sarebbero potute diffondere se la sua situazione fosse stata resa pubblica. Era malata e non aveva modo di proteggersi.

"Hai chiesto al dottor Namby di essere discreto?".

"L'ho fatto. E lui è d'accordo. Dovrebbe essere risparmiata da inutili emozioni". Jo riprese a camminare. "Sta parlando nel sonno".

Hugh sorrise tra sé e sé per la sua recita poetica e per la sua insistenza nel dire che si trattava di una ballata. "Ha rivelato qualcosa di utile?".

"Il suo modo di parlare è piuttosto raffinato. L'ho sentita mormorare o chiamare non solo in inglese, ma anche in tedesco, spagnolo e francese. Sembra che conosca bene quelle lingue. E le piace recitare poesie".

Lui stesso era un lettore assiduo, non tanto di poesie e romanzi, ma di riviste giuridiche e di tutto ciò che riguardava la storia e la scienza. Rispettava le donne che leggevano e, a quanto pareva, questa lo faceva.

"Quindi è ben istruita", commentò Hugh.

"E di buona famiglia, credo. La qualità del suo abito da viaggio la dice lunga sulla sua posizione". Jo continuò. "Ma non è tutto quello che ho appreso".

La domestica che portava il tè interruppe la loro conversazione. Dopo averla congedata, Jo versò una tazza per Hugh e si sedette accanto a lui.

"Che altro?" chiese.

Mise un sacchetto di velluto tra loro due sul divano.

"Che cos'è questo?"

"Potrebbe essere il motivo per cui qualcuno ce l'ha con lei".

"Se qualcuno l'ha inchiodata in quella cassa, è stato più che crudele. Stavano cercando di ucciderla. Cosa c'è lì dentro e dove l'hai trovato?".

"L'astuccio era cucito nel girovita imbottito del suo vestito. L'abbiamo trovato quando la signora Henson ha portato l'indumento a lavare".

Jo scosse una grossa pietra opaca nel suo palmo.

Un diamante. Non tagliato. Il più grande che avesse mai visto. Chi porta con sé qualcosa di così prezioso? Pensò Hugh.

Mise giù la tazza da tè. "Fammi vedere".

"Hai mai visto una gemma di queste dimensioni?".

"Pesante"commentò.

Si alzò e si avvicinò alla finestra, tenendola aperta alla luce del pomeriggio.

"Pensi che sia un diamante?" chiese.

Hugh appoggiò la pietra alla finestra e graffiò una piccola "X" sul vetro. Le condizioni in cui l'avevano trovata dovevano essere direttamente collegate a questo. Aveva giudicato crimini commessi per minuscole quantità di ricchezza.

"Sì, è un diamante. E credo che valga una fortuna".

"Lo pensavo anch'io", disse. "Era cucito in questa custodia e nascosto in molti strati di tessuto tanto che era impossibile, per chiunque guardasse il vestito, capire che era nascosto lì".

"Hai aperto l'astuccio?" chiese, con un tono più tagliente di quanto intendesse.

Jo arrossì. "Forse non avrei dovuto. Ma speravo che potesse dirci qualcosa sulla nostra ospite".

"Direi che è così".

La loro ospite parlava diverse lingue. Le monete indicavano un legame con l'America. Ora questo prezioso diamante. Tutti pezzi di un puzzle. Potrebbe essere una vittima, una ladra o un'ereditiera americana come le sorelle Caton. Tuttavia, non avrebbe giudicato e non sarebbe saltato a nessuna conclusione finché non avesse avuto tutti i fatti.

Hugh tornò da sua sorella e le mise in mano il diamante. "Dovresti mostrarglielo appena si sveglia. Se fosse mio, me ne preoccuperei parecchio".

"E pensi che questo possa essere il motivo per cui è stata chiusa nella cassa?". Chiese Jo. "Forse qualcuno cercava il gioiello. Ma sarà suo? O apparterrà a qualcun altro?".

"Non lo sapremo finché non riprenderà conoscenza. Per ora, tienila al sicuro". Hugh aveva tante domande, così come sua sorella. "Tutto ciò che possiamo fare è aspettare. Lei è l'unica che può darci delle risposte".

Capitolo Cinque

Il corpo di **Grace** era in fiamme.

Il sudore caldo le colava dalla fronte in rivoli roventi. Il calore saliva a ondate dall'interno, trafiggendo la sua pelle con il dolore acuto di mille aghi. La schiena, il cuoio capelluto e il petto bruciavano. Ogni centimetro di pelle le faceva male. Lottava per far entrare nei polmoni aria più fresca. Un peso la teneva ferma, rendendole impossibile respirare. Era confinata, con le braccia e i piedi intrappolati sotto un pesante sudario. Scalciò e spinse con tutte le sue forze fino a quando non cadde.

Rotolò e atterrò con un tonfo sulle mani e sulle ginocchia nell'oscurità.

Era in un posto strano. Le sue dita tracciarono timidamente la superficie di legno. Il panico la spingeva ad alzarsi e a correre, a fuggire, ma le sue membra erano troppo deboli per seguire le indicazioni.

Alla fine, con grande sforzo, Grace riuscì a spingersi in piedi. Aggrappata alla spalliera del letto, cercò di respirare e si guardò intorno confusa. Il suo petto era pesante e le faceva malissimo, ma aveva troppa paura di tossire, temendo di fare rumore.

Dove si trovava?

Nelle ombre profonde agli angoli della stanza, pericoli informi si agitavano e prendevano vita. Incapace di muoversi, la donna li guardò aggirarsi nell'oscurità, avanzando minacciosi sul pavimento di legno scintillante come una nebbia vivente. Si arricciarono intorno alle sue gambe, strattonando la camicia da notte bianca e luminosa che la copriva.

Il calore continuava a irradiare il suo corpo e ondate di terrore l'attraversavano, paralizzandola.

Qualcosa si mosse vicino a una finestra aperta e Grace fissò una figura massiccia. Ci volle un attimo prima che riconoscesse la forma. Una donna, seduta su una sedia, avvolta in una trapunta. La luce della luna metteva in risalto i suoi lineamenti, facendo sembrare i suoi occhi neri e infossati. La trapunta si alzava e si abbassava ritmicamente: stava dormendo.

Grace non l'aveva mai vista prima. Non era mai stata in questa stanza. Era una prigioniera?

Suo padre. Doveva raggiungerlo. Lui aveva bisogno di lei.

Le tremavano le gambe mentre si dirigeva verso la porta. Trovandola leggermente socchiusa, la aprì e scivolò fuori. Nessuna candela o lampada faceva luce nell'ampio corridoio, ma una finestra nella tromba delle scale la attirò verso di sé.

Questa non era la locanda in cui erano stati dopo... dopo... quando è successo? Dove? Immagini frammentate di una cabina di una nave le balenarono nel cervello. Ragazzi ricoperti di stracci che si affollavano intorno a lei. Un infinito fosso maleodorante che correva tra edifici diroccati.

Ma dov'era suo padre? La medicazione alla gamba doveva essere cambiata. Chi si stava occupando della sua cena?

La sua mente era incapace di terminare un pensiero. Aggrappandosi alla ringhiera con due mani, scese lentamente le scale. Un suono affannoso la bloccò finché non si rese conto che era il suo stesso respiro..

Il calore di pochi istanti prima si trasformò improvvisamente in un brivido. Seguendo la scala ricurva, spinse indietro i capelli sciolti dal viso e strinse la camicia da notte contro la pelle umida. La luce di una finestra più grande illuminava il piano sottostante a quadretti bianchi e neri. Tutto era tranquillo. Rabbrividì violentemente, ma si costrinse ad andare avanti. Suo padre stava sicuramente soffrendo. Aveva bisogno di lei.

Scese un altro gradino e la luce si fece improvvisamente più intensa mentre tutto intorno a lei si inclinava.

Grace gemette aprendo gli occhi. Il pavimento era fresco e liscio contro la sua guancia. Era sdraiata in fondo alle scale. Cercando di capire, si aggrappò al corrimano della scala e si mise in piedi. L'oscurità vorticava intorno a lei e lei si aggrappò finché la sua vista non tornò a fuoco. Dall'altra parte del pavimento, vide una linea di luce gialla alla base di un paio di porte.

Padre.

Le porte erano a circa un chilometro di distanza, ma lei doveva raggiungerle.

Costringendosi a rimanere in piedi, si mosse lentamente sul pavimento, contando i blocchi bianchi e neri mentre procedeva. Guardò davanti a sé. Mancavano trenta passi. Dieci. Cinque. Afferrò il pomello, spinse l'apertura ed entrò barcollando.

La stanza era illuminata da un'unica lampada dall'altra parte della stanza. Un uomo dai capelli scuri la fissava da dietro una scrivania, con un'espressione di stupore sul volto. Non c'era nessun altro nella stanza.

———

"Sei sveglia".

Ma lo era? si chiese Hugh, cercando di mantenere la voce calma mentre si alzava.

Era un fantasma, sottile e spettrale. I selvaggi riccioli biondi le scendevano a ondate fino alla vita. I piedi nudi spuntavano da sotto la vaporosa camicia da notte. I grandi occhi dominavano la simmetria classica del viso. Sbatteva le palpebre e lo scrutava, ma sembrava che non riuscisse a metterlo a fuoco. Tremava violentemente e il battito dei suoi denti era udibile dall'altra parte della stanza.

"Dov'è . . . dov'è il mio . . . ?"

Hugh pensò che stesse cercando Jo o Anna.

"Di sopra", disse, girando intorno alla scrivania. Indicò una sedia vicina. "Perché non ti siedi e io chiamo mia sorella?".

Scosse la testa e si girò per andarsene, ma si trovò di fronte alla parete di libri che costeggiava il muro. Si fermò, facendo scorrere momentaneamente le dita sui dorsi di pelle.

"Non li ho letti".

Questo non fu una sorpresa per Hugh. Dubitava che i volumi di commenti sulla legge inglese sarebbero stati una lettura interessante per lei. Ma non c'era motivo di parlarne, perché lei ondeggiò e lui la prese mentre iniziava a cadere. Le mise un braccio intorno alla vita per fermarla.

"Lasciami andare". Si dimenò debolmente. "Devo trovarlo".

"Chi devi trovare?" chiese.

Bruciava di febbre. Poteva sentirla attraverso la spessa camicia da notte. Da vicino, vide il tremito delle sue labbra, le macchie di rosso sulle sue guance. La febbre sembrava bruciarla dall'interno. Gli occhi blu del colore degli zaffiri facevano fatica a mettere a fuoco il suo sguardo.

"Dov'è?" chiese la donna, con la voce che ora era carica di panico.

"Dimmi il suo nome e forse potrò aiutarti".

"La sua medicina. La ferita. Devo occuparmene".

Lei lo spinse per liberarsi e lui la liberò. Pensò al gioiello che Jo gli aveva mostrato. Non avrebbe viaggiato da sola, portando con sé un tesoro delle dimensioni di quel diamante. Doveva esserci un compagno. Un marito, un padre, un fratello... o un pretendente.

Si allontanò di qualche passo e poi esitò. Si guardò alle spalle e allungò una mano verso di lui.

"Stanza . . . sta girando".

Hugh la raggiunse di nuovo e questa volta lei cadde tra le sue braccia, aggrappandosi alla sua camicia. Il suo viso si appoggiò al suo petto e lui respirò il suo profumo di rosa e lavanda.

Quando i suoi morbidi riccioli gli sfiorarono il mento, i suoi sensi si accesero di ricordi. Sua moglie, il modo in cui insisteva per essere tenuta in braccio durante i difficili giorni prima del suo ritorno al reggimento nella Penisola. La sensazione e l'odore dei suoi capelli. Il sapore salato delle lacrime che le aveva baciato sulla guancia. Quelli erano i loro ultimi momenti insieme.

Da allora si era chiesto tante volte se Amelia sapesse che la fine stava arrivando. Se lo sapeva, doveva immaginare che sarebbe stata la morte di lui e non la propria. Non quella di loro figlio. Ricordava anche la sua impazienza. Non riusciva a capire il suo panico, il suo dolore.

Se solo si potesse tornare indietro nel tempo.

"Blackstone".

Non aveva idea di cosa stesse parlando. Doveva conoscere qualcuno di nome Blackstone. Forse era il nome del suo compagno.

"È il nome della tua famiglia?"

"William Curry", disse lei, allontanandosi dal suo petto abbastanza da guardarlo negli occhi.

La consapevolezza si fece strada. Stava parlando di un volume che aveva appena visto sul suo scaffale. Voleva sorridere. Febbricitante, confusa, alla ricerca di qualcuno che aveva perso, la sua mente stava seguendo due strade. Aveva fatto la stessa cosa quando lui l'aveva portata in casa.

"Puoi leggerlo tranquillamente", le disse Hugh. "Ma prima dovrei riportarti a letto. Vado a chiamare Jo".

Si guardò intorno e il suo corpo si tese, riconoscendo ancora una volta di trovarsi in un luogo sconosciuto.

"No", protestò lei. "Devo andare. Trovarlo. Non può farcela".

"Non stai bene", disse a bassa voce, sostenendola e conducendola fuori dallo studio. "Non sei in condizioni di andare da nessuna parte".

Il dottor Namby sarebbe tornato a metà mattina, ma Hugh temeva che fosse troppo tardi. La febbre della donna avrebbe potuto ucciderla. Jo saprà cosa fare. E manderà subito qualcuno al villaggio.

"Dove mi trovo?"

Aveva fatto la stessa domanda il primo giorno. "Sei in Scozia. Baronsford".

La aiutò a fare qualche passo.

"Due volumi", disse. "*Sulle multe e sui recuperi*".

Si riferiva di nuovo ai libri sui suoi scaffali. Non era un esperto quando si trattava di afflizioni della mente, ma aveva visto soldati angosciati ritirarsi nel loro mondo e aggrapparsi a ciò in cui potevano trovare conforto.

"Li hai letti?" chiese lei.

Hugh sorrise. Se non l'avesse sentita come un attizzatoio bollente nelle sue mani, avrebbe giurato che stesse mettendo alla prova le sue qualifiche.

"Non lo so. Forse sì".

Lei alzò il viso vicino a quello di lui. "Chi sei?"

"Chi sono io, cioè perché non ricordo di aver letto quei libri? O chi sono, cioè chi è che ti sta accanto adesso?".

"Rispondi alla domanda, per favore".

Nel suo tono c'era una sicurezza che trascendeva la sua condizione attuale. Era abituata a ricevere risposte.

"Hugh Pennington", disse. "E come ti chiami?"

"Grace", sussurrò.

Sette giorni a Baronsford e finalmente aveva saputo il suo nome.

Considerando tutti i pericoli a cui era sopravvissuta, il nome le si addiceva. "Qual è il nome della tua famiglia, Grace?".

Il suo viso assunse un'espressione guardinga mentre guardava la buia tromba delle scale davanti a sé. Hugh sentì le sue spalle sottili tendersi e lei si fece forza, non volendo fare un altro passo.

"Non posso salire. Mi stanno inseguendo. Quegli uomini".

"Chi ti sta cercando?"

"Mi uccideranno". Si rannicchiò contro di lui, aggrappandosi alla sua camicia.

Era la febbre a parlare. Non sapeva dove si trovava. Un momento prima stava parlando dei libri sul suo scaffale, un momento dopo i suoi incubi stavano prendendo vita.

"Qui sei al sicuro", le assicurò. "Non permetterò a nessuno di farti del male".

"Al piano di sopra. In attesa. Li sento. Vogliono uccidermi". Guardò in alto, con gli occhi spalancati. "Corri, dobbiamo scappare".

L'improvvisa esplosione di forza fu sorprendente. Si liberò di scatto e si allontanò dai gradini.

Questa volta non fu abbastanza veloce. Lei cadde con forza sul pavimento.

Hugh si accovacciò al suo fianco. Lei trasalì per il dolore. Lui le scostò i capelli dal viso. La camicia da notte si era alzata. Mentre la tirava giù, le sue dita sfiorarono la curva delle caviglie. Dei passi rimbombarono in un corridoio e apparve un giovane cameriere con in mano un cero.

"Ho sentito delle voci, signore. Avete bisogno di...?"

"Di' al signor Simons di mandare un cavaliere al villaggio per il dottor Namby", ordinò mentre il ragazzo si avvicinava. "Ora."

Mentre il servo correva via, Hugh sollevò Grace tra le braccia e si avviò verso le scale. Lei bruciava e tremava allo stesso tempo. Si rannicchiò contro il suo petto.

"*Istituzioni di diritto penale di Beyne*".

"Lo so. Quarto scaffale", disse lui, avvicinandola. "Ti piacerebbe leggerlo".

Le dita di lei si mossero all'interno della scollatura della sua camicia, premendo contro la sua pelle calda. "Murray di Glendoch".

"Sì. *Atti e leggi del Parlamento*. Un'altra lettura accattivante", rispose lui, cercando di ignorare la carezza della mano di lei sul suo petto.

Le sue parole divennero mormorii incoerenti. Da quel poco che riuscì a decifrare, la donna stava recitando una pagina di una rivista medica.

Forse stava viaggiando con un medico. Forse era morto o ferito. Stava scappando da qualcuno. Ma chi? E chi era lei?

Conosceva il suo nome di battesimo. Era stata ad Anversa e aveva trovato delle monete americane nella cassa. Aveva una mente acuta e le piaceva la lettura. Ma tutto quello che sapevano era che era in possesso di un diamante di valore.

La luce apparve nel corridoio superiore. Anna lo raggiunse in cima alle scale e condusse Hugh nella camera da letto.

"Mi dispiace, signore". Alzò una candela. "Devo essermi appisolata. Ho aperto gli occhi e lei non c'era più".

Hugh portò dentro Grace.

"Non c'è niente di male", disse. "Lascia una candela. Vai a svegliare Lady Jo".

La donna fece come le era stato detto e corse via. Ombre tremolanti danzarono sulle pareti. Stese Grace delicatamente sul letto, tirando le coperte fino al mento. Le lacrime le luccicavano sulle guance.

Si sedette accanto a lei e le toccò la fronte. Troppo calda. Si chiese se l'avrebbero persa dopo una settimana di tentativi di guarirla. Forse avrebbe dovuto portare con sé un medico di Edimburgo.

"Sangue".

"Zitta, ragazza. È tutto un incubo". Gli piaceva molto di più quando lei ripeteva i titoli della sua libreria o recitava qualche poesia.

"Non posso lasciarlo. Ha bisogno di me. Devo tornare indietro". Un singhiozzo lacerante si trasformò in un colpo di tosse.

Guardò la porta, sentendosi impotente. Combattendo l'impulso di scappare, le sollevò la testa e le offrì Lei tranguggiò una sorsata, riuscendo di nuovo a respirare. Lui le asciugò le gocce che le aveva versato sul mento. Per un breve momento, si ritrovò a fissare le sue labbra screpolate e le lunghe ciglia scure che si aprivano sugli zigomi alti.

Hugh cercò di allontanarsi, ma lei gli afferrò la mano. Rotolando verso di lui, lo strinse contro la sua guancia.

"Nascondimi".

"Te l'ho detto. Qui sei al sicuro", disse. "Nessuno ti farà del male. Non lo permetterò".

Le rughe sulla fronte si fecero più profonde. Non lo stava ascoltando. Qualsiasi demone l'avesse perseguitata, era tornato. Lei strofinò la guancia contro il suo palmo e ciò che lui aveva cercato di ignorare nella tromba delle scale tornò a galla. Un'inaspettata sensazione di consapevolezza lo attraversò.

Negli otto anni trascorsi dalla morte di Amelia, Hugh non era stato un santo. In quanto vedovo, era considerato un bersaglio facile per chi era sul mercato dei matrimoni. Le famiglie mettevano le loro figlie sulla sua strada, pensando che si sarebbe sposato di nuovo. Si sbagliavano. Tuttavia, non era un monaco; era un uomo e sapeva dove trovare le donne nei momenti più bui. Ma al di là dell'oblio che il sesso gli procurava, i suoi ricordi e i suoi sensi di colpa rimanevano. Aveva anche avuto un'amante occasionale. Ma nessuna di quelle donne aveva mai visto l'interno di Baronsford. Questa casa apparteneva alla sua famiglia. Qui risiedevano i suoi ricordi di Amelia e del loro figlio. Qui, soffriva.

Ma ora, sentendo la guancia di lei contro la sua mano, ricordando il calore della sua carne attraverso la camicia da notte, Hugh sentì il suo corpo rispondere in un modo che lo sorprese.

"Non avrei dovuto lasciarlo".

Non doveva chiedersi se fosse sposata. Non aveva importanza, si disse.

I suoi occhi erano chiusi, ma la sua presa su di lui rimaneva salda. Lacrime fresche colarono sulla sua mano.

"Riportami da lui", supplicò.

"Riportarti da chi?" chiese.

"Da mio padre. Aiutami a trovarlo".

Al rumore dei passi, Hugh alzò lo sguardo. Jo si affrettò ad entrare con Anna alle calcagna. Tolse la mano dalla presa di Grace esi alzò in piedi.

"Sta bruciando. Ho già mandato a chiamare Namby".

Si allontanò dalla stanza mentre sua sorella prendeva il comando, ordinando ad Anna di prendere altri panni per asciugarsi e una brocca d'acqua fresca.

Scendendo i gradini, Hugh si accigliò, rendendosi conto che in realtà era stato contento quando lei aveva parlato di un padre e non di un marito.

Capitolo Sei

Per la prima volta, Grace aveva la testa libera. I suoi sensi erano acuti. La nebbia in cui aveva vagato era sparita. La sfocatura dei giorni e delle notti passate si era ritirata. La camicia da notte che le avevano messo addosso le si appiccicava alla pelle, ma lei non voleva scacciare le coperte.

Tenendo gli occhi chiusi, ascoltò le due donne che si muovevano nella camera da letto.

"Beh, almeno non ha la febbre stamattina", sussurrò Jo.

"Sta molto meglio, signora", rispose la cameriera con voce dolce. "Ma ha ancora molta strada da fare, direi".

Una tazza tintinnò. Una coperta fu scossa. Dei passi scricchiolarono sul pavimento.

"Dobbiamo rimetterla in forze. Anna, di' al cuoco di mandare su qualcosa d'altro, oltre al brodo, per Grace oggi. Magari del pane e della marmellata".

Conoscevano il suo nome. Aveva sentito Jo sussurrarlo come incoraggiamento ogni volta che le spingeva la medicina o l'acqua in gola. Doveva averglielo detto lei stessa. Si preoccupò di quanto altro avesse rivelato.

Grace si concentrò su tutto ciò che sapeva dei suoi ospiti. Si trovava in Scozia, in un luogo chiamato Baronsford. Da alcuni stralci di conversazione, immaginò che la tenuta si trovasse a circa un giorno di viaggio da Edimburgo. Il nome della famiglia era Pennington. Un nome inglese. Già solo questo bastava a tenerla in silenzio.

Un fruscio di gonne. Una finestra si aprì dall'altra parte della stanza. Una calda brezza mattutina le scivolò addosso come una carezza, portando con sé il profumo dell'inizio dell'estate. Grace non poteva fingere di dormire ancora a lungo. Ma prima doveva decidere quanto dire su chi era e su cosa era successo. Era molto probabile che la sua vita dipendesse da questo.

Non poteva dire loro che era la figlia di un colonnello irlandese che aveva combattuto a fianco dei francesi contro gli inglesi. O che il padre di sua madre era Macpherson di Benmore, un giacobita scozzese fuggito in Francia per evitare l'impiccagione. Il suo albero genealogico era pieno di traditori della Corona inglese. Le terre dei Macpherson e le loro ricchezze erano state sequestrate da tempo dal re. A parte questo, non sapeva nulla della sua famiglia, se esisteva ancora. Non aveva mai messo piede in Inghilterra o in Scozia.

Aveva tutte le ragioni per temere quello che avrebbero fatto i Pennington se avessero scoperto tutto questo. Avrebbero potuto incarcerarla per i cosiddetti crimini della sua famiglia? Avrebbero potuto considerarla una spia che aveva cercato di entrare nel paese in una cassa da trasporto.

Qui sei al sicuro.

Le sue parole erano state una frase lanciatale quando stava annegando in un mare di incubi. In quei momenti in cui non riusciva a distinguere il giorno dalla notte, quando non sapeva se si trovava lì da un giorno o da un mese, quelle parole le erano tornate in mente, calmando la sua mente tormentata.

Quella notte, quando si era ritrovata a vagare alla ricerca di suo padre, Hugh Pennington aveva cercato di alleviare le sue paure. *Qui sei al sicuro.*

Sicuro", ripeteva nella sua mente, sapendo di non potersi fidare.

Un passo più pesante entrò nella camera da letto e Grace riconobbe la voce dell'uomo che aveva sentito chiamare Dr. Namby.

"Ha dormito tutta la notte", disse Jo dopo averlo salutato. "Per la prima volta. Niente tosse, niente agitazione. E stamattina sembra che la febbre sia passata".

Quando le dita fresche del medico le toccarono la fronte, Grace non poté più nascondersi dietro la finzione del sonno. Aprì gli occhi.

Le cespugliose sopracciglia bianche si aggrottano sopra i suoi spessi occhiali e un ghigno rese più marcati i tratti del suo viso.

"*State* meglio, vero?" chiese, sollevandole il polso per controllare il battito.

Jo raggiunse il medico al capezzale. Le occhiaie testimoniavano la vigilanza che aveva mantenuto. Nei brevi momenti di veglia e relativa lucidità, Grace aveva colto l'occasione per studiarla. Con i suoi zigomi alti e arrotondati, i suoi occhi color cioccolato e i suoi capelli neri e lucenti, Jo era una donna straordinaria. Tuttavia le rughe intorno alla bocca e agli angoli degli occhi lasciavano intendere una vita non priva di dolore.

Era la sorella di Hugh. Non portava anelli. Una zitella?

Una donna che segue il suo cuore. Forse potevano avere quasi la stessa età. La priorità di Grace nella vita era sempre stata suo padre, senza mai pianificare un futuro per sé stessa. D'altra parte, poteva essere una vedova. Le guerre ne avevano prodotte molte in tutta Europa. In ogni caso, si chiese di chi si occupasse Jo adesso. Suo fratello, forse.

"Ritiro tutto quello che ho detto", disse il medico. "Sembra che la vostra paziente vivrà".

Jo posò la sua mano su quella di Grace, stringendola delicatamente. Quella semplice dimostrazione d'affetto le provocò un'ondata di emozioni. Era grata per tutto ciò che era stato fatto per lei. Odiava il fatto di dover mentire a qualcuno che era stato così gentile e attento.

Il medico e la padrona di casa fecero sedere Grace con delicatezza. Le toccò il petto, avvicinando l'orecchio per ascoltare il suo respiro. "L'affanno rimane, ma è giovane. Dovrebbe diminuire con il tempo".

Quando ebbe finito, Jo appoggiò dei cuscini dietro di lei. Anna entrò portando un vassoio e il viso rotondo dell'anziana donna si illuminò alla vista di Grace sveglia.

Il dottore si spostò dall'altra parte della stanza verso un tavolo che conteneva un assortimento di bottiglie e Jo prese posto al suo capezzale.

"Mi fa molto piacere vederti migliorare", disse. "Anche se siete qui da dieci giorni, non abbiamo avuto l'opportunità di presentarci. Io mi chiamo Jo, questa è la nostra cameriera Anna e il dottor Namby. Anche se forse non ve lo ricordate, avete già conosciuto mio fratello Hugh, il Visconte Greysteil. Siamo stati tutti molto preoccupati per voi".

Dieci giorni? Grace guardò i volti che, nonostante la malattia, aveva imparato a conoscere. Mancava l'uomo che l'aveva salvata dalla cassa e poi l'aveva portata di nuovo lì quando si era aggirata per la casa. Hugh Pennington. Il visconte Greysteil.

"Dovreste mangiare poco per un giorno o due", ordinò il medico, osservando il vassoio. "Vogliamo essere certi che riusciate a trattenere il cibo".

"Grazie", sussurrò Grace, incontrando lo sguardo di Jo.

Mani calde si posarono sulle sue.

"Ci sono stati alcuni momenti in questi giorni in cui ho avuto poche speranze che voirimaneste con noi", disse Jo.

"Non voi, signora", disse il dottore, tornando con una bottiglia marrone scuro e un cucchiaio. "Non avete mai perso la speranza".

Il Dr. Namby versò il liquido su un cucchiaio e si avvicinò. "Aprite".

Grace fece una smorfia di disgusto, ingoiando lo sciroppo amaro. Jo si sedette sul bordo del letto e fece cenno ad Anna di portare il vassoio.

"Stamattina vi daremo un po' di tè e pane, Grace".

Questo era il momento cruciale. Sicuramente sarebbero seguite delle domande. Avrebbe dovuto elaborare le sue risposte in modo da non sollevare il minimo sospetto. La sua unica via di salvezza consisteva nel raggiungere Bruxelles, dove lei e suo padre si erano recati prima. Ma prima doveva recuperare le forze.

"Grace?", rispose infine. "È questo il mio nome?".

La testa di Jo si voltò, alla ricerca del dottore. Namby stava già andando al capezzale. Si scambiarono uno sguardo.

"Permettetemi, signora".

Jo si alzò ma alle spalle del dottore. Grace si odiava per averlo fatto, per essersi comportata così dopo tutto quello che avevano fatto per lei. Ma non aveva scelta.

"Come vi chiamate, cara?" chiese pazientemente il vecchio.

Grace lo fissò per qualche respiro prima di lanciare un'occhiata a Jo. Anna rimase con gli occhi spalancati ai piedi del letto.

Alla fine riportò l'attenzione sul medico. "Non lo so. Ma mi avete chiamata Grace. È il mio nome?".

Cadde un silenzio pesante, l'unico suono era la brezza che spingeva le tende e un uccello che cinguettava da qualche parte fuori.

"Diteci cosa ricordate", insistette Namby. "Qualunque cosa? Qualche persona? Potete dirci dove vivete, forse?".

Fissò le facce attente, grata che nessuno potesse leggere la sua mente. Ma il solo sguardo di lui la intimoriva. La sua gola iniziò a stringersi mentre si preoccupava di mentire. Sarebbe stato sicuramente peggio per lei se l'avessero scoperta.

"Niente. Non ricordo nulla. Ma ditemi. Mi chiamo Grace? Cosa ci faccio qui? Aiutatemi".

Jo si sedette sul bordo del letto, parlando a bassa voce. "Come ho detto, siete qui da dieci giorni, ma tre notti fa mio fratello vi ha trovata a vagare al piano di sotto. Gli avete detto che vi chiamate Grace. Temevate che qualcuno ti stesse cercando".

Gli uomini che la inseguivano ad Anversa l'avevano seguita anche nei suoi sogni più febbrili. In quegli incubi, suo padre era ancora vivo, aveva ancora bisogno di lei. Ricordava vagamente di essere inciampata nella stanza dove Hugh Pennington sedeva dietro una scrivania. Grace non riusciva a ricordare cosa avesse detto o quanto avesse ammesso.

"Quando una persona lotta contro la febbre", disse il medico, "la mente risponde in modi che non comprendiamo".

"Vi ricordate di essere stata a bordo di una nave?". Jo le prese la mano. "Siete arrivata qui dentro una cassa. Veniva da Anversa. Ricordate qualcosa di tutto ciò?".

"Ricordo... l'oscurità". Grace rabbrividì. Allontanò la mano e tirò la coperta fino al mento. "Non riuscivo a uscire. Gridavo, ma nessuno mi sentiva. Mi sembrava di essere intrappolata in una bara. Non c'era luce né aria. Non c'era altro che l'odore fetido e terribile della morte".

Le emozioni la travolsero. Non stava recitando. Faticava a respirare. Aveva vissuto quell'orrore. La paura era reale. Aveva pregato per la morte.

"Calma, ora". Il medico fece cenno a Jo di darle da bere. "Dobbiamo andarci piano. Diamole tempo. Dopo quello che ha vissuto, non dovremmo sorprenderci".

Una tazza le fu portata alle labbra. Grace bevve un sorso, ringraziando. In tutta la sua vita, non aveva mai finto di essere qualcosa di diverso da ciò che era. Non poteva farlo.

Doveva scappare. Doveva raggiungere le persone che conosceva a Bruxelles. Ma come?

Dopo aver cavalcato fino al lago per ispezionare la vecchia diga, Hugh e Truscott tornarono a casa e consegnarono i loro cavalli agli stallieri davanti alla porta d'ingresso.

"Quindi sappiamo cosa deve essere fatto", disse Hugh. "La diga deve essere riparata prima delle piogge autunnali. Se cede, l'inondazione a valle distruggerà il mulino e il mugnaio con esso".

"In questo momento non possiamo prelevare uomini dalle fattorie per fare il lavoro", disse Truscott. "Non abbiamo braccia in più".

Hugh guardò oltre il bestiame e le pecore che pascolavano nei prati verso i campi che si estendevano in lontananza. I contadini avevano appena iniziato la fienagione e dovevano finirla se volevano che i raccolti di orzo e avena avvenissero nei tempi previsti. Se fossero rimasti indietro ora, i contadini avrebbero rischiato un inverno di stenti.

"Dovremo assumere dall'esterno", suggerì Truscott. "Ultimamente sono arrivati diversi lavoratori irlandesi in cerca di lavoro".

"È nel nostro interesse assumere uomini di cui non conosciamo il valore? E la provenienza?"

"I lavoratori scarseggiano ovunque in questo momento", rispose Truscott. "Gli irlandesi sono transitori, ma sono disponibili".

Bisognava fare qualcosa per la diminuzione della popolazione, pensò Hugh. Se non era il numero crescente di manifatture ad attirare gli uomini nelle città, era la gente delle fattorie che lasciava la Scozia dopo le maledette bonifiche. Gli scozzesi se ne andavano e gli irlandesi arrivavano.

"Fammici pensare", disse, voltandosi verso la porta d'ingresso.

La questione degli irlandesi in Scozia era una preoccupazione crescente per molti. A Glasgow, dove la maggior parte di loro sbarcava e cercava lavoro, i problemi con le autorità locali erano arrivati alle orecchie della popolazione e anche al banco degli imputati del suo tribunale.

Entrando nell'ampio atrio di Baronsford, Hugh si fermò e passò i guanti e il cappello al cameriere. Almeno qui, il luogo era pieno di lavoratori. Il personale domestico di Mrs. Henson era alacremente al lavoro e si affannava a entrare e uscire dai saloni e dalla grande sala da ballo. Erano iniziati i preparativi per il ballo annuale del mese prossimo.

La minuta governante lo notò e si affrettò a raggiungerlo. Con il suo viso schiacciato, i capelli rossicci e la sua costante energia nervosa, la signora Henson gli aveva sempre ricordato un'aquila di mare che Jo aveva trovato ferita in giardino quando erano bambini. Lei aveva curato l'uccello rosso e la creatura aveva vissuto una lunga vita svolazzando avanti e indietro dal letto alla sedia e all'armadio nella stanza di Jo. Lo vedeva ora, mentre saltellava lungo il braccio di sua sorella.

"Signore, Lady Jo la stava proprio cercando".

"Grazie, signora Henson. Ha idea di dove potrei trovarla?".

"Nella biblioteca al piano inferiore con il dottor Namby. Credo che sperasse di scambiare due parole prima di andarsene".

"Qualche cambiamento nella nostra ospite?" Chiese Hugh,

"So che si è svegliata", gli disse la governante. "Se posso chiedere, dopo aver consultato il dottor Namby, forse Vostra Signoria potrebbe prendere in considerazione l'idea di condividere qualche notizia sulla signorina. Il personale è piuttosto in ansia, devo dire".

Hugh capì la preoccupazione. Molti dei membri della servitù che lavoravano lì erano la seconda o la terza generazione a servire la famiglia e gli estranei in casa suscitavano sempre delle domande. Per alcuni, l'infame incidente che decenni prima aveva quasi ucciso il padre di Hugh era ancora un ricordo fresco. Si trattava di persone che tenevano a Baronsford. Avevano a cuore il suo benessere.

"Vedrò cosa ha da dire il dottore", disse. "E mi assicurerò di condividere tutte le informazioni possibili".

Dirigendosi verso la biblioteca, Hugh si rese conto di essere molto sollevato nel sentire che Grace si era svegliata. Si sentiva responsabile per lei. Era arrivata in una cassa indirizzata a lui ed era un'ospite sotto il suo tetto. Tuttavia, stava cercando di dimenticare l'ondata di protezione che aveva provato per lei l'altra notte quando si era aggrappata a lui, spaventata. E quell'altra sensazione che era meno comoda da ricordare, quel limite inferiore di consapevolezza. Era insolito, ma lei aveva già fatto colpo su di lui. Si chiese se fosse per il suo particolare interesse per i suoi libri di legge o per la recita di una ballata in punto di morte. O se il fatto di tenerla in braccio gli avesse riportato alla mente ricordi oscuri e riaperto vecchie ferite.

Percorrendo i corridoi, Hugh raggiunse la biblioteca. La porta era aperta ed entrò senza bussare. Aveva sempre trovato questa stanza una delle più confortevoli di Baronsford, ma ora non gli sembrava più così. Jo camminava e il dottore era seduto sul bordo di una sedia e guardava il suo orologio da tasca. La tensione era palpabile. Namby si alzò immediatamente quando Hugh entrò.

"Sono molto felice che tu sia venuto", disse Jo, illuminandosi. "Il dottor Namby ha altri pazienti da visitare. Ho cercato di convincerlo a rimanere per pranzo".

"E di nuovo, vi ringrazio, ma non posso". Il dottore si rivolse a Hugh. "Ho solo pochi istanti prima di dover andare, signore, ma sono rimasto per parlare con voi".

"E ora sono qui", rispose Hugh. "Cosa c'è?"

"Per cominciare, sono felice di annunciare che la febbre della giovane donna è scesa e che non corre alcun pericolo immediato. È sveglia ma estremamente debole. La sua giovinezza si rivelerà comunque un vantaggio. Credo che, se avrà il tempo di guarire, recupererà la sua salute".

Hugh ricordò il corpo floscio e privo di sensi che aveva trascinato fuori dalla cassa. Eraa malapena viva. E dopo averla riportata a letto l'altra sera, pensava ancora che non ce l'avrebbe fatta. Pensava che la febbre l'avrebbe portata via.

"E la sua memoria?" Chiese Jo.

"Cosa c'è?" Chiese Hugh, guardando dalla sorella al dottore. Dal momento in cui era entrato, aveva capito che qualcosa la preoccupava.

"Sembra che la vostra ospite stia reprimendo i ricordi del suo passato", disse Namby.

"Cosa ricorda?" Chiese Hugh.

"Niente di niente. Abbiamo fatto alcune semplici domande sul suo passato, ma la sua mente sembra essere una tabula rasa per quanto riguarda tutto ciò che ha preceduto il suo periodo nella cassa".

"Non conosce nemmeno il suo nome o la sua famiglia", ha aggiunto Jo. "Non ricorda né da dove viene né dove sta andando. Non ricorda nemmeno le poche cose che ti ha detto quando è entrata nel tuo studio".

"Niente sulla ricerca di un padre?" Chiese Hugh.

Jo scosse la testa.

"Non sono certo un esperto di disturbi della mente", disse Namby, guardando fisso Hugh. "Ma di recente ho letto di questo fenomeno. Succede occasionalmente nei soldati, mio signore".

"Grace non sarà un soldato, ma di certo ha affrontato un'ardua prova", disse Jo in difesa della loro ospite.

Il medico era d'accordo. "Infatti. La perdita di memoria a volte è il risultato di uno shock improvviso o di un colpo alla testa", spiegò. "Altre volte può verificarsi durante o dopo lunghi periodi di sofferenza. In questo caso, se a ciò si aggiunge il delirio che ha accompagnato i giorni di febbre prolungata, non mi sorprende un successivo disturbo mentale".

Il bisogno di dimenticare. Hugh l'aveva visto di persona. Uomini la cui mente aveva chiuso fuori gli orrori a cui avevano assistito in battaglia. Erano i più fortunati.

"Si riprenderà?" chiese.

"Forse. Col tempo". Il dottore lanciò un'occhiata all'orologio appoggiato alla parete. "Ma potrebbe essere un processo lento. Deve essere trattata con pazienza, cercando di farla ragionare con delicatezza. È molto probabile che inizi a ricordare dettagli importanti della sua vita - la famiglia, per esempio - e anche come è arrivata qui. Quando questo accadrà è un'altra questione".

Ascoltando il dottore, Hugh era più impaziente che mai di avere notizie dall'impiegato che aveva mandato ad Anversa. Sperava che MacKay trovasse qualcosa che spiegasse le condizioni di Grace. Forse se si fosse riunita ai suoi parenti, pensava, la sua memoria sarebbe tornata più rapidamente.

"Posso organizzarmi per farla portare nella mia casa in paese", propose il medico. "Come sapete, mia moglie è sempre alla ricerca di un 'progetto', come lo chiama lei. La vostra giovane donna sarà ben accudita. E i miei due apprendisti saranno più che felici di assisterla nella sua guarigione, ne sono certo".

"Grazie, signore, ma no. Possiamo tenerla qui", affermò Jo. Il suo sguardo volò verso Hugh. "Certo, se non hai obiezioni".

Quello che provava non aveva importanza, ricordò a sé stesso. Anche se era il padrone di Baronsford, nella sua mente la casa apparteneva alla famiglia. Questo era il luogo in cui tornavano per festeggiare, per piangere, per guarire e per riunirsi. Il tumulto dei ricordi suscitati in lui dalla presenza di Grace non poteva essere la priorità. Guardò Jo, la persona che ne avrebbe risentito maggiormente.

"Se è questo che vuoi".

"Grazie. Lo so", disse Jo rivolgendosi al medico. "La terremo qui a Baronsford finché non avrà recuperato le forze".

"Molto bene", disse Namby. "Allora tornerò tra qualche giorno, a meno che non abbia bisogno di me prima".

Prima di attraversare la casa e raggiungere il suo studio, Hugh ascoltò il dottore che dava istruzioni a Jo su cosa fare e cosa cercare mentre si occupava di Grace.

Namby aveva parlato dei "progetti" di sua moglie. Anche Jo ne aveva bisogno. Dividendo il suo tempo tra Baronsford, Melbury Hall nell'Hertfordshire e la casa a Londra, si dedicava alla famiglia. Ma per tutta la sua vita adulta si era tenuta occupata con cause che riteneva importanti, soprattutto dopo la disfatta del suo fidanzamento rotto quindici anni prima. L'ente di beneficenza della casa a torre che gestiva insieme alla moglie di Walter ne era un esempio.

Forse far rimanere Grace a Baronsford sarebbe stato un bene anche per Jo, per tutto il tempo di cui aveva bisogno per riprendersi.

Nel suo studio, Hugh trovò ad attenderlo la pila ordinata di documenti sulla sua scrivania. La sua segretaria era brava a stabilire le priorità delle cose che richiedevano la sua attenzione. Gli inviti per l'imminente ballo annuale dovevano essere spediti questa settimana e la lista degli invitati era in cima alla pila.

Prendendo in mano la lista, Hugh trattenne il suo fastidio, anche se sapeva quanto fosse importante il ballo per la famiglia e la comunità. Tuttavia, si accigliò per la gentile insistenza di sua madre affinché il suo nome fosse riportato sull'invito in qualità di ospite, piuttosto che come conte e contessa. Capiva la sua motivazione. Da quando era tornato dalla guerra, si era impegnata a tenerlo coinvolto e a fargli provare un senso di appartenenza a Baronsford.

Sospirò con rassegnazione. Il ballo era una tradizione di famiglia e lui avrebbe fatto ancora una volta ciò che doveva. Chiamò il suo uomo.

Il segretario apparve, con gli occhiali in mano. "Sì, signore?"

"La lista va bene. Invia gli inviti".

Mentre stava per consegnare il foglio, però, un nome sulla lista attirò la sua attenzione.

Melfort.

Fece una pausa, un lampo di collera gli scaldò il viso.

"Aspetta". Trafisse l'elenco con il dito. "Perché questo nome è incluso?".

Il giovane fissò il foglio in modo confuso. "Mi dispiace, signore. Sir John Melfort ha recentemente acquistato Highfield Hall. Lui e Lady Melfort sono attualmente residenti. Ho pensato che volesse includerli".

"Hai fatto un'ipotesi sbagliata", disse Hugh in modo brusco. Si calmò, rendendosi conto che il suo segretario non conosceva la storia tra i Pennington e i Melfort. "Toglili".

"Naturalmente. Immediatamente". Il giovane prese la lista, desideroso di fuggire dalla stanza.

Hugh lo chiamò mentre raggiungeva la porta. "Aspetta, mia sorella ha visto la lista degli invitati?".

"No, signore. Lady Jo è stata troppo impegnata. Ha chiesto che approviate voi gli inviti".

"Bene. Continua così. E non dirle nulla di tutto questo".

Jo non vedeva Wynne, il fratello di Melfort, da quindici anni e l'ultima cosa che Hugh voleva era ferirla riaprendo vecchie ferite.

No, i Melfort non saranno invitati a Baronsford. Non questo mese. Né mai.

Capitolo Sette

"SE FOSSI il piccolo Mosè che galleggia lungo il fiume in una cesta, non ci sarebbe posto migliore di questo per fare il bagno a riva. In effetti, una ragazza potrebbe fare di peggio che lasciare il suo bambino alla nostra porta".

Anna aprì un panno per asciugarsi e glielo porse. Grace scese dalla vasca che era stata allestita per lei nella camera da letto davanti al fuoco e la cameriera le drappeggiò l'asciugamano intorno alle spalle.

"Se fossi una donna pettegola, potrei raccontarti qualche storia", continuò Anna. "Ma mi limiterò a dire che se un corpo fosse nei guai e avesse bisogno di aiuto, Baronsford sarebbe il posto giusto per lui. Mi ricordo di una volta, circa dieci anni fa...".

Grace non aveva bisogno di incoraggiarla con domande. A quella donna paffuta e affabile piaceva parlare. I genitori di Anna erano stati entrambi in servizio qui ed era chiaro che, secondo lei, Baronsford era il paradiso in terra. Lei e la sua famiglia erano sempre stati trattati bene "come tutti quelli che appartengono a questo posto" e lei ne tesseva le lodi con orgoglio.

Tra le brocche di acqua calda che le venivano versate sulla testa, Grace aveva imparato la storia di tutti e cinque i fratelli Pennington. Le era stata raccontata anche la storia del conte e di sua moglie, Lord e

Lady Aytoun, che trascorrevano la maggior parte dell'anno nella loro tenuta di campagna nell'Hertfordshire e nella loro casa di città a Londra. Anche se non aveva mai visto nessuno dei due luoghi, Anna era certa che fossero le "case più grandiose al di là del Vallo di Adriano".

Ma la notizia più allarmante era arrivata dall'allegra rivelazione della cameriera che il figlio maggiore era il "giudice più rispettato della Scozia".

Un *giudice*. Grace rabbrividì, maledicendo la sua fortuna. Il Visconte Greysteil - l'uomo che si era presentato semplicemente come Hugh Pennington - non era solo un pari del regno inglese, ma anche Lord Justice della Corte Commissariale di Edimburgo.

Malchance! Di tutte le casse presenti in quel magazzino, perché doveva salire su quella destinata a un giudice britannico?

"È rispettato e temuto. E se ne parla molto, e se ne scrive anche", si rallegrò Anna. "La madre di Sua Signoria, Lady Aytoun, tiene un album in folio pieno zeppo di scritti sulle sue attività legali nella biblioteca al piano superiore. È pieno zeppo".

Qui in Scozia, si chiedeva Grace, una figlia sarebbe stata punita per il tradimento del padre o del nonno? Come patriota irlandese, Daniel Ware non aveva mai accettato di essere un suddito del re inglese e lei sarebbe andata nella tomba per difendere il suo nome.

Ma ora non voleva pensare a nulla di tutto ciò. Era sopravvissuta ad Anversa e alla traversata verso la Gran Bretagna. Nessuno la stava accusando di nulla. Non ne avevano motivo. Non aveva fatto nulla di male.

"Il fuoco è caldo e c'è una bella giornata fuori, ma sicuramente ti ammalerai di nuovo, stando in piedi così". Anna le stese intorno altri due asciugamani.

Il Dr. Namby era piuttosto progressista riguardo ai benefici dell'acqua calda e fredda nel trattamento delle febbri e Grace era stata lavata regolarmente con spugne imbevute di acqua profumata alla rosa e alla lavanda mentre giaceva malata nel suo letto. Tuttavia, aveva chiesto questo bagno. Aveva bisogno di immergersi, sperando di eliminare l'odore della nave che continuava a riempire i suoi sensi. Rabbrividendo di nuovo, anche se non per il freddo, strinse gli asciugamani intorno a sé e si sedette dritta su una sedia. Si chiese se si sarebbe mai ripresa veramente dall'incubo che aveva vissuto.

"Il bello, signora", continuò Anna allegramente mentre asciugava i capelli di Grace, "è che tra una quindicina di giorni avrà la possibilità di conoscere il resto dei Pennington. Visto che tutti invecchiano e vanno alla ricerca della propria strada, il Ballo d'Estate alla fine di giugno e l'Assemblea di Natale sono le uniche occasioni in cui possiamo essere sicuri che tutta la famiglia si riunisca a Baronsford".

Una quindicina di giorni? Grace pregò Dio di non essere ancora a Baronsford. Non voleva restare li un giorno in più del necessario. Una cosa era che Jo, Anna e il dottore le credessero, ma non poteva pensare di ingannare l'intera famiglia Pennington.

"Che giorno è, Anna?"

"Continuo a dimenticare che voi non ricordate nulla, signora", disse gentilmente la cameriera, girandosi verso di lei. "Oggi è sabato, il venti-quattro maggio. Il mese prossimo saranno due anni dalla caduta di quel piccolo tiranno francese".

Si chiese quanto sarebbe stata gentile questa donna se avesse saputo che Grace aveva lasciato solo due mesi fa la casa di Giuseppe Bonaparte, il fratello del "piccolo" tiranno.

24 maggio. Grace e suo padre avrebbero dovuto raggiungere la villa della regina Giulia fuori Bruxelles entro la metà di maggio. Avevano viaggiato sotto falso nome, ma suo padre trasportava la corrispondenza di Giuseppe a sua moglie. Ormai qualcuno conosceva le loro vere identità.

La scena sanguinosa da cui era scappata ad Anversa le tornò in mente. L'orrore era fresco ora come allora. La domanda su cosa fosse successo ai corpi di quei bravi uomini e se fosse stata data loro una degna sepoltura la tormentava. Per quanto volesse inviare una lettera a Bruxelles e parlarne alla Regina Giulia, sapeva che sarebbe stata inter-cettata prima di lasciare questa casa. Anche se fosse riuscita a trovare un modo per inviare un messaggio sicuro, non aveva modo di pagarlo.

Le venne in mente un pensiero. Aveva un po' di soldi nella tasca del suo vestito quando era ancora ad Anversa. Aveva regalato alcune monete ai suoi valorosi monelli di strada, ma le era rimasto un po' di denaro quando era salita sulla cassa. Tuttavia, anche se l'avesse trovato, dubitava che sarebbe stato sufficiente per spedire una lettera a Bruxelles.

"Credo che abbiate lasciato il letto troppo presto".

Grace sbatte le palpebre. Jo la stava guardando. Era stata troppo presa dai suoi pensieri per sentirla entrare.

"Per niente", rispose lei. "Sto molto meglio".

Grace si alzò per salutare la padrona di casa, ma la stanza si inclinò. Anna e Jo la presero per le braccia mentre stava per cadere.

"Un altro giorno di riposo a letto sarebbe saggio, credo", suggerì Jo.

"Grazie, ma non potrei sopportarlo", protestò Grace. "Ho bisogno di stare in piedi. Di respirare un po' d'aria fresca".

Doveva camminare, diventare più forte e prepararsi a lasciare quel posto.

"Avventuriamoci fino al salotto, allora", suggerì Jo, facendo cenno ad Anna di continuare a vestirla. "Le finestre sono aperte e soffia una piacevole brezza calda".

La biancheria intima e il bel vestito di mussola blu pallido si adagiarono su di lei, ma Grace era felice di essersi liberata della camicia da notte.

"Mi dispiace che il vostro vestito da viaggio si sia rovinato", spiegò Jo. "Questi vestiti appartengono alla mia sorella minore, Millie. È la più vicina alla vostra taglia".

"Sono grata di poter indossare di nuovo un vestito".

Prendendola per un braccio, Jo la condusse nella stanza adiacente.

"Siete più magra di Millie, ma farò venire la sarta questo pomeriggio. Modificheremo questo vestito per adattarlo potrete prendere le misure per altri abiti".

"Questo andrà bene. Non me ne servono altri", rispose Grace. "Non voglio abusare della gentilezza della vostra famiglia. Avete già fatto tanto per me".

"Sciocchezze. Noi facciamo così".

Nell'ampio salotto, un bel tappeto persiano ricopriva il pavimento. Diverse sedie imbottite erano state disposte con gusto intorno al camino. Un tavolo da scrittura era posizionato in modo da sfruttare la luce proveniente da una finestra. Le pareti erano adornate con carte dai colori vivaci che raffiguravano file di foglie e fiori e la mesola ospitava delicate statuette dipinte.

Grace respirò il profumo del fieno tagliato che entrava dalla finestra. Non ne aveva mai abbastanza. Dopo tutti i giorni passati in quella cassa, questo era il paradiso. Lo spasmo di tosse arrivò senza preavviso. Seduta su una panca imbottita, accettò con gratitudine una tazza che Anna le portò.

Grace sorseggiò la bevanda. Tè freddo e delicato con un sapore di miele. Le calmò la gola e la tosse si attenuò. Guardò malinconicamente le macchie di cielo azzurro fuori dall'alta finestra a battente.

"Non dovreste stancarvi troppo in fretta", ammonì Jo con dolcezza.

"Ho voglia di uscire".

Sentendosi più forte, Grace si alzò e si spostò verso la finestra aperta. Sotto di essa si estendeva un giardino recintato, un piacevole disegno di sentieri verdi, alberi da frutto e aiuole ben curate che risplendevano di rosso, viola e giallo. In lontananza, un ampio prato scendeva verso una foresta. Si intravedevano scorci di un fiume. Baronsford era sicuramente idilliaca.

Un cavaliere apparve in lontananza, galoppando attraverso il prato. Proseguì a destra verso la casa e si fermò accanto al muro del giardino sotto la finestra. Quando l'uomo scese dal suo scintillante stallone nero, lo sguardo di Grace si fissò sulla sua ampia schiena. I servitori accorsero e la loro risposta immediata le fece capire che doveva essere il visconte Greysteil.

Era molto più alto dello stalliere allampanato che gli aveva preso le redini del cavallo. Qualcosa nella sua corporatura, nel modo in cui la sua giacca nera gli calzava, lo faceva sembrare più grande della maggior parte degli uomini. I pantaloni scuri inguainano le gambe possenti e gli stivali da equitazione brillavano alla luce del sole. Togliendosi il cappello, si passò una mano tra i capelli lunghi del colore della notte.

Il vago ricordo che aveva di lui non l'aveva preparata al momento in cui si girò Zigomi alti e marcati. Una mascella forte e cesellata. L'intensità e la sicurezza erano scritte in ogni linea del suo viso, mentre si incamminaca verso la casa. Era un uomo pericolosamente bello.

Avvertendo di essere osservato, diresse lo sguardo alla finestra. Si fermò e lei rimase stordita dall'improvviso calore che la attraversava.

Per un attimo rimase imprigionata dal suo sguardo. Poi, tornando in sé, si allontanò dalla finestra.

Sua sorella era in piedi accanto al camino spento. Grace si sedette di nuovo sulla panca imbottita.

"Non posso immaginare che siate una persona che male spesso", disse Jo, prendendo posto accanto a lei.

Non lo era. Grace non aveva mai tempo per ammalarsi, soprattutto negli ultimi anni. Suo padre, sempre più malato, si affidava a lei ovunque andassero. Non era solo la figlia e l'infermiera del Colonnello Ware, ma anche la sua segretaria: organizzava i suoi viaggi, coordinava i suoi orari, gestiva la sua corrispondenza. In breve, faceva ciò che doveva essere fatto. Non poteva permettersi di ammalarsi.

"Vi ricordi di essere mai stata malata?".

Jo stava ovviamente cercando di suscitare qualche risposta riguardo al periodo precedente al suo viaggio da Anversa e Grace sapeva che sarebbe stata costantemente messa alla prova per tutto il tempo che sarebbe rimasta qui. Scosse la testa.

"Non sento alcun cambiamento in ciò che ricordo. Non so ancora chi sono o cosa ci faccio qui. Ho solo chiesto ad Anna che giorno fosse prima che arrivaste voi. Non ho idea del perché sono qui".

Questa era, in parte, la verità. Non sapeva davvero perché erano stati attaccati ad Anversa con una violenza così crudele.

"Il dottor Namby ha suggerito che vedere qualcosa del vostro passato potrebbe forse stimolare la vostra memoria".

Jo andò in camera da letto e tornò un attimo dopo portando con sé il vestito da viaggio verde intenso di Grace.

"Indossavate questo quando siete arrivata". Lo posò sulla panca. "La gonna e il corpetto sono rovinati, ma volevo che lo vedeste".

Quando scese di corsa alla carrozza della locanda del porto, Grace non aveva preso la pelliccia e il cappello coordinati, né i guanti o la reticella. Pensava che sarebbe tornata immediatamente nelle loro stanze per finire di prepararsi per l'ultima tappa del loro viaggio. Passò le dita sull'orlo strappato e macchiato della gonna.

"Non lo so. Sembra un vestito come un altro".

"Ma un bel vestito", puntualizzò Jo. "Guardate la qualità del taffetà.

La vita alta e imbottita e i ricami. Devono essere state impiegate molte ore per realizzarlo".

Era davvero un bel vestito da viaggio. Questo capo e gli abiti contenuti nei bauli perduti erano costati molto. Ma nei loro viaggi attraverso le corti d'Europa, era necessario che la Grace vestisse, agisse e parlasse in modo coerente con l'haut ton.

"Mi dispiace. Vorrei poter ricordare".

La delusione si leggeva sul volto di Jo che prese il vestito e lo appoggiò sullo schienale di una sedia.

"C'è dell'altro che voglio farvi vedere". Jo prese un reticolo di perline dal tavolo, tornò alla panca e si sedette. Tese diverse monete.

"Mio fratello ha trovato questi nel fondo della cesta".

Grace fissò le monete americane. Penny di rame e qualche mezza moneta. Le prese dalla mano di Jo, fingendo di studiarle.

"Sono americane. Forse ero lì", disse, cercando di sembrare speranzosa. "Ma forse appartengono a qualcun altro e in qualche modo sono cadute nella cassa".

Cercare di usare quei soldi per inviare una lettera a Bruxelles sarebbe stato inutile. Quante persone dei dintorni accetterebbero monete americane in una transazione? Il suo segreto sarebbe stato scoperto immediatamente. No, queste monete non le servivano a nulla. Scosse la testa e le restituì.

"Vorrei tanto ricordare".

"Dobbiamo avere fede che accadrà". Jo le accarezzò delicatamente la mano. "Dirò ad Anna di portare via il vestito se non ne avete più bisogno".

"Credo che ormai sia buono solo per gli stracci. È troppo rovinato per essere indossato da qualcuno".

"Allora siate gentile quando arriva la sarta", ordinò Jo bonariamente. "Mio fratello insiste che abbiate una scelta di vestiti mentre siete con noi".

Hugh Pennington. Grace si contorse al pensiero di dover passare del tempo in sua compagnia, ora che conosceva la sua professione. Cercò di non pensare a lui come all'uomo ferocemente bello che aveva appena visto fuori.

"Ma c'è di più", disse Jo. "La tasca segreta che abbiamo trovato nel vestito".

"Una tasca segreta?" Era il suo vestito e Grace sapeva che non c'era nulla di strano. Di certo, non c'era nessuna tasca segreta.

"Abbiamo trovato un sacchetto cucito nella cintura".

Grace aveva lavorato con la sarta. Aveva supervisionato lei stessa il disegno, scelto il tessuto e le rifiniture e ordinato gli accessori. Non c'era nulla di questo vestito che lei non conoscesse.

Incuriosita, guardò Jo che estraeva dal reticolo un astuccio di velluto nero. Non l'aveva mai vista prima.

Jo prese un grande gioiello dalla borsa di velluto.

"Questo è ciò che abbiamo trovato".

Grace fissò incredula un enorme diamante che Jo le mise sul palmo della mano.

La comprensione le procurò una fitta di angoscia e combatté le lacrime. Non aveva mai visto questa pietra, ma poteva immaginare cosa fosse. E ora sapeva perché suo padre era stato ucciso. Era questo che quegli uomini stavano cercando.

Stavano trasportando un pezzo del tesoro di Bonaparte. Questo diamante doveva appartenere all'immenso tesoro che Giuseppe Bonaparte aveva portato con sé in America. Suo padre doveva consegnarlo da Giuseppe a sua moglie, Julie, a Bruxelles.

Con Napoleone rinchiuso sull'isola di Sant'Elena, i cacciatori di tesori cercavano l'oro e i gioielli di Bonaparte, mentre i fedeli seguaci dell'imperatore si organizzavano per liberarlo ancora una volta. Una di queste fazioni era responsabile dell'omicidio di Daniel Ware. Perché suo padre non le aveva detto cosa stavano trasportando in segreto? Non aveva senso che glielo nascondesse quando le confidava molto di più.

Grace pensò a come avrebbe potuto pianificare diversamente il loro viaggio se lo avesse saputo. Avrebbero viaggiato con più uomini per proteggere questo tesoro. Sarebbe stata molto più cauta. E questo vestito. Aveva appena suggerito di buttarlo via per fare degli stracci; il diamante sarebbe stato perso per sempre.

Il sudore freddo le scendeva sulla schiena. Forse sarebbe stato meglio così. Considerando tutto ciò che aveva perso, avrebbe voluto che il gioiello non fosse mai stato scoperto.

Rendendosi conto di essere osservata, Grace emise un respiro frustrato. "Non l'ho mai visto prima. Non so dirvi quanto sia stupita".

"Non ne avete alcun ricordo?"

Lo fissò e scosse la testa. "Se era nel vestito, allora suppongo che sia mio. Ma non ricordo di averlo avuto".

Grace rimise il diamante nella mano di Jo.

"Potete tenerlo al sicuro per me?".

Le rughe della bocca di Jo si ammorbidirono. Il suo sguardo si addolcì e il suo volto mostrò lo stupore per la fiducia che Grace stava riponendo in lei.

"Possiamo chiuderlo nella cassaforte di mio fratello. È lì che è stato da quando l'abbiamo trovato".

"Grazie", disse lei.

Jo infilò il diamante nell'astuccio di velluto e lo rimise nel suo reticolo.

Grace si alzò e andò alla finestra aperta. Il visconte e il suo cavallo erano scomparsi e lei guardò le nuvole scure che si addensavano all'orizzonte.

Tutto era cambiato. Prima della scoperta di questo diamante, era semplicemente la figlia di un cosiddetto traditore. Ora era una cospiratrice. Portando con sé questo gioiello, era diventata un agente al servizio di Napoleone e della sua famiglia e non c'era modo di convincere queste persone del contrario.

Capitolo Otto

HUGH SI ALLONTANÒ e si asciugò il sudore dal viso con il dorso della mano. Stava facendo progressi nella stalla delle carrozze, ma il sole del pomeriggio stava attraversando il cielo troppo velocemente.

"Allora, cosa ne pensi?" chiese al gatto grigio tigrato che lo osservava dal suo trespolo in cima a un barile vicino alla porta.

Facendo un respiro profondo, Hugh si rimise al lavoro. Truscott aveva promesso di mettere Darby a sua disposizione due pomeriggi a settimana e domani sarebbe stato il loro primo giorno insieme. Hugh voleva che tutto fosse in ordine per poter iniziare a lavorare.

Nonostante gli sforzi, il fienile era stato svuotato solo per metà. Quello che rimaneva era ancora un groviglio caotico di barili, corde, reti e carrucole. Ci sono cose che non aveva voluto rimuovere. Il paracadute inutilizzabile appeso alla parete di fondo. Il vecchio pallone da mongolfiera di seta appesa alle travi. La lunga cassa contenente il nuovo pallone, verniciato e pronta per essere gonfiato. La nuova cesta.

Hugh trascinò una bobina di corda da un angolo, sollevando una nuvola di polvere e facendo scappare una manciata di topi in ogni direzione. Lanciò un'occhiata sdegnosa al gatto, che si stava leccando le zampe e ignorava la situazione.

Dopo essersi rimboccato le maniche della camicia, Hugh si tolse la polvere dai pantaloni e tirò fuori un rotolo di rete. Era sempre felice quando era impegnato in un lavoro fisico. Truscott e Simons non mancavano mai di guardarlo con sospetto quando rifiutava le loro offerte di mandargli un ragazzo dalle stalle o dalle cucine per aiutarlo a spostare le cose. E non si trattava solo dello sforzo fisico. Hugh riusciva a pensare al meglio quando era attivo.

A dire il vero, aveva molte cose per la testa. Cause e sentenze. Al momento stava decidendo un caso riguardante la legittimità di due figlie e il loro diritto a succedere all'eredità di un coetaneo. Poi c'era la questione imminente che riguardava una madre sorda accusata di aver annegato il proprio bambino nel Clyde. Il caso stava languendo nei tribunali inferiori da quasi sei mesi. Hugh avrebbe ascoltato le argomentazioni nella sua aula nella sessione autunnale.

Al di fuori del suo lavoro in magistratura, doveva decidere sulla questione della riparazione della diga. Truscott aveva bisogno di una risposta sull'assunzione di vagabondi irlandesi. Non che avessero molta scelta. La diga doveva essere riparata prima che le piogge autunnali la mettessero ulteriormente sotto pressione.

Anche l'imminente arrivo della sua famiglia gli teneva la mente occupata. Si stavano preparando al meglio per il loro arrivo, ma lui voleva che tutto fosse perfetto.

Inevitabilmente, l'immagine a cui aveva cercato di non pensare gli balenò nella mente. Grace, che lo guardava dal piano superiore dell'ala est quando ieri era salito a cavallo verso la casa. Quel momento lo aveva spaventato. Incapace di distogliere lo sguardo, Hugh rimase immobile come uno scolaretto, osservando le ciocche d'oro sciolte che le si asciugavano intorno alle spalle. Sapeva che gli occhi fissi su di lui erano blu zaffiro. Le sue labbra lo affascinavano e la sua voce aveva una ricca profondità che gli scivolava addosso come seta. E poi c'erano le cose che diceva. Anche in uno stato febbrile, lo incuriosiva.

Quando si era allontanata dalla sua vista e il pensiero razionale era tornato, era stato felice di vedere che stava abbastanza bene da stare vicino alla finestra. Il suo corpo si stava riprendendo, anche se la sua mente non lo faceva. Jo gli aveva raccontato della totale assenza di reazione di Grace alla vista del vestito, delle monete e del gioiello. E la loro ospite non aveva più parlato di suo padre.

Grace potrebbe non ricordarsi di lui, ma Hugh immaginava che un uomo molto sconvolto stesse in questo momento setacciando le locande e i magazzini del porto di Anversa.

"Non credo che tu sia abbastanza presentabile per una presentazione".

Sentendo la voce di Jo, Hugh si girò. Vedere Grace in piedi con lei sulla soglia della porta gli provocò la stessa ondata di piacere inaspettato, proprio come Il giorno prima.

Era più alta di sua sorella di una mano e abbastanza magra da poter volare via con una leggera brezza. Una cuffietta di lino tratteneva a malapena i capelli biondi intrecciati e appuntati. Indossava una giacca spencer blu scuro su un vestito bianco e lui cercò di scacciare dalla sua mente l'immagine di lei in camicia da notte nel suo studio. La luce del sole alle sue spalle la metteva in risalto, rendendo difficoltoso vedere bene il viso.

"Forse dovremmo tornare più tardi", disse Jo, rompendo il silenzio.

"Presentazioni?" ripeté, mantenendo lo sguardo su Grace. "Questo è un momento come un altro. Dammi un momento".

Hugh si rimboccò le maniche e recuperò il cappotto da una gruccia. Lei stava osservando ogni sua mossa.

Le presentazioni non erano necessarie, ma Jo fece le dovute premesse per amore della forma. Non cercando di nascondere la sua ammirazione di sorella, gli snocciolò il suo titolo, le sue onorificenze militari e la sua posizione nella Corte di Commissariato come un imbonitore in uno spettacolo itinerante. Lui si aspettava quasi che lei includesse "donna barbuta" nella sua lista di riconoscimenti.

Nel corso della lunga presentazione, Hugh notò che lo sguardo della loro ospite si dirigeva furtivamente verso il contenuto della carrozza. Evidentemente non era impressionata quanto Jo dalle sue credenziali.

"Signorina Grace", disse quando sua sorella ebbe finito.

"Lord Greysteil".

Lui si inchinò e, mentre lei faceva l'inchino, notò un rossore colorarle le guance.

"Dato che non conosciamo il suo cognome, spero che riferirmi a voi come 'signorina Grace' non sia inappropriato".

"Andrà benissimo, signore".

"Sono felice di vedervi in piedi. Immagino che vi sentiate meglio".

"È vero. Tutti sono stati così attenti e gentili. Non potevo non migliorare".

Vedendola ora, non notò solo il miglioramento della sua salute. Il suo sguardo era diretto, il suo modo di fare era fermo e sicuro. Il suo viso aveva un'aria seria; non era solita sorridere senza motivo. Anche se Hugh sapeva che molte donne lo usavano come arma per affascinare un nuovo conoscente, Grace non era una di loro.

"E vi sentite abbastanza bene da permettere a mia sorella di trascinarvi fuori per una passeggiata, vedo".

"Grace ha insistito per prendere una boccata d'aria fresca", spiegò Jo. "Ho pensato che potremmo andare in direzione delle scogliere che si affacciano sul fiume. Non vogliamo allontanarci troppo per non affaticarla".

Hugh lanciò un'occhiata alla confusione che lo circondava. Se si fosse unito a loro, l'ambiente sarebbe rimasto in disordine.

"Ma prima di iniziare", continuò Jo, "saresti così gentile da intrattenere Grace per qualche istante mentre parlo con uno degli stallieri dei cavalli per domani?".

"Voi cavalcate?" chiese a Grace.

"Vostra sorella ha proposto la gita. Lo scopriremo domani", rispose. "E prometto di essere prudente. Non voglio ossa rotte che potrebbero peggiorare la mia condizione o allungare la mia permanenza a Baronsford".

"Dirò ai ragazzi di scegliere la cavalcatura più docile per voi", gli assicurò Jo, lasciando i due da soli.

Hugh uscì dalle porte spalancate al sole. A quella distanza, lei non era abbastanzacoraggiosa da scrutarlo apertamente. Continuò a guardare il fienile. Una ciocca di riccioli dorati era sfuggita ai bordi della cuffietta e ora le penzolava sulle labbra. Quando lei si avvicinò per spazzolarla via, lui notò l'anello semplice all'anulare.

"Siete troppo debole per unirti a noi nella sala da pranzo, ma abbastanza forte per camminare fino al fiume", la prese in giro. Ieri sera aveva preso un vassoio nella sua stanza. "Spero che non sia la compagnia a tenervi lontano".

"Mi scuso, signore. Ho lasciato il mio letto da malata solo due giorni fa". Si voltò verso di lui. "Spero che non vi siate offeso. Non credo che sarei stata di buona compagnia".

Per quanto avesse già pensato al colore dei suoi occhi, in quel momento la sua ammirazione aumentò. Delicati anelli d'oro circondavano le iridi blu.

"Non mi sono certo offeso. Anche se non riesco a immaginare che voi non siate la migliore delle compagnie", disse. "Vedetr, non capita spesso di avere il piacere di avere un ospite così misterioso qui a Baronsford".

"Dovete scusarmi, signore, ma dato che non ricordo il mio passato, troverei difficoltoso venir interrogata e soppesata da persone sconosciute. Dopotutto, non posso offrire nulla di concreto con cui difendermi".

Ogni volta che Jo si trovava a Baronsford, la cena faceva era l'occasione per una serie di visite e impegni sociali. La sera precedente sera c'era stata solo la famiglia e dovevano decidere come spiegare l'identità di Grace e la sua presenza qui. Il suo riserbo era ragionevole. Come giudice, capiva la tensione provata da chi testimoniava. Stava soffrendo per la perdita di memoria e per il fatto di trovarsi in mezzo a degli estranei. Tuttavia, era propenso a stuzzicarla, sperando di ammorbidire il suo guscio di disagio.

"Date per scontato che le persone penseranno il peggio, non conoscendo il vostro nome o background".

"Meglio il diavolo che conosci che il diavolo che non conosci", disse, guardando nella direzione in cui era andata Jo. "Credo che questo sia l'atteggiamento generale in Inghilterra".

"Allora è un bene che siamo in Scozia", disse con leggerezza. "Ma avete ragione. Ma non è forse questa la natura umana, indipendentemente dal luogo in cui si vive?".

"Mi avete messo in difficoltà, perché non posso certo usare la mia esperienza personale nell'argomentazione".

"È vero, ma il vostro commento indica che non siete inglese".

"Vedete? Anche in questo caso, non posso difendermi". Rivolse di nuovo la sua attenzione alla stalla della carrozza.

Hugh si rese conto della profondità del suo disagio e cercò un argomento che la distraesse dal suo attuale dilemma. Scelse lei per lui.

"Lady Jo mi ha detto che avete trovato le monete".

"Sì. Il primo giorno. Erano sul fondo del cestino".

Hugh si chiese ancora una volta se lei potesse essere americana. Aveva dei parenti che chiamavano Boston casa loro. Pierce, suo zio, e sua moglie Portia vivevano lì con i loro figli. Ora che la guerra con le ex colonie era alle spalle, forse lui e Jo potevano presentare Grace come una conoscente dei suoi parenti americani.

"Quelle monete potrebbero essere un indizio sulla vorse provenienza".

"Forse. Ma non posso affermarlo con sicurezza".

Ripensò al giorno del suo arrivo. "Mentre vi portavo a casa, avete mormorato i versi di una ballata. Ve la ricordate?"

"Suppongo che mi piaccia leggere. Ricordo di aver sentito la mia voce nella cassa, che recitava versi di poesia. Da quali opere provenivano e quando li ho imparati...". Scrollò le spalle.

Hugh trattenne un sorriso, pensando al desiderio febbrile di lei di leggere le sue riviste di diritto nello studio. "Abbiamo due biblioteche ben arredate qui a Baronsford. Potete usarle quando volete".

"Grazie, signore. È molto gentile da parte vostra". L'attenzione di Grace si rivolse alla cesta con cui era arrivata. "È questa?"

"Volete dare un'occhiata più da vicino?".

"Per favore", disse lei, seguendolo nel fienile.

"Abbiamo ripulito completamente la cesta. A parte le monete, non c'era nient'altro che indicasse la vostra provenienza, se non Anversa".

Lentamente, girò intorno alla cesta e sbirciò all'interno.

"Deve essere come incontrare un vecchio amico".

"In realtà, ora so come si sarebbe sentito Lazzaro passando davanti alla sua grotta funeraria". Rabbrividì. "O come si sente un ex prigioniero che torna a vedere la sua cella".

Cinque giorni, pensò. Prigioniera. Isolata nella quasi oscurità, conoscendo l'ambiente circostante solo al tatto. Senza sapere se avrebbe mai rivisto la luce del giorno.

Fece cenno alle porte aperte. "Forse dovremmo andare. Non voglio tormentarvi".

"Siete troppo gentile, signore, ma ho chiesto di vederla", disse Grace con dolcezza. Guardando di nuovo nel cesto, aggiunse: "E ora sto bene".

Mentre Hugh la osservava, si chiese se fosse alla ricerca di qualcosa che potesse riportare alla luce il suo passato dimenticato. Si spostò al suo fianco.

"Jo mi ha detto che ricorsate solo il tempo trascorso all'interno della cesta. E anche questi ricordi sono vaghi e limitati".

"Limitati sotto ogni aspetto".

Non era la sua immaginazione che lei stesse diventando più pallida. "Vi sto facendo pressione".

"Ciò che mi è rimasto impresso è la mia reazione a quella che pensavo fosse una morte certa", ha proseguito. "Immagino che deside-rare che arrivi la fine, pregare che ogni respiro sia l'ultimo, sia un'emo-zione troppo potente per essere dimenticata".

"Mi dispiace che uno strumento della mia passione sia stato la causa del vostro calvario".

"Potrei non ricordare il passato, ma sono certa che né voi né questo cestino possiate essere responsabili di nulla".

Lentamente, si girò e diede un'occhiata alle altre attrezzature.

"Siete appassionato di mongolfiere?"

"Colpevole. Come potete vedere, volare è la mia passione", le disse Hugh.

Passando accanto a barili e mucchi di reti, si fermò a guardare le corde annodate che pendevano come cappi dalle travi.

"E quel palloncino è l'unica cosa che vi tiene in aria?", disse indi-cando la seta sgonfia.

"Si chiama envelope o pallone. Ma sì, quella e il gas che lo riempirà".

"Dicono che ci sia una linea sottile tra il coraggio e la follia".

"Così mi dice mia sorella", rispose sorridendo.

"Gli esseri umani sono legati alla terra fin dal Giardino dell'Eden".

"È vero. L'uomo è in grado di volare da poco più di trent'anni. Ma stiamo imparando ogni giorno di più sul volo. In quest'epoca moderna, Dedalo e Icaro non sono più esseri mitici; gli uomini si stanno alzando in volo e stanno duellando con le stelle".

"E naturalmente, quale modo migliore per morire". Grace lo guardò con un accenno di sorriso.

Il suo commento lo colse di sorpresa. Hugh non riuscì a trattenersi. Rise ad alta voce.

La seguì fino a un banco da lavoro, dove lei prese una piccola carrucola. Mentre lei girava la ruota, il suo sguardo fu attratto dalla curva delicata dell'orecchio, dall'ombra morbida che giocava lungo la gola, dal nastro bianco della cuffietta che si adagiava dolcemente sul gonfiore del seno.

"Vi invidio", ammise. "Allora, com'è vedere il mondo da lassù?".

Era affascinato dal suo interesse.

"Quando sei in alto, tutto ciò che vedi è la bellezza. I campi e i boschi sono come una trapunta patchwork di cotter. Si vede un vasto disegno di forme geometriche, bordate di frange, che si allungano fino all'orizzonte. Miriadi di sfumature di verde e marrone dorato inebriano la vista".

"Sembra molto bello".

La fissò di nuovo negli occhi. Aveva visto questa tonalità di blu solo nel cielo del mattino sopra le Eildon Hills.

"Avete mai avuto paura?"

"Solo uno sciocco non prova paura quando è giustificata. È da incoscienti ignorare il rischio di una morte imminente. Allo stesso tempo, vivere nella paura è una sorta di morte. Bisogna sconfiggerla", le disse. "Non possiamo smettere di vivere la vita al massimo solo perché la morte ci aspetta da qualche parte nel futuro".

Hugh si fermò, rendendosi conto che stava parlando sia a sé stesso che a lei.

"'Se non è ora'", mormorò, "'comunqueverrà'".

"La disponibilità è tutto".

Stava citando l'*Amleto*. Lui era impressionato. Hugh vide il suo sguardo tornare alla cesta.

"Avete affrontato la paura in quella cesta", disse. "Venite su con me. Venite sul mio prossimo volo".

Rimase scioccato dal suono del suo stesso invito.

Grace si strinse nelle braccia. Ci stava pensando e lui fu incoraggiato dal fatto che non avesse rifiutato immediatamente.

"Dite sul serio?".

"Lo voglio. Ma devo avvertirvi che questa è la prima volta che invito una donna a unirsi a me in volo".

"Non ho memoria del passato", disse lei, scrutando il contenuto del fienile. "Ma credo di non ricordare di aver mai fatto qualcosa di così avventato".

"Allora dovete venire. Quale modo migliore di sostituire un ricordo terribile con uno esaltante?".

"Siete un maestro della persuasione". Lei rise. Era la prima volta che la sentiva ridere. Hugh decise che non aveva mai sentito un suono più bello.

Lei alzò lo sguardo verso di lui, con gli occhi che lampeggiavano di interesse. "Quando pensate di volare di nuovo?".

"Spero di portare in volo questa nuova attrezzatura tra una quindicina di giorni".

Il suono della voce di Jo li raggiunse.

"Allora accetto".

Ci volle un attimo prima che le sue parole venissero assimilate.

"Davvero? Verrete in quella cesta da sola con me? Lassù in cielo?".

"Ho già detto che è un buon modo per morire". Il suo volto era composto, ma quell'accenno di sorriso era tornato. "Quando sarete pronto a volare di nuovo, se sarò ancora qui a Baronsford, lo farò".

Hugh guardò Grace toccare il cesto un'altra volta mentre uscivano.

Le parole di lei riecheggiano nella sua mente. *Se sarò ancora qui.* Aveva pensato che la durata del suo soggiorno sarebbe dipesa da quanto tempo sarebbe passato prima che lei si ricordasse. O dal tempo necessario affinché il suo impiegato tornasse da Anversa con informazioni sulla sua identità. Ora, per la prima volta, mentre la seguiva nel sole pomeridiano, gli venne in mente che il suo uomo sarebbe potuto tornare con un familiare che l'avrebbe reclamata.

"Vi unite a noi per la cena di stasera?" chiese.

"Temo di no, signore", disse Grace. "Vedo che avrò bisogno di riposare e di recuperare le forze".

Era deluso dal fatto che non si sarebbe unita a loro.

Jo stava aspettando oltre le attrezzature sparse per le porte aperte.

"È tutto organizzato per domani. Ho scelto una bella cavalla. Sarete al sicuro".

Hugh decise che sarebbe stato meglio non parlare del giro in mongolfiera. "Cosa avete in programma per domani?"

"Pensavo di andare al lago nel parco dei cervi dopo colazione".

"Mi unirò a voi".

I guanti di Grace le scivolarono di mano. Hugh li raccolse e aspettò che lei incontrasse il suo sguardo prima di restituirglieli.

Il calore del suo sguardo confermò la sua intuizione.

"A domani, allora", disse con un inchino.

Capitolo Nove

"Accidenti, doppiamente accidenti", mormorò Grace sottovoce.

Un nobile inglese. Un ufficiale di cavalleria decorato per le sue azioni nella guerra contro Napoleone. Un giudice dell'Alta Corte, per l'amor del cielo. Di quanti punti contro di lui aveva bisogno?

Grace raccolse lo scialle intorno a sé e si fermò davanti a un'altra serie di scale. Non credeva di averle mai percorse prima, ma non poteva esserne certa. I rumori della cena salivano dal piano terra. Prima aveva sentito delle persone arrivare in carrozza. Familiari, amici, vicini? Non erano affari suoi.

Scrutò una lunga galleria in quella che, ne era quasi certa, doveva essere l'ala ovest. Decise di rischiare. Gettando un'occhiata oltre la ringhiera, Grace strinse più forte al petto il libro che aveva trovato nel suo salotto e si affrettò a percorrere il corridoio. Con un po' di fortuna, avrebbe trovato quella biblioteca prima che facesse buio.

Un solo punto contro di lui o cento, non sembrava avere importanza. Ogni parola e ogni sguardo che si erano scambiati continuavano a tornarle in mente e Grace non riusciva a calmare le farfalle che si agitavano nel suo stomaco.

"Cos'hai che non va?", mormorò. "Non sei una bambina".

Fuori dal fienile delle carrozze, era rimasta in piedi con Jo mentre il fratello lavorava, inconsapevole del suo sguardo. Aveva messo via il cappotto. Le maniche della camicia erano arrotolate sugli avambracci muscolosi. Il sudore luccicava tra le macchie di sporco sul viso. I capelli scuri e spettinati completavano il quadro.

Non poté fare a meno di ammirare i muscoli che si flettevano sotto la camicia mentre era intento a sollevare l'attrezzatura. Anche in quel momento, il ricordo delle sue gambe lunghe e possenti e dei pantaloni, che aderivano ai glutei scultorei, le faceva venire il magone.

E poi, parlare con lui, l'aveva coinvolta. Aveva condiviso la sua passione. Aveva persino accettato di volare con lui. Aveva chiaramente perso la testa.

Nella sua vita, aveva conosciuto soldati e cortigiani a non finire. Politici di alto rango, uomini ricchi e altolocati. Nessuno era mai stato abbastanza da farle venire la tentazione di abbandonare il fianco di suo padre. Più volte di quante ne potesse contare, aveva respinto i tentativi romantici degli uomini. L'*affaire de coeur* era il passatempo principale dei cortigiani, sia uomini che donne, anche se spesso il *coeur* veniva completamente escluso dall'*affaire*. Aveva persino rifiutato diverse offerte serie di matrimonio. Era curioso che ora, alla veneranda età di ventotto anni, si fosse invaghita di un perfetto sconosciuto.

Conosceva il motivo. Non aveva mai sentito prima di allora la scintilla che quest'uomo aveva acceso in lei, a prescindere da quanto affascinante, bello o potente potesse essere il pretendente.

Aveva sentito altre donne parlare di desiderio nei termini più intimi a corte. Il brivido che ti attraversa alla sola vista di lui. Il formicolio che ti correva sulla pelle. Il calore liquido che si addensa nel profondo del ventre quando lui ti sussurra all'orecchio. Le fantasie erotiche che riempivano la tua mente nei momenti più inopportuni. Mentre camminava, si chiedeva come sarebbe stato fare l'amore con lui. Far scorrere le mani sulle sue spalle e sulla sua schiena muscolosa. Sentire il suo peso completamente su di sé.

Si fermò di botto. Lasciare Baronsford era una cosa urgente. Hugh Pennington era troppo pericoloso a causa dei pensieri erotici che le ispirava.

Grace avrebbe implorato o rubato un cavallo, se necessario, per lasciarsi quel posto alle spalle. Avrebbe camminato se fosse stato necessario. Gli avrebbe fatto mantenere la promessa di portarla in cielo. Napoleone usava i palloni aerostatici per osservare i campi di battaglia. Dall'alto, avrebbe potuto scoprire il modo migliore per fuggire da Baronsford.

Muovendosi rapidamente lungo la galleria, Grace cercò di non farsi distrarre dai dipinti appesi alle pareti. Baronsford era grandioso come molti dei grandi palazzi europei in cui aveva vissuto. E altrettanto complicato da gestire. Cercò di non soffermarsi sulla differenza tra famiglie come i Pennington, dove la storia delle generazioni passate definiva la loro vita, e una come la sua. La storia della sua famiglia era stata praticamente cancellata.

Ed erano stati gli inglesi a voler spazzare via la sua famiglia.

Dov'era la maledetta biblioteca?

Alla fine della galleria, Grace seguì una serie di corridoi che salivano e scendevano brevi serie di scale e sembravano non portarla da nessuna parte.

Si era persa, anche in senso figurato. Con la scomparsa di suo padre, quale strada le si prospettava davanti? Non aveva più nessuno. E se mai fosse riuscita a raggiungere Bruxelles, nessuno l'avrebbe aspettata.

Il colonnello Ware aveva servito fedelmente Napoleone e la sua famiglia. Era stato loro utile per molti anni e in molte funzioni. Suo padre era un formidabile ufficiale di cavalleria quando la guerra lo richiedeva. Dopo la caduta dell'imperatore, si era dimostrato un abile negoziatore tra Giuseppe Bonaparte e il Presidente Madison.

Ma Grace non serviva a nulla alle loro dipendenze.

Passando davanti a porte aperte, cominciava a pensare di non trovarsi affatto nell'ala ovest.

Hugh le aveva offerto l'uso delle biblioteche e prima di cena Jo le spiegò la differenza tra la biblioteca superiore e quella inferiore. Quella al piano superiore era molto più piccola, ma era la preferita della madre. Grace non rivelò a Jo ciò che aveva appreso da Anna riguardo al folio di ritagli di giornale della contessa sul visconte Greysteil.

Grace non aveva in mente di passare il tempo in modo frivolo. Una strategia pre-battaglia di suo padre era quella di imparare tutto il possibile sul suo avversario. Era esattamente quello che aveva intenzione di fare. La cortesia le imponeva di smettere di rifiutare e di unirsi a loro nella sala da pranzo per i pasti. Ma domani Hugh sarebbe venuto con loro per il viaggio. Con il fratello e la sorella insieme, Grace sarebbe stata al centro di un'inquisizione.

E ogni domanda, indipendentemente da chi la poneva, diventava sempre più una sfida. Grace avrebbe voluto saperne di più sulla perdita della memoria. Doveva decidere fino a che punto giocare a questo gioco pericoloso. La sua identità. La sua istruzione. La sua capacità di suonare la musica. O di parlare le lingue. O di ricordare i libri che aveva letto. La costanza sarebbe stata la chiave per la sua sopravvivenza, ma ogni ora che passava diventava sempre più panico.

Nella rimessa della carrozza, Hugh le aveva chiesto se ricordava la ballata che stava recitando. Era una fortuna che lui non conoscesse il resto, visto che si trattava di una tragica ballata che aveva sentito cantare dai soldati irlandesi nell'accampamento di Napoleone.

Avrebbe potuto essere smascherata prima ancora di rinsavire.

Quel giorno Grace aveva notato quanto fosse facile distrarre il visconte con un argomento che lo interessava. Quella sera doveva imparare di più su quell'uomo per poter fare più domande, coinvolgerlo in conversazioni e mantenere il focus di ogni discussione su di lui.

Presa dai suoi pensieri, Grace girò un angolo e per poco non andò a sbattere contro una donna minuta che portava una candela. Era la governante.

"Le mie scuse, signora".

"No, è stata colpa mia, signora Henson", rispose Grace. Jo le aveva presentate quella mattina. "Mi sono messa alla ricerca della biblioteca superiore e mi sono persa".

"Non è difficile muoversi in quest'ala. Seguitemi, sarò felice di mostrarvelo".

Grace seguì i passi energici della donna, ricordando i commenti di Jo sulla dedizione della governante. Non si fermava mai, dall'alba al tramonto.

"Ha trovato che il vassoio della cena inviato nella sua stanza fosse carente, signora?".

"No! Al contrario, era delizioso. Ti prego di riferire i miei complimenti al cuoco".

"Ma avete assaggiato solo un po' di zuppa". Il viso butterato della signora Henson si girò leggermente e guardò Grace con la coda dell'occhio. "Il resto non è stato toccato".

Un'ulteriore prova del fatto che era tenuta sotto stretta osservazione.

"Ho trovato la zuppa paradisiaca. Il sapore delle mandorle e della crema era squisito", disse. "Mi sarebbe piaciuto finire tutto quello che mi è stato inviato, ma sto ancora seguendo le indicazioni del Dr. Namby sulla necessità di iniziare lentamente. Ad essere sincera, sono un po' timorosa nel mangiare troppo in una volta sola".

"Bah!" Mrs. Henson agitò una mano in aria. "Per quanto si dia delle arie, il nostro dottore è solo un sega ossa di campagna. Ha fatto il suo lavoro ed è meglio per voi che abbiate finito con lui. Ora ci permetta di rimettere un po' di carne sulle sue ossa, signora".

"Domani mangerò di più", si offrì Grace. "Te lo prometto".

"Lo dirò alla cuoca. Sarà contenta".

La governante aprì una porta e Grace si trovò sulla soglia di una grande stanza immersa nell'oscurità.

"Dato che Sua Signoria preferisce la grande biblioteca al primo piano, non la mettiamo spesso in funzione, a meno che Lady Aytoun non sia in visita. Ma il fuoco è pronto. Lo accenderò per voi".

"Pensi che alla contessa dispiaccia che io usi questa stanza?". Chiese Grace. "Se è un problema, posso...".

"Non si preoccupi, signora", disse la governante, interrompendo la sua protesta. "A sua signoria non dispiacerà affatto. Anzi, sono certa che sarà felicissima di sapere che qualcun altro la sta usando. È la sua natura. È una persona di grande cuore e gentile, ecco cos'è".

L'indole materna è stata sicuramente trasmessa alla generazione successiva, pensò Grace. Jo e Hugh erano stati entrambi molto gentili.

"Vi preparerò la stanza in un attimo".

La signora Henson accese il fuoco e poi si affrettò a girare per la biblioteca, accendendo candele e chiudendo le tende. Il cielo oltre le finestre era una tavolozza d'artista con i colori del tramonto.

Ogni parete era ricoperta di libri dal pavimento al soffitto. Una scrivania si trovava vicino alla finestra e comode sedie e divani erano sparsi negli angoli. Il tappeto, anche se elegante, mostrava la confortevole usura di un uso frequente. Sulla mensola del camino erano esposti ventagli dipinti e statuette di porcellana, mentre un grande orologio ticchettava in un angolo accanto a un'altra porta.

Lo sguardo di Grace fu attratto da una sedia a dondolo per bambini seduta accanto a un dondolo per adulti abbinato. Una collezione di blocchi di legno era stata impilata su uno sgabello basso lì vicino. Tra le sedie c'era un cestino coperto che, secondo lei, conteneva altri giocattoli per bambini.

Questa stanza non era la tipica biblioteca di un grande castello destinata a fare colpo. Era un luogo di comfort. Grace capì perché la contessa la usava quando era qui.

La governante passò un dito su un tavolo, controllando discretamente che non ci fosse polvere. Il risultato sembrò superare l'ispezione.

"Molto bene, signora. Posso mandarvi un piccolo vassoio? Un boccone di cena calda per rifocillarvi, forse?".

"No, grazie". Grace sorrise. "Ma prometto di mangiare meglio domani."

Soddisfatta, si avviò verso la porta. "Potete usare il campanello se avete bisogno di qualcosa".

"Ho una domanda, signora Henson. C'è un bambino a Baronsford?" chiese, facendo cenno ai blocchi e alla poltroncina.

La fronte della governante si aggrottò. "Sì. Beh, una volta c'era. Ma ora non più. Una grande tragedia per tutti noi".

Prima che Grace potesse continuare la conversazione, la governante uscì dalla stanza.

Otto persone avevano cenato con loro quella sera. Il loro vicino, lo scudiero Lennox, Walter e Violet Truscott, il vicario e sua moglie e tre membri del consiglio del villaggio di Melrose. Questo era lo stile delle cene a Baronsford ogni volta che Jo era lì. La signora estendeva gli inviti a chiunque avesse un legame con la famiglia. Nessuno veniva trascurato o dimenticato e nessuno veniva invitato più di una volta ogni due settimane. Questo si adattava perfettamente a Hugh. Quando sua sorella non c'era, raramente aveva ospiti a cena e ancora più raramente accettava inviti a cena fuori. Truscott e Violet, ovviamente, erano un'eccezione.

La cena di quella sera non avrebbe dovuto essere diversa dalle altre, eppure era *molto* diversa. I loro ospiti avevano avuto una piacevole conversazione intorno al tavolo. Le donne si erano ritirate in salotto per un po'. Le discussioni si erano concentrate sulla politica, sull'economia e sull'ultimo incidente alla miniera di Leadhills. E per tutto il tempo, i pensieri di Hugh erano concentrati su Grace.

Seduto nel suo studio dopo che gli ospiti se ne furono andati, si rese conto che non si trattava solo di quella sera. Non che prima non avesse prestato attenzione a lei, ma quel pomeriggio la sua bellezza lo aveva colto di sorpresa. Certo, gli piaceva la sua arguzia e la loro conversazione, ma c'era qualcos'altro: l'accenno del suo sorriso, l'arco delle sopracciglia, la grazia con cui si muoveva. E i suoi occhi, chiari e azzurri come un cielo di zaffiro. Non c'era da stupirsi che non riuscisse a smettere di pensare a lei.

E si era offerto di portarla sulla mongolfiera.

Hugh non poté fare a meno di chiedersi se si sarebbe davvero unita a lui nel suo prossimo volo. Forse aveva detto di sì solo per educazione. Forse non si era mai aspettata di dover mantenere la promessa. Nessuno della sua famiglia, e nessuno abbastanza vicino da poter essere chiamato amico, aveva mai accettato di unirsi a lui.

Alla fine rinunciò a lavorare, Hugh prese una candela e si avviò verso l'ala ovest. Una bella dormita lo avrebbe aiutato a schiarirsi le idee.

Non poteva negarlo: era affascinato da lei, attratto da lei. Il mistero della sua provenienza, o di cosa ne sarebbe stato di lei, non era più il solo motivo di questa attrazione. Parlarono di pallone, ma la sua mente era ora attratta da un altro sport. Uno che prevedeva un letto, la pelle e le sue lunghe gambe... e qualche ora di lussuria per dare e ricevere piacere.

Tirò la cravatta e sentì il cavallo dei pantaloni diventare più stretto.

Se si fossero incontrati in circostanze diverse, in un luogo diverso da Baronsford, Grace era esattamente il tipo di donna con cui gli sarebbe piaciuto avere una relazione.

Qualche istante dopo, camminando lungo la galleria dell'ala ovest,

Hugh si fermò davanti a un ritratto che aveva ammirato migliaia di volte. Tenendo alta la candela, guardò negli occhi Amelia e suo figlio.

Come se qualcuno gli avesse versato addosso un secchio d'acqua fredda, la lucidità tornò. Era a Baronsford. Non poteva. Non avrebbe dovuto. Il senso di colpa rafforzò quel pensiero.

No, non poteva andare a cavallo con loro domani. Era impossibile. Anche con Jo al seguito, passare del tempo con Grace avrebbe solo acceso un desiderio che non doveva permettere.

Voltandosi, si diresse verso la fine della galleria e si avviò lungo i corridoi tortuosi verso la sua stanza. Aveva deciso. Al mattino avrebbe fatto sapere a Jo che non si sarebbe unito a loro.

Il rumore di uno schianto proveniente da una delle stanze in fondo al corridoio fermò Hugh.

Capitolo Dieci

IL VOLUME dorato era più alto di quanto potesse raggiungere. Spostando la scala della biblioteca lungo una parete piena di edizioni rilegate a colori di Ovidio e Orazio, Burney e Scott, Pope e Burns, Grace respirò l'odore confortante del cuoio e della carta. Salì sul terzo gradino e il libro che desiderava era nascosto sotto il suo braccio quando guardò in basso. Il pavimento si inclinò immediatamente in modo pazzesco e macchie di colore danzarono davanti ai suoi occhi.

"Oh, no", mormorò, tentando di afferrare il parapetto laterale della scala. Lo mancò.

Il libro cadde di botto mentre lei si agitava per cercare qualsiasi cosa le capitasse a tiro. Il suo corpo si muoveva come una persiana in balia del vento. La sua schiena colpì gli scaffali e le sue dita aggrappate trovarono la cima di una fila di volumi che presero subito il volo.

Con un grido acuto, Grace li seguì.

Si schiantò a terra tra i libri che cadevano, battendo la testa sulla gamba di un tavolo vicino. Come uno stormo di uccelli feriti, i volumi erano sparsi intorno a lei e sotto di lei. Un angolo particolarmente appuntito le si conficcava nelle costole.

Il gomito aveva subito il peso dell'atterraggio brusco e la pelle le bruciava a causa del tappeto. Gemendo, rotolò sulla schiena e fissò la sezione vuota degli scaffali.

"Non va bene. Non va affatto bene".

Doveva riportare quei volumi sugli scaffali. E questo significava che avrebbe dovuto salire di nuovo su quella scala. L'altezza non era mai stata un problema prima. Il giramento di testa doveva essere il risultato del fatto che non si era ancora ripresa del tutto. La signora Henson aveva ragione: doveva mangiare di più.

Quando Grace sentì il rumore di passi affrettati, non ebbe abbastanza tempo per salvare la sua dignità. La voce del visconte Greysteil proveniva dalla porta.

"Buon Dio! Cosa vi è successo? Siete ferita?"

Quando si tirò su a a sedere, l'oggetto delle sue ore di studio si mise in ginocchio accanto a lei. Era ancora vestito con gli abiti della cena. Ma la cravatta era mezza slacciata e sui capelli c'erano i segni delle dita che li avevano percorsi.

Lei flesse il braccio e sentì il cuore accelerare, ma non era per la caduta. Lui le prese il gomito e ci passò delicatamente sopra il pollice. Una scossa di calore le salì lungo il braccio e le arrivò al ventre.

"Siete ferita".

La sua voce aveva un suono più roco di quello a cui lei si era già abituata. Grace seguì la direzione del suo sguardo. I suoi seni fuoriuscivano dalla bassa scollatura del vestito, uno dei quattro che la sarta le aveva consegnato in camera nel pomeriggio.

Sentendosi arrossire, si aggiustò l'indumento e diede un'occhiata allo scialle appoggiato sullo schienale di una sedia.

"Manderò a chiamare il dottor Namby".

"No, vi prego, non mandate a chiamare nessuno", lo rassicurò lei. "Starò bene in un attimo. Ho semplicemente esagerato oggi".

Aveva perso il conto delle ore in cui la sua testa era rimasta sepolta nella cartella dei ritagli. Avrebbe dovuto accettare prima l'offerta di un vassoio per la cena da parte della signora Henson.

Grace non cercò di alzarsi immediatamente. La stanza girava ancora un po', il tappeto e i mobili rollavano come nel mare mosso di una nave. Si tastò i capelli e trovò un piccolo bozzo che si sollevava nel punto in cui la sua testa aveva colpito il tavolo. Chiuse gli occhi e sbatté le palpebre un paio di volte, cercando di mettere a fuoco la vista.

Si alzò in piedi. "Sto mandando a chiamare Namby in questo momento".

"Non ho ferite di cui parlare. Per favore, sto benissimo", lo chiamò. "Vi assicuro, signore, che non ho bisogno del medico".

Fece una pausa e si girò.

"Il Dr. Namby mi ha detto che c'era da aspettarselo, che la mia guarigione avrebbe richiesto un po' di tempo. Mi ha incoraggiata ad essere paziente", continuò. Aveva perso una delle morbide pantofole. "Ovviamente non l'ho ascoltato. Non avrei dovuto salire la scala".

"Siete sicura?" chiese lui, tornando da lei. Il suo volto mostrava il suo scetticismo. "Sembrate contusa".

Cercò un modo grazioso per alzarsi in piedi. I libri sparsi intorno a lei sarebbero stati un problema.

"Al momento, la mia dignità ha subito più danni del mio corpo".

Hugh tirò fuori qualcosa da sotto un volume di Shakespeare e si inginocchiò ai suoi piedi. La sua ciabatta.

"Grazie. Lo stavo cercando".

Lei armeggiò con la ciabatta, sentendo il suo sguardo su di lei. Il suo sguardo era come una lenta carezza, seguiva i movimenti delle sue dita, si fissava sul punto in cui la gonna si era alzata, mostrando uno scorcio di calze. Riuscì a infilare la ciabatta.

Non si fidava a guardarlo in faccia mentre si alzava. Lui le tese una mano per aiutarla ad alzarsi e Grace non poté ignorare l'offerta. La sua mano era calda, la sua presa salda. Lei si alzò in piedi con un movimento delicato.

"Come vi sentite ora?"

Non la lasciò andare subito. Le sue dita le toccarono la vita con leggerezza, come un ballerino in un valzer. Lei si disse che stava cercando di non farla cadere di nuovo.

Ma se lui intendeva fare solo questo, la fantasia di Grace stava prendendo un'altra strada. Fissò la scollatura allentata della sua camicia. Il profumo di cuoio e di Madeira le riempiva la testa. In molti ambienti era considerata una donna alta, ma lui la sovrastava. E fino ad ora, le sue ginocchia non avevano mai tremato di fronte all'altezza di una persona. Ma Hugh Pennington non era una persona *qualsiasi*.

Lei alzò lo sguardo verso di lui e si accorse che stava fissando le sue labbra.

"Sono completamente... Sono perfettamente..." La sua voce apparteneva a una sconosciuta. "Grazie, signore".

Grace iniziò ad allontanarsi dalla tentazione, ma il suo tallone prese a calci un libro. Si voltò rapidamente, facendo un respiro profondo e costringendo la sua sanità mentale a tornare.

Mise a fuoco i volumi sparsi intorno a loro. Ne erano caduti molti di più di quelli che credeva. Libri preziosi giacevano aperti, con le pagine piegate e in disordine. Aveva fatto un bel danno.

"Vi prego di accettare le mie scuse", sbottò. "È stato imprudente da parte mia afferrare gli scaffali mentre stavo cadendo. Mi assumo la piena responsabilità di sistemare questa stanza. Li controllerò tutti".

"Non farete niente del genere", disse lui, interrompendola. "Sono solo libri e non avete arrecato alcun danno".

Lui la aiutò a spostarsi dal centro del disordine, appoggiando la mano sulla sua schiena.

"Tuttavia", disse, conducendola verso una panca vicina, "vi permetterò di sedervi qui e di farmi compagnia mentre li rimetto sugli scaffali".

Senza lo scialle, le braccia di Grace erano scoperte e sfioravano la giacca di lui. Era troppo vicina a lui.

"Sono una continua seccatura per voi", insistette lei, voltandosi verso di lui. "Vi prego, mio signore. *Dovete* permettermi di riordinare il caos che ho creato".

Sembrava che la stesse valutando. I suoi occhi vagavano lentamente sul suo viso. Anche i suoi fecero lo stesso e, da vicino, non era perfetto. Aveva un leggero segno sul mento. C'era una cicatrice più lunga che correva lungo la linea della mascella. Il suo naso non era così dritto e una protuberanza sul setto indicava che era stato rotto e sistemato almeno una volta. Le tracce di una ferita suturata erano ben visibili sopra un sopracciglio. Non si trattava di un molle aristocratico inglese. Era un uomo di guerra, vissuto, e il suo volto lo rifletteva.

E lo trovava più attraente per ogni segno e cicatrice virile. In breve, se le fosse rimasto un po' di fiato in corpo, Hugh Pennington glielo avrebbe rubato.

Il suo sguardo si scontrò con quello di lui e la fame che vide nei suoi occhi grigi le fece capire il gioco pericoloso che aveva iniziato.

"Sedetevi".

Grace esitò e poi si bloccò quando il pollice di lui le sfiorò il labbro inferiore.

"Credo che dobbiate sedervi".

Si sedette sulla panca.

"Molto meglio", disse.

Lui si allontanò, ma il battito del suo cuore tardava a ritrovare un ritmo normale. Mentre lottava per ritrovare una parvenza di calma, fissava la stanza: le sedie, le scrivanie, le braci morenti nel camino e l'oscurità che aveva coperto il paesaggio fuori dalle finestre. Fissò tutto ciò che non aveva importanza, per evitare che i suoi occhi si posassero sulla persona che era riuscita a monopolizzare la sua attenzione prima ancora di entrare nella stanza.

Tante volte Grace aveva sentito suo padre tenere una lezione ai suoi protetti sull'importanza di sapere abbastanza ma non troppo. Impara le sue debolezze, ma non sviluppare il cameratismo.

Era venuta in questa biblioteca per imparare abbastanza da indirizzare la conversazione quando sarebbero andati a cavallo la mattina successiva. Invece, nelle ore trascorse a sfogliare ritagli di atti pubblicati di processi e copie di atti ufficiali di tribunale, era diventata un'ammiratrice. Rispettava il modo in cui lui conduceva la sua aula di tribunale. Era ammirata dai suoi principi e dai suoi sforzi per vedere la giustizia applicata onestamente. Leggendo quelle pagine, era facile vederlo come un eroe per tutti gli indifesi del mondo.

Ma tutto questo impallidiva rispetto alle sensazioni provate quando Hugh Pennington le accarezzò il labbro. Il rischio di cameratismo non era un problema in questo caso.

"Siete riuscita a trovare qualcosa di interessante in questa biblioteca?".

"Sì, moltissimo. Grazie". Guardò il suo ospite mentre si allungava per mettere un paio di volumi su uno scaffale alto.

Le sue spalle erano incredibilmente larghe, eppure i vestiti per la cena gli calzavano a pennello. Lei studiò ogni dettaglio, osservando mentre lui raccoglieva un altro libro dal pavimento. Lo aprì, fingendo interesse, ma Grace sapeva che stava spiando ogni sua mossa.

E le aveva toccato il labbro, pensò, rivivendo di nuovo il momento. *Il suo labbro.*

Si stava innamorando del suo fascino. Ma ci sarebbe stata solo una persona a soffrire se avessero iniziato una relazione.

Fece scivolare lentamente il libro al suo posto sullo scaffale e ne prese un altro che era parzialmente nascosto sotto una sedia.

"Allora, cosa avete trovato per per aiutarvi a passare il tempo?".

Si costrinse a ricordare il motivo per cui era andata li.

"Ho trascorso gran parte del mio tempo a leggere il libro curato da Lady Aytoun".

"Mia madre?" Mise il libro sullo scaffale e si girò a guardarla.

Grace indicò il grande album che si trovava su un tavolo vicino.

"Quel guazzabuglio di ritagli sulla famiglia? Con tutta questa letteratura intorno a voi?".

Modestia e sicurezza. Con l'eccezione di alcuni riferimenti vecchi di decenni al lavoro e alle posizioni politiche di Lord Aytoun, in particolare su questioni locali, la maggior parte dei ritagli di giornale riguardava i successi militari di Hugh Pennington e i casi che aveva presieduto in tribunale.

"Non sono d'accordo", gli disse. "Ho trovato gli articoli più che istruttivi. Mi hanno fornito una conoscenza approfondita di Baronsford e del suo padrone".

Fece scorrere un dito lungo il dorso di un altro libro e Grace immaginò la sua mano scivolare lungo la *sua* spina dorsale.

"Una conoscenza approfondita?" chiese con un sorriso. "Dare un'occhiata a qualche ritaglio di giornale è la base per farsi un'opinione? Sarei un po' preoccupato di sentire cosa avete deciso".

Qualche ritaglio? Se solo avesse saputo che lei era in grado di recitare parola per parola tutti gli articoli e le rannotazioni.

"Voi . . . e la vostra famiglia avete un passato di sostenitori di cause. Da quello che ho letto, vostro padre ha avuto una grande influenza positiva per la questione dei Confini. Voi continuate questa tradizione".

Le sventolò il libro. "Se ho fatto qualcosa che merita la vostra approvazione, è grazie ai principi che i miei genitori mi hanno inculcato".

Grace la pensava allo stesso modo. Era diventata la persona che era grazie a suo padre.

"La guida di un buon genitore non garantisce lo stesso risultato in un figlio o in una figlia", rispose lei. "È un merito, signore, che siate diventato, ad esempio, un sostenitore così schietto dei diritti degli fittavoli".

"Dovete aver scavato a fondo in quel fascicolo per trovarne le prove".

"Al contrario. Le prove della vostra generosità sono numerose", argomentò la donna. "Oltre a schierarvi con i fittavoli contro i proprietari terrieri, avete sostenuto il lavoro degli abolizionisti qui in Scozia".

Anche se la legge abolì la schiavitù su queste coste e fermò il commercio degli schiavi nelle colonie, questi mali esistevano ancora.

"Ci sono stati diversi articoli su un caso che vi è stato sottoposto l'anno scorso".

"I giornali amavano usare l'espressione 'Trappola commerciale triangolare', ma non si capisce molto da un titolo".

"Il caso riguardava un ricco signore di Glasgow e i suoi amici". Voleva fargli sapere che la sua opinione su di lui non si basava su qualche titolo di giornale. "Le loro navi scambiavano carichi materiali con esseri umani come merci tra la Scozia, l'Africa e le Indie Occidentali".

Continuò a snocciolare nomi di capitani, navi, tipi di carico, date di imbarco e persino racconti terrificanti sul temuto Passaggio di Mezzo. Concluse citando alcune parti della sentenza finale. Questo caso specifico fu forse il punto decisivo per lei riguardo al carattere di Hugh Pennington.

"Lei ha una memoria impressionante, signorina Grace". I suoi occhi erano fissi su di lei e il libro che teneva in mano era stato dimenticato. "Insolito, si direbbe, in una persona che non riesce a ricordare nulla del suo passato".

Le parole iniziarono come un complimento ma finirono con un accenno di accusa. Le si imporporò il viso. Aveva risvegliato il procuratore in quell'uomo. Aveva commesso un errore. Aveva detto troppo. Nel riferire i contenuti degli articoli, aveva incluso qualcosa della sua conoscenza dell'argomento. Questo era esattamente ciò che temeva: dire troppo, dargli la possibilità di vedere la persona Che lei era realmente.

"Non saprei se è insolito o meno", rispose.

Prese altri due volumi e li mise sullo scaffale. Era sollevata dal fatto che lui non la stesse seguendo.

"Che libro stavate cercando prima di cadere dalla scala?".

Prima della valanga letteraria, Grace era stata attratta dal nome familiare sul dorso. James Macpherson, un lontano parente di sua madre. Qualche tempo fa, aveva letto un'edizione tedesca della sua opera e sapeva che Goethe aveva incorporato la stessa traduzione nel *Giovane Werther*. Ma non l'aveva mai vista in inglese.

Decidendo che non ci sarebbe stato nulla di male, glielo disse e indicò l'ultimo volume rimasto sul tappeto.

Lo prese e lo sfogliò, il suo volto si rabbuiò. "Sono sorpreso che lo abbiamo ancora qui".

"Perché?"

"Non ho un'ottima opinione di James Macpherson", disse in modo categorico. "In effetti, non vi consiglio di perdere tempo con il lavoro di questo signore".

Il lavoro di Macpherson aveva riscosso un successo internazionale. Grace non ci pensò troppo prima di rispondere. "Siete un esperto dell'autore?".

La testa di Hugh Pennington si alzò rapidamente e un cipiglio gli indurì i lineamenti.

"So più di quanto mi interessi su quell'uomo e sulla misera gestione delle sue terre".

"Ma Macpherson non è morto da tempo?".

"Due decenni, direi", disse brevemente. "E i suoi ex inquilini di Phoiness, Etterish e Invernahaven stanno ancora chiedendo l'elemosina per le strade di Edimburgo a causa della sua mania di sfrattare i suoi agricoltori per allevare delle pecore".

Grace sperò che lui fosse un parente molto più lontano."E come se non bastasse, il patrimonio di quell'uomo continua a ingombrare i tribunali perché ha lasciato almeno quattro bastardi e nessun erede chiaro che gli succeda. E sapete chi soffre per questo?".

"Chi?"

"La povera gente che è rimasta nelle sue terre, cercando di guadagnarsi da vivere senza nessuno che gestisca le proprietà". Chiuse il libro con uno scatto. "James Macpherson era un mascalzone irresponsabile. Non dovreste preoccuparvi di lui".

"Posso capire le vostre critiche su di lui come persona, ma avete letto qualche sua opera?".

"In effetti, l'ho fatto. La cosiddetta poesia di Ossian. Quell'uomo sosteneva che fosse opera di un antico poeta irlandese, figlio dello stesso Finn, e che lui l'avesse semplicemente tradotta".

Grace si impose di fare silenzio. Non poteva lasciare che il suo temperamento prendesse il sopravvento.

"Ha inventato tutto", continuò. "Macpherson si credeva il campione della storia e della mitologia gaelica, ma quell'uomo era un bugiardo. Una vera e propria frode".

La spina dorsale di Grace si irrigidì. Non le importava se James Macpherson *avesse* scritto lui stesso le poesie. Il suo lavoro aveva portato un'attenzione positiva alla lingua irlandese. Inoltre, non le piaceva che *qualcuno* le dicesse cosa doveva o non doveva leggere.

"Fate sembrare che stiate difendendo gli irlandesi da quella che definite una 'frode', quando in realtà avete un pregiudizio nei loro confronti".

"Pregiudizio?", disse lui, sconcertato dall'accusa di lei. "Vorreste spiegarmi meglio?".

Grace non riusciva a credere di aver pronunciato quelle parole. Sapeva di aver superato il limite dal modo in cui lui la guardava. Non era contenta della prospettiva di tirarsi indietro da questa battaglia, ma quanto avrebbe dovuto dire? Le conseguenze avrebbero potuto essere terribili, se lui le avesse ordinato di lasciare Baronsford.

"Non fate la timida con me, ora che avete lanciato il sasso. Mi piacerebbe sapere cosa avete da dire".

Le sue dita si annodarono in grembo. Si costrinse a trattenere la lingua.

" Non ricordate il vostro passato, ma non avete alcuna esitazione a riferire pettegolezzi e...".

"Non mi occupo di pettegolezzi, signore", disse bruscamente, senza riuscire a trattenersi. "Nei primi due mesi di permanenza in carica, avete dimostrato il vostroevidente pregiudizio anti-irlandese, perseguendolimentre altri, coinvolti nello stesso crimine, se la sono cavata senza nemmeno affrontare le accuse".

Le cateratte si erano aperte e le acque avevano fatto irruzione, precipitandosi a capofitto verso le cascate. Ma lei era per metà irlandese e questa battaglia era sua. Elencò una mezza dozzina di casi. Alcuni erano per reati minori. In un caso, uno scozzese sarebbe stato libero. In un altro, un irlandese sarebbe andato in prigione per settimane fino a quando il caso non fosse stato discusso.

"Non conoscete i fatti", affermò. "La giustizia non viene dispensata in una notte ".

"Passare settimane in carcere prima della *possibilità* di un processo per il solo sospetto di un reato minore lo chiamate 'notte'?", chiese. "E chi sfamerà le loro famiglie durante tutto quel tempo?".

La testa di Grace pulsava e il suo viso bruciava per la forza della sua convinzione.

"Vi siete mai chiesto chi sono questi irlandesi? Avete mai prestato attenzione alla condizione disperata in cui vivono? Caso dopo caso, sostengono di non riuscire a trovare lavoro, anche quando sono disposti a lavorare per una miseria. Forse le ingiustizie che subiscono derivano dal fatto che sono cattolici. Credete davvero di trattare tutti gli imputati che vi si presentano davanti allo stesso modo, indipendentemente dalla loro provenienza?".

Sapeva di essere stata dura, ma non aveva intenzione di cedere adesso. Aveva visto le prove mescolate a tutte le sue buone azioni.

Il visconte rimase lì come una statua, senza dire nulla.

"Non c'è da stupirsi", concluse, "che gli irlandesi abbiano un proverbio: *Il nome di un irlandese è sufficiente per impiccarlo*".

"E questo è ciò che risulta dagli atti?". Il suo tono era basso ma pericoloso. Mise il libro di Macpherson sul tavolo accanto a sè. "Beh, avete detto abbastanza".

A Grace faceva male il petto e non si sentiva bene. Durante la sua diatriba, aveva dimenticato di respirare.

"Vi prego di dire a mia sorella di non aspettarmi domattina. Non mi unirò a voi".

Mentre lui usciva dalla biblioteca, Grace si accasciò sulla panca e si mise il viso tra le mani.

Capitolo Undici

PENSATE DAVVERO di trattare tutti gli imputati allo stesso modo?

Hugh trascorse gran parte della notte soffrendo per le parole taglienti di Grace.

La sua prima reazione fu di rifiuto. Lei non lo conosceva. Era una sconosciuta. Non era un avvocato. Era un'ospite in casa sua. Doveva a lui e alla famiglia la sua vita. Che cosa l'aveva spinta ad attaccarlo in modo così violento? Passeggiando avanti e indietro nella sua suite, pensò alle accuse di lei.

Mentre la sua rabbia cominciava a placarsi, continuò a riflettere sulle motivazioni di Grace. Era stata esitante finché lui non l'aveva stuzzicata e non c'era nulla di disonesto nella schiettezza delle sue parole. Considerando la vulnerabilità della sua posizione a Baronsford, dovette accettare che i suoi commenti fossero obiettivi, basati su ciò che aveva letto.

Mentre l'orologio sulla mensola del camino segnava la mezzanotte, la possibilità che avesse ragione era quella che bruciava di più.

Si chiese se avesse davvero un'inconscia incapacità di vedere certe cose che influivano sul modo in cui impartiva la giustizia. Se la sua compassione non fosse riuscita a comprendere l'afflusso di stranieri indigenti che cercavano disperatamente un posto dove vivere, lavorare e crescere le proprie famiglie. Era forse sensibile solo alla condizione degli oppressi di cui era stato istruito in gioventù? Lo colpì profondamente il fatto che il suo senso di equità non riuscisse ad andare oltre gli africani in Inghilterra e nelle colonie e gli scozzesi sfollati a causa delle bonifiche.

Parlando con Grace, si era vantato dei suoi principi e aveva dato credito ai suoi genitori. Ma non erano stati gli unici a plasmarlo. Ohenewaa, la guaritrice africana che viveva con loro, aveva fornito un'altra potente base durante la sua infanzia. Acquistata dalla madre di Hugh a un'asta per liberarla, Ohenewaa trascorse i suoi ultimi anni educando sottilmente la nuova generazione di Pennington sui diritti e i torti del mondo. A Melbury Hall, nell'Hertfordshire, era cresciuto tra gli ex schiavi delle piantagioni di zucchero: Giona, il vecchio Mosè, Amina e gli altri. Hugh aveva idolatrato Israel, di soli dieci anni più grande, e lo aveva osservato mentre lottava ferocemente per trovare un posto nella società, nonostante fosse stato allevato da un conte.

Quando si trattava dei mali della bonifica scozzese, Hugh aveva sua sorella Jo come promemoria vivente del risultato malevolo dell'avidità dei proprietari terrieri. Lei era sopravvissuta, ma la sua madre naturale no.

Guardando la luna che scendeva nel cielo occidentale, contemplò la possibilità che Grace lo stava costringendo a considerare.

Ricordò come aveva scoraggiato Truscott nell'assumere i vagabondi irlandesi. Quale motivo aveva addotto? Non li conosceva. E nella sua aula di tribunale, pensò alla donna sordomuta che era in attesa di giudizio da sei mesi. Ora se lo ricordava: era nata a Dublino. Era seduta in quella prigione mentre i giudici discutevano su... cosa?

Si era assicurato che Darby fosse liberato dalla custodia dell'ufficiale giudiziario locale. Eppure, molti irlandesi si trovavano dietro le sbarre senza alcun motivo, se non il ritardo nell'ottenere un'udienza.

Hugh sapeva di non poter cambiare il sistema giudiziario. Quegli ingranaggi giravano molto lentamente. Ma lo spettro che Grace sollevava era quello dell'ingiustizia di cui lui stesso era responsabile.

L'alba era ancora lontana quando scese nel suo studio. Nell'ufficio del suo assistente legale, trovò l'ultimo registro delle udienze preliminari e i registri della prigione sulla scrivania di Kane Branson.

Le pagine contenevano i casi presenti sul registro dei tribunali di grado inferiore. Il nome di ogni persona era seguito da luogo di nascita, occupazione, età, altezza e religione. Leggendo i presunti reati, capì esattamente di cosa stava parlando Grace. La maggior parte dei casi coinvolgeva un irlandese e molti di questi uomini sarebbero dovuti entrare e uscire con un rimprovero minimo. Ancora peggio, molti dei reati erano quelli dei poveri, ovvero furti a scopo di lucro.

Nella maggior parte dei casi, questi casi non avrebbero raggiunto il suo tribunale, ma Hugh iniziò a prendere appunti, dando istruzioni a Branson su cosa fosse necessario fare per rilasciare i prigionieri o accelerare le udienze.

Quando ebbe finito la lista, si alzò e si stiracchiò. Sapeva di non aver ancora finito. La donna sordomuta. Il caso di omicidio avrebbe finalmente raggiunto l'Alta Corte in autunno. Tirò fuori il fascicolo che gli era stato inviato a Baronsford.

La donna, Jean Campbell di Dublino, era stata accusata di aver gettato il figlio di tre anni nel fiume Clyde dal Saltmarket Bridge il 19 novembre dello scorso anno. I testimoni si erano fatti avanti per denunciare il crimine e la donna fu arrestata con forti prove a suo carico.

Hugh sfogliò tutto il materiale che aveva. C'era ben poco. Nessuna dichiarazione dell'imputata. Gli appunti indicavano che la signora Campbell non sapeva né leggere né scrivere. Non poteva sentire né parlare. Per quanto ne sapeva lui, non fu fatto alcun altro tentativo di comunicare con lei.

Ricordò la questione che aveva causato l'impasse. Se non fosse stata in grado di sostenere un processo, sarebbe stata condannata a un manicomio a vita. Un destino peggiore della morte, secondo Hugh. Ma se Jean Campbell fosse stata in grado di presentarsi in tribunale, non avrebbe avuto alcuna difesa. Sarebbe stata impiccata. Ma tenerla rinchiusa, mese dopo mese, a causa di beghe legali non faceva certo progredire il suo caso.

Hugh iniziò una nuova lista per il suo assistente legale. Aveva bisogno di informazioni. I registri delle testimonianze contro di lei. Un rapporto che fornisse informazioni su dove viveva a Glasgow. I nomi dei suoi vicini e dei membri della sua famiglia. Dove *si trovavano i* suoi altri figli?

Pensò al problema principale: la sua incapacità di comunicare. Come facevano la sua famiglia e i suoi vicini a comunicare con lei? Quando ebbe terminato le sue istruzioni, aveva abbastanza materiale per tenere occupato Kane Branson a Edimburgo per qualche giorno. Il giovane si stava formando per diventare avvocato. Idealista e zelante, condivideva la passione di Hugh per la difesa di coloro che non potevano difendersi da soli. Avrebbe fatto bene in questo caso.

Hugh concluse scrivendo un messaggio a Walter Truscott sulla diga. Doveva assumere chiunque servisse, compresi i lavoratori irlandesi in grado di lavorare.

Posata la penna, si appoggiò alla sedia e vide che le candele si erano completamente consumate. Senza il suo aiuto o preavviso, il sole era già sorto e splendeva la fuori. Si sentiva bene. L'inizio inquietante della notte si era trasformato in una notte produttiva.

Fatto, pensò. Ma ora aveva bisogno di esercizio. Qualcosa che facesse sì che il suo battito corrispondesse alla velocità dei suoi pensieri. Lasciando le istruzioni sulla scrivania di Branson, tornò nel suo studio e trovò Jo che bussava ed entrava.

"È presto, anche per te", disse lei, dando un'occhiata alle condizioni disordinate dei suoi abiti da pranzo. "Oh, capisco. Non sei mai andato a letto ieri sera".

"Prima ho dovuto rimediare a qualche errore".

"Beh, non ti tormenterò perché lavori troppo se accetti di farmi un favore. Anche se mi dispiace chiedertelo, visto che non hai dormito".

"Non preoccuparti". Jo chiedeva raramente favori. "Di cosa hai bisogno?"

"Io e te dovevamo portare Grace a fare un giro nel parco dei cervi dopo colazione".

Hugh non disse nulla. Ovviamente Grace non aveva visto sua sorella questa mattina per dirle del suo cambio di programma.

"Mi avevi dato l'impressione di voler venire", disse Jo, leggendo la sua riluttanza. "E credo che le farebbe bene. Sembra molto più felice quando sta all'aperto. Ieri ho pensato che fosse migliorata di dieci volte solo facendo una passeggiata".

Ieri sera aveva dimenticato che era stata in punto di morte pochi giorni prima. L'immagine di lei distesa sul tappeto, con i libri sparsi intorno a lei, gli balenò nella mente. Una volta appurato che non fosse ferita, si buttò subito a capofitto nel godere del suo fascino, della sua bellezza. Il suo vestito era tutt'altro che osé rispetto agli abiti da sera di molte donne, ma su Grace era estremamente sensuale. Le sue braccia nude, la profonda scollatura che gli dava una generosa visione del suo seno perfetto. Aveva guardato il suo viso e ne aveva ammirato la perfetta simmetria. Come sempre, i suoi occhi e le sue labbra lo affascinavano.

Hugh aveva avuto abbastanza relazioni in passato da riconoscere quando una donna era interessata a lui. Grace gli aveva mostrato tutti i segnali. Solo che era lui ad essere in possesso del suo passato. Sapeva cosa era giusto e cosa sbagliato. Qualunque fosse la tentazione che provava, doveva agire in modo responsabile.

E lo aveva fatto, nonostante il fatto che lei lo attraesse fisicamente. Ma poi aveva visto la forza della sua mente. Era sorprendente rendersi conto che qualcuno potesse comprendere così tanto da una sola lettura, inoltre, la forza schietta delle sue argomentazioni lo affascinava.

"Ti prego, dimmi che non devo deluderla e rimandare la gita".

Hugh riportò l'attenzione sulla sorella. "Cosa *fai* stamattina?"

"È appena arrivato un biglietto da Lady Nithsdale. Ha intenzione di farmi visita questa mattina".

"Oh beh, il mondo deve cambiare orbita se Lady *Nithsdale* viene a trovarci".

"Sai che è la verità", disse Jo sorridendo. "Porterà con sé la sua amica e ospite, la signora Douglas. Non ti ricordi che ce ne ha parlato la settimana scorsa?".

Hugh non se lo ricordava. Non prestava più attenzione alle interminabili chiacchiere di quella donna sugli impegni sociali di quanto non ne prestasse alle vanterie del marito sulla sua bravura come sportivo. Tollerava i due solo perché erano vicini di casa.

"Se si trattasse solo di una visita di cortesia, non me ne preoccuperei".

"Perché viene?"

"Il suo biglietto mi fa pensare che sappia di Grace".

"Come è possibile?"

"Potrebbe averlo saputo dalla moglie del dottor Namby. Lei e Lady Nithsdale sono confidenti".

Troppe persone passavano per Baronsford. Poche cose rimanevano segrete e la notizia di Grace era troppo straordinaria per aspettarsi che qualcuno la tenesse per sé.

"Devo riceverli. E non voglio che Grace sia qui".

"Non ha senso gettarla indifesa in un covo di vipere", concordò.

Fece cenno alla porta. "Il che significa che hai a malapena il tempo di cambiarti e fare colazione prima di incontrare la nostra adorabile ospite qui fuori".

"Stai dando per scontato che io ci vada".

"Ho visto come guardavi Grace ieri". Gli occhi di Jo scintillarono con un pizzico di malizia. "Sicuramente ci andrai".

"Solo per farti un favore".

Hugh sapeva che sua sorella aveva capito la bugia dallo sguardo che gli aveva rivolto.

"Ma è bene che tu tenga presente che, da un giorno all'altro, potrebbe arrivare un marito a Baronsford per reclamarla".

Non fu per paura di perdere la protezione della famiglia Pennington che Grace si agitò nel letto per gran parte della notte. Era a causa della sua imprudenza nel parlare quando non era stata provocata.

Avrebbe potuto lasciare che le opinioni del visconte su James Macpherson cadessero incontrastate. Lo scrittore era morto e sepolto, non aveva bisogno di essere difeso. Non avrebbe dovuto lasciarsi irritare. Chi era lei per dargli lezioni sulla giustizia in questo paese? Era un'intrusa accidentale nella vita di queste persone. Un ex membro della corte dell'imperatore francese. Una nemica. Il modo in cui Hugh Pennington applicava la legge, in modo equo o meno, non avrebbe dovuto avere alcuna importanza per lei. Gli aveva dato il credito che meritava, ma non aveva il diritto di essere così critica.

I denti affilati del senso di colpa continuavano a lacerarla. Considerando tutto il bene che lui aveva fatto e continuava a fare, le accuse che lei gli aveva rivolto erano ingiuste. Era stata meschina nel colpirlo. La sua natura passionale l'aveva fatta esagerare ancora una volta. Con tutte le cose buone che aveva ereditato da suo padre, era stata anche maledetta dal suo carattere.

Mentre scendeva i gradini verso la porta, il suo pensiero andò al diamante che si trovava nella cassa di ferro di Baronsford. Il gioiello aveva portato violenza e dolore alla sua porta. Non aveva nemmeno la possibilità di usarlo. Non poteva nemmeno usarlo per assicurarsi un passaggio fuori dalla Scozia senza attirare troppo l'attenzione su di sé.

Si sarebbe accontentata di non vederlo mai più. Giuseppe Bonaparte aveva con sé in America una fortuna in gioielli come quello. Cucendo quel diamante nel suo vestito, le avevano mentito e l'avevano usata. Peggio ancora, suo padre era morto per questo. Non le importava se il diamante fosse un regalo di Giuseppe a sua moglie. Se mai avesse avuto la fortuna di arrivare a Bruxelles, avrebbe detto ai Bonaparte che era stato abbandonato insieme al suo vestito. Perso. Sparito per sempre.

Uscendo, respirò l'aria fresca del mattino e si scrollò di dosso i suoi problemi. Grace avrebbe preferito allontanarsi da Baronsford oggi, ma doveva aspettare il momento giusto e farlo in modo da raggiungere il continente. Questa cavalcata le avrebbe permesso di conoscere meglio la campagna, cosa chel'avrebbe aiutata a fuggire quando sarebbe arrivato il momento.

Era troppo presto per andare a fare un giro con Jo, così si incamminò dietro l'angolo della casa e su per un leggero pendio fino a dove i giardini scintillavano al sole del mattino.

Passeggiando lungo i sentieri verdi tra aiuole bordate di fiori, Grace respirò il profumo del timo e delle peonie. In una grande sezione, i boccioli di decine di piante si stavano preparando ad aprirsi e al centro brillava una meridiana. Due giardinieri erano intenti a scavare in un angolo lontano, dove fiori da taglio primaverili di ogni tonalità erano in fiore. In un angolo protetto, trovò una sezione di azalee che brillavano di fiori rossi e rosa.

Lentamente, tornò sui suoi passi. Doveva incontrare Jo alle scuderie alle nove e lei era ancora in anticipo. Camminando lungo il sentiero, passò davanti alla rimessa delle carrozze e si ricordò della cesta al suo interno. Era viva, si disse. Era sopravvissuta. Ora era il momento di prendere il controllo del suo futuro.

Grace pensò al visconte, chiedendosi se avesse detto a sua sorella che non sarebbe andato con loro. Arrossì pensando che forse aveva già detto a Jo della ramanzina ricevuta dalla donna ingrata che avevano strappato alla morte.

Nel cortile di fronte alle stalle, un fabbro stava ferrando un enorme cavallo da tiro irlandese. Era un cavallo bellissimo, di colore castagno con una macchia bianca e mezze calze. Il fabbro si avvicinò all'animale e le fece un cenno di saluto e lei ricambiò il sorriso. Doveva essere il nuovo uomo di cui le aveva parlato Anna.

Mentre lo guardava lavorare, uno stalliere uscì dalle stalle guidando una piccola cavalla grigia. Scambiando i convenevoli con l'uomo, si avvicinò alla bella cavalla. La cavalla girò la testa verso Grace e le orecchie si drizzarono in avanti con attenzione.

"È una vecchia pigra, signora", disse lo stalliere. "Ma le piace l'esercizio fisico ed è abbastanza gentile con chi non sa cavalcare".

Grace tese il palmo della mano e aspettò che la cavalla si allungasse per annusarlo. Non era nuova ai cavalli o all'equitazione. Essendo l'unica figlia di un ufficiale di cavalleria, aveva imparato a cavalcare in giovane età ed era un'abile cavallerizza. Lanciò un'occhiata dubbiosa alla sella laterale del cavallo. Trappole mortali, le chiamava Daniel Ware. Non le avrebbe mai permesso di cavalcarne una. Lei cavalcava sempre a sella incrociata.

Per quello che voleva oggi, Grace decise che non faceva alcuna differenza. Questa era la sua prima occasione di allontanarsi dal castello. Sperava di riuscire a convincere Jo a lasciar perdere l'idea di portarla al lago e di andare a Melrose Village.

"Vi andrebbe di darle un dolcetto?".

Accettò un pezzo di mela dallo stalliere. La cavalla la prese dal suo palmo e rivolse i suoi morbidi occhi marroni verso Grace. Sussurrando parole dolci, accarezzò la guancia contro il collo del cavallo. Le mancava questo odore. Il legame che esisteva tra cavallo e umano era unico. Le sue dita pettinarono la criniera ruvida. Aveva avuto cavalli da cavalcare per tutta la vita, ma mai uno suo. Si spostavano sempre verso un altro palazzo o un altro accampamento dell'esercito e quando doveva separarsi da un cavallo a cui si era affezionata, si lasciava dietro un pezzo di cuore.

"Penso che abbiate un talento naturale, signora. Dovete essere una cavallerizza". Quella voce fece uscire Grace dal suo sogno ad occhi aperti. "Ma penso che potrebbe essere troppo mansueta per voi".

Prima che potesse rispondere, un altro stalliere condusse un maestoso stallone nero nel cortile.

"Se lo desiderate, la riporto dentro e ti porto un'altra cavalcatura più consona. Vorrete tenere il passo dello stallone di Sua Signoria".

Fece un passo indietro. "Ci deve essere un errore. Andrò con..."

"Buona idea, ragazzo", disse la voce profonda alle sue spalle. "Cambia il cavallo della signora e sii intelligente".

"Subito, signore".

Il suono della voce di Hugh accese una fiamma di imbarazzo dentro di lei. Grace guardò lo stalliere che portava via la cavalla e rimase a fissare lo stallone irrequieto. Aveva visto il visconte cavalcare la bestia sul prato il primo giorno in cui era stata abbastanza bene da guardare fuori dalla finestra.

Era troppo vicino. Le parole taglienti che aveva pronunciato ieri sera, lo sguardo freddo che le aveva rivolto mentre usciva dalla biblioteca le pesavano addosso.

"Signore", disse girandosi e facendo un inchino.

"Signorina Grace". Si tolse il cappello a tesa larga e si inchinò.

Un nodo si stava rapidamente formando nel suo ventre, ma Grace si costrinse a guardarlo in faccia.

I suoi occhi erano stanchi, ma non mostravano il risentimento che aveva visto ieri sera.

Si studiarono in silenzio per un lungo momento di riflessione. Lei si sentì in imbarazzo di fronte all'esame del suo abito da cavallerizza grigio e del suo cappello con le piume. Tutto questo era un regalo dei Pennington. E Grace li indossava la mattina dopo aver insultato il padrone di casa.

"Stavo aspettando Lady Jo".

"Mia sorella vi manda le sue scuse. Ha dovuto ricevere degli ospiti all'ultimo minuto. Mi ha chiesto di portarvi le sue scuse. Sono qui in sua sostituzione".

Guardò nella direzione in cui lo stalliere era scomparso.

"Non voglio disturbarla, signore. Farò una passeggiata verso il fiume. Ormai conosco la strada. Non c'è bisogno che vi disturbiate".

"Non è un problema".

"No, non dobbiamo andare per forza. Non c'è alcun bisogno di andare a cavalcare questo...".

"Stiamo andando. È deciso", disse, dando un'occhiata al cavallo che veniva condotto fuori dalle scuderie.

L'intera situazione era a dir poco imbarazzante. Tuttavia, non poteva rifiutarsi, senza incorrere in un altro insulto. E lei voleva andarsene. Le scuse che aveva provato durante la notte cominciarono a scorrere sulla sua lingua. "Allora, prima di partire, devo ritrattare il discorso...".

"Non ora", ordinò. "Avremo tempo di discuterne più tardi".

Capitolo Dodici

RUMOROSA AL PUNTO DA risultare roboante. Imponente e intollerante. E, non da ultimo, una pettegola patentata.

L'ospite di Jo non aveva mai incontrato un argomento su cui non avesse un'opinione. Lady Nithsdale era una donna che credeva - con un fervore che il più devoto dei fanatici religiosi avrebbe invidiato - che fosse suo dovere celeste conoscere gli affari di tutti e interferire il più possibile. E se poteva rovinare una reputazione o rovinare l'onore di qualcuno, tanto meglio.

Jo non aspettava certo con ansia questa visita, ma avrebbe cercato di sopportarla con stoica civiltà, come sempre.

Lady Nithsdale si considerava una londinese e si degnava di lasciare la città solo quando la gente alla moda aveva abbandonato i suoi club, i saloni, i teatri e i giardini. L'unica eccezione che fece fu un mese a Bath e un viaggio nei Borders a maggio e giugno. Non si sarebbe mai sognata di perdersi il ballo a Baronsford. La folla che vi partecipava comprendeva molti degli esponenti dell'élite del ton, e lei poteva navigare in mezzo a loro come se fosse lei stessa la padrona di casa dei festeggiamenti.

Jo trascorreva pochissimo tempo a Londra e divideva il resto dell'anno tra la Scozia e l'Hertfordshire. Fortunatamente, c'era stato solo un breve periodo in cui entrambe erano li. E questa fu una benedizione. Jo considerava una sua responsabilità mantenere cordiali i rapporti tra Baronsford e i suoi vicini e, da anni ormai, ci riusciva con discreto successo. E con la maggior parte dei loro ospiti, si godeva i tranquilli convenevoli delle cene di campagna e delle ore di conversazione mattutine.

Lady Nithsdale, tuttavia, era faticoso. E Jo temeva che oggi sarebbe stato molto peggio del solito.

Gli ospiti arrivarono prima del previsto e si accomodarono nel salotto. Mentre scendeva la scala curva, Jo si fermò e fece un respiro profondo per allentare la tensione delle spalle.

Ricevere Lady Nithsdale era già abbastanza brutto, ma lei portava con sé anche un ospite. Per quanto Jo cercasse di superare l'apprensione, non le era mai stato facile conoscere nuove persone. Conosceva la signora Mariah Douglas solo di fama. Vedova di un ex ministro del Consiglio dei Ministri, la donna ora viaggiava da un salotto all'altro, commentatrice dello stile e della moda, arbitro dell'haute couture, modista di prim'ordine, ma le cui dita non sarebbero mai state sporcate dalla banalità del negozio. Da quello che Jo aveva sentito dire, viaggiava principalmente nell'aria rarefatta abitata dal Principe Reggente e dal suo entourage reale e le duchesse, le marchese e le contesse sotto la sua ala *non* avrebbero *mai* scelto un abito senza la sua espressa approvazione. Il motivo per cui si trovasse in Scozia durante la Stagione era un mistero.

Ciononostante, Jo non riusciva a pensare a nulla da dire a questa donna. Non era particolarmente interessata agli ultimi cambiamenti di stile. Non si preoccupava di aggiornare il suo guardaroba a ogni ticchettio dell'orologio della moda. A parte i balli a Baronsford a giugno e a Natale, Jo partecipava raramente a feste o incontri. Il suo entusiasmo per queste occasioni si era esaurito da tempo. Nello stesso periodo, si era resa conto che la vita che conduceva ora aveva poco spazio per donne come Mariah Douglas.

Il forte scroscio di risate di Lady Nithsdale fece soffermare Jo ad afferrare la ringhiera lucida. Alcune cose non si possono dimenticare. Non l'aveva mai detto a Hugh. Non l'aveva mai detto ai suoi genitori o agli altri fratelli. Quindici anni prima, Lady Nithsdale era stata una delle voci principali del coro di pettegolezzi che avevano contribuito a distruggere la sua felicità. La frenesia dei pettegolezzi e delle falsità, che inquinavano i salotti dei loro conoscenti, era stata direttamente responsabile del ritiro dell'offerta di Wynne Melfort e della brusca fine del loro fidanzamento.

Jo raddrizzò la schiena e si avviò da basso. Non poteva cambiare la sua vita. Non poteva incolpare gli spettatori e i pettegolezzi per le incertezze della sua origine. Era vero che era stata adottata alla nascita e che era cresciuta circondata dall'amore e dalla fortuna della famiglia Pennington. Al momento del fidanzamento, i suoi genitori l'avevano dotata di una cospicua dote. Ma tutto quello che Jo aveva da offrire, non era abbastanza per i Melfort una volta iniziata la valanga di congetture e vili insinuazioni.

Quando entrò nella stanza, la sua intenzione di mantenere un'aria di fredda formalità fu immediatamente infranta. Lady Nithsdale balzò dalla sua sedia con un'agilità in chiaro contrasto con la sua età e il suo peso. In una falsa dimostrazione di intimità, posò un bacio su ciascuna delle guance di Jo. Chiaramente, per il mondo, erano le amiche più intime.

"Eccoti qui, carissima. L'angelo dell'empatia. La più gentile delle anime". Tirò Jo verso il tavolino e le sedie come se stesse accogliendo un ospite. "Voglio presentarti la mia carissima amica, la signora Mariah Douglas".

Dal cappello, all'abito da passeggio, agli accessori, la signora Douglas era una dimostrazione impeccabile della sua vocazione. Ma il sopracciglio inarcato della donna e l'ombra di un sorriso agli angoli delle labbra dipinte di rosa, colpirono Jo come un pugno allo stomaco. Lady Nithsdale aveva senza dubbio condiviso a lungo la storia personale di Jo, che ora veniva valutata come se fosse un cane randagio che chiedeva l'elemosina alla porta della cucina.

"Lady Josephine è una messaggera di misericordia, come lo era Lady Aytoun prima di lei. Io ero appena sposata, poco più che una ragazza, ma ricordo che sua signoria ti portò in quella sala da ballo, avvolta com'eri in una coperta di fango". Fece una pausa, assaporando il ricordo. "Ma come le dicevo, signora Douglas, questa cara giovane donna è una benefattrice straordinariamente generosa del glorioso aiuto che noi qui nei Borders stiamo dando a quelle sfortunate donne cadute. Le ho mostrato la casa-torre...".

Jo si allontanò con la scusa di suonare per farsi portare il tè, anche se l'aveva già preparato. Non poteva ascoltare nulla di tutto ciò. Non volle approfondire il lavoro che per anni era stato in gran parte sostenuto da Violet Truscott. Jo stessa non aveva mai chiesto il sostegno dei Nithsdale o di altri. Lord e Lady Aytoun avevano continuato a sostenere le spese.

Allo stesso tempo, Jo si risentì dell'insinuazione che si nascondeva nelle parole di Lady Nithsdale. Quante volte aveva bisogno di sentirsi raccontare la storia del suo ingresso a Baronsford? E non le era sfuggito né l'accenno alle *donne cadute* né lo sguardo compiaciuto che le due visitatrici si erano scambiate. Si chiese quando, dopo tutti quegli anni, le persone si sarebbero stancate di fare riferimento alla sua madre naturale. Mai, pensò con rabbia. La sensazione di superiorità morale era troppo gratificante.

Ingoiando i suoi sentimenti, tornò dalle ospiti.

"Ma per quanto riguarda la vostra sorpresa", continuò Lady Nithsdale. "Non posso credere che mi abbiate nascosto una notizia così sorprendente. Eravamo qui a cena proprio la settimana in cui è arrivata la cassa e né tu né Sua Signoria ne avete parlato".

Jo decise che non avrebbe reso loro le cose facili. Si rivolse alla signora Douglas. "È la prima volta che viene nei Borders, signora?".

"No, no, no!" Lady Nithsdale gridò, impedendo all'amica di rispondere. "Parlaci della *donna* nella cassa".

"Mi perdoni, Lady Nithsdale, ma ho appena conosciuto la sua ospite", obiettò Jo, concentrando nuovamente la sua attenzione sulla signora Douglas. "Se vuole scusare la mia curiosità, trovo sorprendente vedere una signora del suo celebre talento in campagna nel pieno della stagione. Come farà Londra ad andare avanti senza di lei?".

La signora Douglas scambiò un'occhiata con la sua amica e poi rivolse il suo sguardo freddo a Jo. "*La* città *è* un vortice di attività, signora, come lei sa, ma tutti abbiamo bisogno di staccare la spina".

"È sempre sommersa da offerte", interviene Lady Nithsdale. "Se non è a Brighton per la festa di Sua Altezza Reale, è in... beh, è in tutti i posti migliori! L'ho pregata per anni di unirsi a noi qui nei Borders.

Non è mai riuscita a trovare il tempo per farlo. Non è vero, mia cara? Ma puoi immaginare quanto sia stata felice di ricevere la sua lettera, la scorsa settimana, in cui ci diceva che sarebbe venuta?".

La contessa diede una pacca sulla mano all'amica, evidentemente soddisfatta di aver ripreso in mano la conversazione.

"Ricordo che ne hai parlato a cena qui", disse Jo.

"Sì, infatti l'ho fatto. Bene, allora è tutto risolto. Parliamo della tua ospite inattesa".

Jo lanciò un'occhiata alla porta aperta del salotto, sperando che il tè arrivasse presto.

"So che ti starai chiedendo come sia possibile che io sappia così tante cose".

Jo sollevò un sopracciglio. Non aveva bisogno di dire altro. L'incapacità di Lady Nithsdale di trattenere qualcosa era ben nota.

"Il servitore della signora Namby ha raccontato alla sorella che il medico è stato chiamato nel cuore della notte. La ragazza lo ha detto a sua cugina. Sua cugina è una delle mie cuoche". La sua voce aumentò di volume ad ogni passo successivo. "Una donna quasi senza vita arriva a Baronsford in una spedizione destinata al visconte. Pensa un po'!"

Jo non sapeva quale delle due donne le stesse dando più fastidio in quel momento, Lady Nithsdale con le sue chiacchiere o la signora Douglas con il suo sguardo inflessibile. Quest'ultima non aveva mai staccato gli occhi dal viso di Jo. All'inizio sapeva che la donna la stava valutando. Ora era come se stesse cercando di leggerle nel pensiero, come la vecchia della compagnia di zingari che passava ogni anno per l'Hertfordshire.

"Perché devo essere stata l'*ultima* a scoprire questa entusiasmante notizia?". Lady Nithsdale si lamentò.

L'effetto combinato delle due donne stava mettendo a dura prova la pazienza di Jo. "Se la spedizione fosse arrivata a Nithsdale Hall, signora, lei sarebbe stata la prima".

"Non va bene. Non sono soddisfatta". La contessa agitò il dito. "Chi è?"

"Sembra che tu ne sappia più di me".

"So troppo poco. So che il suo nome di battesimo è Grace e che non ricorda nient'altro. È stata malata ma si sta riprendendo. Di sicuro hai molto di più da condividere con i tuoi amici".

Troppo tardi, ma Jo si rese conto della saggezza del suggerimento di Hugh: avrebbero dovuto mandare un medico di Edimburgo. Non tanto per una migliore assistenza medica, quanto per evitare pettegolezzi. Il Dr. Namby era un uomo gentile, ma evidentemente ciò che sapeva era stato trasmesso a sua moglie. E ora era finito sulla lingua di questa donna. Per il bene di Grace, Jo era sollevata dal fatto che il buon dottore non fosse a conoscenza del diamante che avevano trovato nel suo vestito. Non voleva immaginare il banchetto che quelle due avrebbero fatto con quell'informazione.

"Ci sono stati cambiamenti nelle sue condizioni dall'ultima volta che il dottor Namby è stato qui? Cosa ti ha detto delle sue origini? La sua famiglia?" Il pettegolezzo si era trasformato in un interrogatorio.

Proprio quando Jo stava per cedere al desiderio quasi irrefrenabile di dire alla donna di farsi gli affari suoi, arrivò il tè.

"Lady Nithsdale", disse, abbassando la voce e facendo un gesto significativo verso la servitù. "Vi prego di essere così gentili da interrompere questa conversazione".

Mentre un cameriere e una cameriera passavano vassoi di brioche con burro e marmellata, Jo si alzò e preparò il tè. Mentre mangiavano, Lady Nithsdale chiacchierava dell'opera e delle rappresentazioni teatrali a cui aveva assistito a Londra, e la signora Douglas sedeva a sorseggiare il tè in silenzio, rispondendo solo occasionalmente quando veniva chiamata in causa. Ma Jo sapeva che la conversazione sarebbe cambiata non appena i piatti fossero stati sparecchiati.

Aveva ragione. I domestici non avevano ancora lasciato la stanza quando Lady Nithsdale, non potendo aspettare un altro momento, tornò a parlare di Grace.

"Infine. Come stavo dicendo, la signora Douglas potrebbe fornirti una brillante assistenza per quanto riguarda...".

"Vuole dell'altro tè, signora?". Interruppe Jo, porgendole il bricco.

"No, grazie. Dov'ero rimasta? Oh, sì. Lei potrebbe risolvere l'intero mistero di questa sconosciuta per te".

Lo sguardo di Jo fu attratto in modo repentino dall'ospite silenziosa. Il suo volto era una maschera. Lo stesso immutabile accenno di sorriso inciso sui lineamenti della donna.

"Altro tè per lei, signora?".

"Grazie. No".

"La signora Douglas viaggia molto nel continente", continuò la contessa. "Conosce chiunque sia qualcuno. Lei stessa mi ha detto che ha diversi amici che va a trovare ad Anversa. Se la vostra ospite è di qualche importanza lì, la mia amica la riconoscerà sicuramente".

"E voi saraete qui per il ballo? O vi mancano troppo le signore di Brighton?".

L'espressione fredda della signora Douglas non cambiò, ma prima che potesse rispondere, Lady Nithsdale spinse via la tazza e il piattino del tè.

"Davvero, Lady Josephine. Dovete permetterci di incontrare questa giovane donna prima di partire".

"Oh, devete andare?" Poi, sorridendo nel modo più dolce possibile, Jo si alzò dal tavolo. "Ma certo, avete tanta corrispondenza da evadere, ne sono sicura. Oh, guarda che ora è".

"No, non intendevo dire che dobbiamo...".

"Certo, non l'avete fatto. Sei troppo gentile per affrettare la vostra visita, ma sono certa che gli altri vicini si sentirebbero trascurati se li privaste della compagnia della signora Douglas. Non mi sentirei a mio agio a tenervi entrambe per me. Signore?"

Mentre Lady Nithsdale si alzava a malincuore dal suo posto, Jo lanciò un'occhiata all'altra ospite, che la guardava con la stessa espressione imperscrutabile.

"Ma riguardo alla tua ospite..." Lady Nithsdale sbuffò.

"No, signora. Non voglio trattenervi un momento di più. Lo terremo per un'altra visita, d'accordo?". Jo le accompagnò verso la porta. "E la prossima volta, possiamo fare un giro in giardino. Le azalee sono bellissime quest'anno".

Capitolo Tredici

IL DISASTRO ERA GIÀ in atto prima ancora che uscissero dalle scuderie.

Hugh e i due palafrenieri le davano istruzioni a raffica. Il castrone che doveva cavalcare era più giovane ed energico e aveva bisogno di una mano forte per stare fermo mentre Grace veniva aiutata a salire sulla sua groppa. Fu quasi disarcionata prima ancora di essere seduta.

La situazione non migliorò affatto una volta partiti. Grace sapeva per esperienza che tutti i cavalli, anche i più docili, cercano di mostrare la loro indipendenza quando vengono montati da un estraneo. Non aveva avuto modo di fare amicizia con la nuova cavalcatura. Le avevano dato un frustino per compensare l'assenza di una gamba sul fianco, ma era stato inutile. Il castrone si dimenava continuamente, ed era necessario tirare continuament le redini. Non riusciva ad abbassare le mani, così com'era posizionata. E senza l'uso della gamba destra - che era agganciata in modo scomodo alla stampella della sella - era priva di uno strumento prezioso per controllare l'animale. Tutto ciò che le era stato insegnato prima non era servito a nulla. Avrebbe potuto benissimo essere appollaiata sulla gobba di un cammello.

Chiaramente, pensò, non aveva mai dimostrato abbastanza rispetto a coloro che avevano imparato questo metodo di cavalcare pericolosamente scomodo. Le poche volte che le era stata offerta la possibilità di provare, Grace non aveva mai accettato. Suo padre non glielo avrebbe permesso. Inoltre, essendo una perfezionista, non le era mai piaciuta la sensazione di essere "meno capace" quando imparava qualcosa di nuovo.

Mentre i loro cavalli passavano davanti a un canile e a diversi fienili, Grace si piegò a destra per mantenere l'equilibrio, ma la sua gamba si stava addormentando rapidamente. Questo non era cavalcare. Non c'era alcuna gioia. Quella sella era stata ovviamente progettata per torturare le donne.

Le piaceva cavalcare a cavallo. Le era sempre piaciuto. Sfrecciare in un prato o in una stradina di campagna con il vento in faccia, veleggiare nell'aria sopra un muro o un fossato, muoversi come un tutt'uno con il potente animale tra le gambe era una gioia senza pari. Al diavolo la moda, spesso aveva indossato pantaloni da uomo per farlo. Oggi non aveva scelta per quanto riguardava l'abito da indossare, ma non pensava che sarebbe andata così male.

Nonostante tutto, il suo orgoglio non le avrebbe permesso di apparire debole. Non si sarebbe lamentata. Sarebbe stata padrona della situazione. Quando si lasciarono alle spalle gli edifici e Hugh ordinò al suo massiccio destriero di "andare al trotto", lei spinse il suo cavallo al galoppo nel tentativo di sembrare abile. Quasi cadendo una mezza dozzina di volte prima di rallentare il destriero al trotto, Grace rabbrividì pensando a quanto doveva sembrare ridicola, sbandando e ondeggiando davanti a lui come un ussaro ubriaco.

Non aveva senso suggerire di andare al villaggio piuttosto che al lago. Qualunque cosa avesse voluto, il suo piano cambiò quando Hugh si presentò al posto della sorella.

Per fortuna, la tortura inflitta alle sue gambe e al suo sedere finì presto. Dopo aver cavalcato per un breve tratto attraverso quella che sembrava essere un'antica foresta di querce e abeti, raggiunsero una radura di prati punteggiati di fiori selvatici gialli, bianchi e viola. Al di là di una fila di pini, intravide uno scorcio di uno stretto lago.

Fu molto sollevata quando lui fece rientrare il cavallo e suggerì di smontare e camminare un po' prima di tornare indietro.

Grace osservò il cuo compagno smontare e guardò l'aggeggio a cui era aggrappata. Non aveva idea di come diavolo avrebbe fatto a scendere.

Hugh lasciò il suo stallone e si avvicinò. "Sarà più facile che montare".

"Questo non vuol dire molto".

La sua dignità le imponeva di farlo con facilità. Era smontata da cavallo, sia in sella che a pelo, migliaia di volte. Era in grado di farlo. Ma si rese subito conto che sarebbe stata ostacolata da una gamba e da una natica che avevano perso ogni sensibilità.

"Se raccogliete le gonne e liberate il ginocchio, sarò felice di assistervi".

Era molto vicino, con le mani tese, pronto ad aiutare.

"Posso farcela", disse, più bruscamente di quanto avesse voluto. Voleva scendere senza bisogno di aiuto, ma il castrone stava diventando irrequieto. Raccogliere le voluminose gonne si stava rivelando un serio ostacolo mentre cercava di liberare la gamba dalla staffa della sella.

"Prima di farlo, rilasciate il piede dalla staffa e dal cappio".

Le gonne stavano iniziando a frustrarla. Infischandosene del pudore, le tirò su fino al ginocchio e tirò fuori il piede dalla staffa.

"*Ora* toglete la gamba destra dalla staffa".

La sua gamba non collaborava.

Hugh aspettò che lei facesse un ultimo tentativo di farcela da sola. Infine, si avvicinò e la afferrò per la vita. Sollevandola dalla sella, la fece scendere delicatamente a terra.

La sua gamba destra, che penzolava come un ramo di salice spezzato, crollò sotto di lei mentre lui la metteva a terra. Mentre lottava per rimanere in equilibrio sull'altra gamba, l'irrequieto castrone, liberato dal suo cavaliere, la urtò e lei cadde su Hugh.

Le labbra di Grace premevano contro la lana morbida. Le sue braccia lo circondavano, stringendo il suo cappotto da equitazione. Sentiva l'odore dell'aria fresca e dell'uomo e la sua mente si svuotò di tuttto. Il suo corpo si riempì di una sensazione antica quanto la femminilità. Il tempo si fermò. Sfiorò la sua guancia contro la sua spalla e si concesse di assaporare il momento, immaginando un sogno che non avrebbe mai potuto realizzarsi. La sensazione di spilli e aghi nella gamba le impedì di allontanarsi da lui. Lui non si lamentò.

Quando si sentì in grado di appoggiare il peso su quell'arto, iniziò a indietreggiare, ma la leggera pressione della mano di lui sulla sua schiena fece fermare Grace.

Il suo sguardo salì lentamente oltre il mento forte fino alle sue labbra. Voleva che la baciasse. Alzò lo sguardo e si sentì sollevata nel vedere un'analoga necessità nel fondo degli occhi grigi di lui. Stava fissando le sue labbra.

Le sue dita tracciarono dolcemente la linea della sua mascella e un delizioso fremito la percorse.

"Allontanati e non ti bacerò".

La sua voce era profonda e la invitava a giocare. Ma la decisione era sua. Stava lasciando a lei la decisione, come la sera prima. Poteva andarsene... e per il resto della sua vita rimpiangere di non aver vissuto quel momento.

Grace si alzò sulle punte dei piedi e sfiorò dolcemente le sue labbra.

Sentì ogni muscolo del suo corpo irrigidirsi. Incoraggiata, lo guardò negli occhi e gli posò morbidi baci sulle labbra.

La sua bocca si posò sulla sua, dura e veloce e quando le labbra di lei si socchiusero per lo stupore e la gioia, lui spinse la lingua in profondità nella sua bocca. La baciò affamato e senza ritegno, cancellando ogni ricordo dei casti baci della sua giovinezza. Il suo corpo rispose al gioco delle loro labbra. Un desiderio che non aveva mai conosciuto esplose dentro di lei, correndo come un fuoco nelle sue vene. Voleva di più.

Grace si ritrovò con il fiato corto. Il suo cuore martellava come un cannone. Il bacio di Hugh la stava sciogliendo, fondendo. Era come argilla nel suo abbraccio, la sua bocca cedeva alla sua bocca, il suo corpo si modellava al suo corpo. Si sollevò di più e le sue braccia gli circondarono il collo. Sentiva più che altro il suo gemito di piacere quando i suoi seni premettero contro il suo petto.

Veloce. Pensa. Sbagliato. Dentro di lei infuriava una battaglia. *Ora. Desiderio. Giusto.*

Voleva che il fuoco della passione dominasse questo momento, ma non poteva essere così. Era sbagliato. Hugh non conosceva la verità su di lei e lei stava aggiungendo altri torti a quello che aveva fatto. Doveva fermarsi ora.

Grace infilò le sue dita tremanti tra i loro corpi e si strinse al suo petto. Lui terminò immediatamente il bacio e fece un passo indietro.

Le sue gambe minacciavano di cedere. Tutto intorno a lei era una sfocatura di colori. Le sue labbra formicolavano di piacere.

"Non avrei dovuto baciarvi", riuscì finalmente a sussurrare.

"No, sono stato io", disse lui, con lo sguardo che ancora incendiava il suo corpo anche a due passi di distanza. "Ma non me ne pento e credo che nemmeno voi ne siate pentita".

Grace si voltò verso il lago e si premette le mani sulle guance febbricitanti. Non aveva mai immaginato di poter sentire un desiderio così ardente ed esplosivo per qualcuno. Non aveva mai dato inizio a un momento come questo e, quando era tra le sue braccia, gli avrebbe dato molto di più di quel bacio. Chiudendo gli occhi mentre un'ondata di mortificazione si impadroniva di lei, cercò nella sua mente un modo per giustificare quell'improvviso errore di giudizio.

Hugh si allontanò, conducendo i cavalli verso un cespuglio basso dove potevano brucare l'erba del prato. Lei lo guardò mentre metteva al sicuro le cavalcature e poi rimase a guardare le acque scintillanti del lago. Aveva perso il controllo per un momento e lei si sorprese di avergli fatto questo effetto. Dilaniata da desideri contrastanti, si costrinse a rimanere ferma e a non tornare da lui per gettarsi di nuovo tra le sue braccia.

Quando finalmente si voltò e tornò verso di lei, era il padrone di casa controllato e serio che aveva conosciuto.

"La gente trova che il sentiero lungo il bordo del lago sia molto pittoresco. Se non siete troppo stanca, forse vi piacerebbe sgranchirvi le gambe".

Grace si risentì per la perdita dell'uomo che l'aveva baciata con tanta passione, ma fu grata al signore che aveva mantenuto una parvenza di ragione. Era un vorticoso grumo di contraddizioni, che girava all'impazzata, incapace di capire chi fosse improvvisamente diventata.

Le risposte che cercava non erano facili da trovare, almeno non in questo momento con l'oggetto del suo desiderio accanto a lei.

Hugh gli indicò la strada e, mentre camminavano tra gli alberi verso l'acqua, Grace si costrinse a concentrarsi su ciò che la circondava. Se avesse parlato, non si sarebbe soffermata su ciò che aveva fatto. Voleva trovare qualcosa per distogliere la conversazione dal suo comportamento sfacciato.

Quando arrivarono a un'ampia frangia d'erba lungo la riva del lago, i suoi occhi osservarono la foresta verde che si ergeva dalla riva opposta. Il luogo era tranquillo, protetto e pacifico.

"È bellissimo. Non mi aspettavo che i boschi fossero così pieni di fiori". Indicò una coltre di campanule che si estendeva intorno a loro.

Li guardò come se li vedesse per la prima volta.

"È un buon periodo dell'anno per questo, credo". Indicò il sentiero che correva lungo la riva. "Possiamo camminare da questa parte, se volete".

Le loro voci le sembrarono tese, entrambi si sforzavano di apparire indifferenti a quanto accaduto.

"Visconte Greysteil. È un nome scozzese?".

"Sì lo è. Lo siamo. Il titolo è della mia nonna paterna".

"Siete cresciuto qui?", gli chiese.

"Sì, abbiamo trascorso molto tempo a Baronsford. Naturalmente io andavo a scuola, ma tornavamo comunque per le vacanze estive. Mio padre aveva i suoi doveri in Parlamento, ma i piaceri della stagione non sono mai piaciuti ai miei genitori".

Ricordava che lui li stimava per le sue qualità di correttezza e tolleranza. Era meraviglioso che un uomo della sua età pensasse ai suoi genitori con tanta ammirazione. Si chiese se sarebbe mai arrivato il giorno in cui lei avrebbe potuto lodare apertamente suo padre per ciò che le aveva dato.

"Penso che questo fosse un posto incantevole per un bambino".

"In effetti, questo posto in particolare era il nostro preferito. Tutti i miei fratelli e cugini hanno nuotato qui da bambini".

Grace immaginava dei bambini che giocavano nell'erba che correva fino alla spiaggia di ciottoli. Un vicino boschetto di alberi si affacciava sull'acqua limpida e, nella sua mente, i bambini prendevano il sole su una grande roccia piatta a pochi metri dalla spiaggia.

"Avete ancora dei parenti nelle vicinanze?", chiese.

Si voltò e indicò la strada tra gli alberi. "In quella direzione, siamo a pochi passi dalle scuderie di Greenbrae Hall. È lì che il mio zio più giovane, David, e sua moglie, Gwyneth, vivono con la loro famiglia per una parte dell'anno". Indicò un'altra direzione. "Camminando ancora un po', dovreste riuscire a scorgere una casa-torre in pietra oltre le cime di quelle querce. Quando era giovane, Walter Truscott iniziò a restaurare quel luogo per sé".

"Walter Truscott?" chiese.

"È il cugino di primo grado di mio padre e gestisce la tenuta di Baronsford da prima che io nascessi. Sarei perso senza di lui. La casa torre ora ospita un progetto di beneficenza a cui partecipano mia sorella e Violet Truscott, ma puotete chiedere a Jo di parlarvene".

Per Grace, essere radicata in un luogo e utilizzare parte del luogo in cui si vive per aiutare gli altri era un sogno. Avrebbe chiesto a Jo di parlarne. Di tutte le donne ricche e importanti che Grace aveva incontrato nella sua vita, non ricordava nessuna che incarnasse le qualità della sorella di Hugh.

Raggiunsero un ramo del sentiero e lui indicò il punto in cui questo svoltava nel bosco. "Questo sentiero conduce al punto in cui abbiamo lasciato i cavalli".

Camminarono in silenzio mentre lei si sforzava di trovare altre domande. La sua mente continuava a ricordare il loro bacio ed era sempre più difficile ignorare la sua presenza ogni momento che passava.

Si sentì sollevata quando uscirono dalla radura. Non lontano, i cavalli erano in vista.

Hugh ruppe il silenzio. "Temo che la nostra gita non sia stata come speravate".

Se solo avesse saputo che era molto più di quanto lei avesse mai previsto.

"Stare all'aperto era quello di cui avevo bisogno", disse. "Credo che questo sia il paradiso in terra. La serenità dell'acqua e degli alberi che la circondano. Il profumo di tutti questi fiori selvatici".

Il suo sguardo spaziava sui campi davanti a loro. Dopo qualche attimo di silenzio, immaginò che lui cercasse di apprezzare la scena come faceva lei. La tregua durò poco e i suoi occhi grigi trovarono di nuovo i suoi.

"Stavo pensando alla sella. Azzarderei l'ipotesi che, nella vita che non ricordate, voi abbiate cavalcato ma non in sella".

La sua astuzia era encomiabile. "Potreste avere ragione".

"Pensate che sia stata la vestibilità della sella?".

Grace era una cavallerizza più che abile. L'irritazione per la sua incapacità di adattarsi la rodeva ora, perché non aveva problemi a cavalcare con la sella incrociata. Non era la vestibilità della sella, ma il suo dannato design.

"Non riuscivo a montare o a scendere senza assistenza. E non riuscivo a smettere di pensare a quanto sarei stata indifesa se il mio cavallo si fosse imbizzarrito o si fosse imbizzarrito".

"Sarebbe una complicazione".

"Esattamente. E che mi dite del salto? O del galoppo?" Il suo tono era tagliente. Cercò di ammorbidirlo. "Questo strumento barbaro è governato dalla moda. Non tiene conto della sicurezza del cavaliere".

Fu sorpresa quando lui sorrise e la sua mente infida ricordò il loro bacio.

"Gli uomini spesso si lamentano dello spirito in una donna, ma in voi è affascinante".

Sapeva come spiazzarla e farle dimenticare quello che voleva dire. Un rossore bollente si diffuse sul collo e sulle guance. Grace fissò le punte degli stivali che spuntavano da sotto il vestito. Spirito. Impulso. Desiderio. Erano tutti scaturiti da quel luogo di passione che era in lei.

"Siete come un puledro arabo", continuò. "Spirito e intelligenza allevati insieme in una creatura di grande bellezza".

"Lo prendo come un complimento, visto che siete un cavaliere".

Arabi. Conosceva molto bene la razza. Aveva visto suo padre aiutare ad addestrare il grande cavallo da guerra di Napoleone, Marengo. Un'altra conversazione che non osava fare con lui.

Mentre camminavano, Grace non si fidava a guardarlo, per paura di costringerlo a prenderla di nuovo tra le braccia. E poi dove sarebbe stata?

"*È* un complimento".

Non poteva lasciarsi distrarre dal suo fascino. Gli doveva ancora delle scuse. Aveva messo in dubbio la sua etica. Quando Anna portò il vassoio della colazione, raccontò a Grace la storia del nuovo fabbro di Baronsford, l'uomo che aveva poi visto quando era scesa nelle stalle. Il visconte aveva fatto in modo di correggere un'ingiustizia. La storia non fece altro che accrescere i suoi sensi di colpa.

"Devo chiedervi perdono, signore", disse. "Ho esagerato in biblioteca. I miei modi, la violenza delle mie espressioni... . . ricordarlo mi imbarazza anche adesso. Non avevo il diritto di criticare voi, che mi avete mostrato solo gentilezza. E ho parlato, sapendo tutto il bene che avete fatto. Per me, equiparare la condizione di un gruppo a quella di un altro che è stato ridotto in schiavitù per generazioni rivela l'ignoranza e la leggerezza del mio carattere. Lo "spirito" a cui vi siete riferito poco fa mi ha tradito. Ho parlato quando non avrei dovuto parlare. Sono stato critica quando avrei dovuto lodarvi".

Lui le afferrò il gomito, facendola fermare. "Stavate dicendo la verità. E avete attirato la mia attenzione su un lato di me stesso che mon sapevo di avere".

"Sono giunta a una conclusione basata su una manciata di articoli".

"Una volta che ho avuto la possibilità di riflettere su ciò che avete detto, ho scoperto che avevate ragione. Non sono diventato un giudice per migliorare il mio status sociale o politico. Il mio obiettivo è sempre stato quello di prendere decisioni in modo equo e senza parzialità. E mi preoccupa vedere dove ho fallito".

Lo stesso uomo che l'aveva presa tra le braccia con tanta passione pochi istanti prima, ora le stava davanti senza un briciolo di arroganza o vanità. Non avrebbe potuto essere più colpita da Hugh Pennington.

"Ma non avete fallito. Credo che la mia delusione e la mia frustrazione fossero in realtà rivolte alla legge e alla società, e non a voi nello specifico".

Tutti gli immigrati hanno lottato in un modo o nell'altro. Grace e suo padre non facevano eccezione. Grace era figlia di un padre irlandese e di una madre scozzese che avevano vissuto la loro vita dalla parte dei perdenti nelle guerre contro la Corona inglese. Con i giorni passati sui campi di battaglia alle spalle, Daniel Ware si preoccupava della sicurezza e del futuro della sua unica figlia. Avrebbe voluto poter condividere la sua esperienza con Hugh. La paura degli stranieri esisteva ovunque avesse vissuto, compresa l'America, una cosa bizzarra considerando che si trattava di una nazione di stranieri insediati da poco. Ma non poteva dirglielo.

"Vi ringrazio per aver parlato, ma desidero lasciarmi alle spalle il disaccordo di ieri sera".

Grace era grata per la sua cordialità. Non avrebbe voluto niente di meglio.

"Vi dispiace se accompagniamo i cavalli?" chiese quando raggiunsero gli animali.

"Sarebbe fantastico". Guardò la sella con esagerato disprezzo.

Un grande peso le fu tolto dalle spalle. L'odore degli abeti le riempì i sensi mentre camminavano.

"Sono ancora sbalordito, tuttavia, dalla capacità della vostra mente", disse lui, interrompendo i suoi pensieri. "L'esattezza della vostra memoria. La capacità di recitare testi in modo impeccabile. Date. Riferimenti. Come fate a ricordarli tutti in modo così preciso?".

Per una volta, avrebbe otuto essere onesta. "Sembra che ciò che leggo rimanga con me, proprio come lo vedo sulla pagina".

Uscirono dall'ombra della foresta e si incamminarono verso i prati aperti. In lontananza, le torri e le torrette di Baronsford si stagliavano solide contro il cielo azzurro.

"Non dimenticherò mai che le vostre prime parole furono la recita dei versi di una poesia". Svoltarono sul viale.

"Non era una ballata?", gli disse per stuzzicarlo.

Guardandolo, vide la sua espressione incupirsi. I suoi occhi erano puntati su una carrozza aperta che si stava avvicinando a loro. Lui fece accostare i loro cavalli al lato del vicolo.

"Mi scuso per questa intrusione, in anticipo".

Prima che Grace potesse rispondere, la voce stridula di una donna squarciò l'aria, ordinando alla carrozza di fermarsi.

"Lord Greysteil", squittì con gioia una robusta donna anziana. "Non so dirvi quanto sia felice di trovarvi qui!".

Si strappò il cappello dalla testa e si passò le dita tra i capelli. Il suo fastidio era evidente.

"Abbiamo appena lasciato Baronsford dopo una *bella* visita a vostra sorella. E vi abbiamo trovato qui! Eravamo davvero dispiaciute al pensiero di non poter vedere voi e la ... oh mio vostra, *adorabile* ospite. Sareste così gentile da presentarci la signorina?".

Grace guardò dal volto dell'oratore al suo compagno. All'improvviso, un'ondata di malessere la investì. Conosceva quella donna. Sei anni prima, il giorno in cui il figlio di Napoleone fu battezzato nella Cattedrale di Notre Dame, i dignitari di tutto il continente, compresa una piccola delegazione inglese, si erano recati a Parigi.

E ora la signora Mariah Douglas, un membro di quella comitiva, sedeva in quella carrozza, a un mondo di distanza, con il suo sguardo acuto e fisso sul volto di Grace.

Capitolo Quattordici

Annegato nel fiume Tweed. Tagliato e usato come esca per i pesci. Spinto da un pallone aerostatico a mille metri di altezza. Ucciso in un incidente di caccia. Hugh avrebbe potuto facilmente pensare ad altri cento modi per punire il Conte di Nithsdale per la condotta di sua moglie, ma nessuno di questi gli sembrava abbastanza doloroso al momento.

Quella donna era una seccatura. Una semplice presentazione non era sufficiente. Si lanciò subito in una raffica di due dozzine di domande prima di fare una pausa per respirare. Lady Nithsdale non era solo una seccatura. Era una minaccia assoluta.

Da qualche parte in quella biblioteca, pensò, c'era un volume sulle tecniche di tortura di Torquemada.

Guardando il pallore del viso di Grace in quel momento, il ricordo del loro bacio si allontanò nell'ombra. Le condizioni di Grace lo preoccupavano e ricordò le parole che lei gli aveva rivolto nella stalla della carrozza. *Troverei difficile essere scrutata e giudicata da degli sconosciuti.* Non la biasimava. Il comportamento della contessa era imperdonabile. Gli imputati nella sua aula di tribunale venivano trattati con più riguardo.

"Basta così, Lady Nithsdale", disse con un tono che, almeno per un momento, mise a tacere la donna. "Buon viaggio, signore. Buona giornata".

Fece cenno al conducente della carrozza di procedere.

"Aspettate!" La contessa ritrovò la voce prima che la carrozza partisse. "Mio signore, non abbiamo ancora dato seguito al motivo della nostra visita, all'offerta che abbiamo fatto a vostra sorella".

Aspettò che nessuno dicesse una parola e si rivolse alla sua compagna.

"Signora Douglas, questa è la sua occasione per risolvere il più grande mistero dei Borders da un decennio a questa parte. Può dirci se, nei suoi numerosi viaggi, ha mai incrociato questa giovane donna?".

La compagna di Lady Nithsdale si chinò in avanti, studiandola come un gatto che fissa la sua preda. Questo era troppo. Hugh era arrabbiato per conto di Grace.

"Questo è più che sufficiente", ordinò bruscamente. "Abbiamo intenzione di aiutare la signorina Grace a recuperare le forze, non di provocarle ulteriore agitazione".

"Allora?", gridò la donna più anziana, non volendo farsi rubare questo momento. "La conosci?"

"Perdonatemi, signora. Ho incontrato molte persone nei miei viaggi. Non ricordo se questa giovane donna mi sia mai stata presentata".

"Molto bene. Basta così". Hugh lanciò un'occhiata di avvertimento all'autista. "Vattene, amico. Non lo ripeterò più. Buona giornata, signore".

Grace rimase immobile, con gli occhi azzurri che seguivano con attenzione la partenza della carrozza. Una mano tremante si avvicinò e scostò una ciocca di riccioli che le penzolava ai lati del viso.

I pensieri del loro bacio tornarono nella sua mente. Il dolce sapore delle sue labbra quando le aveva sfiorate, con il suo permesso. Aveva perso la testa. Il gioco delle loro lingue, la pressione del suo corpo, l'urgenza di prendere tutto ciò che lei gli offriva non era da lui. Non ricordava di essersi mai sentito catapultato come in quel momento a quelle incerte vette di passione semplicemente da un bacio. Il suo sguardo si soffermò sull'aumento e la diminuzione dei suoi seni sotto il cappotto grigio e capì di essere nei guai.

Le parole di sua sorella gli tornarono in mente. E se ci fosse *stato* un marito? Grace non portava l'anello, ma che garanzia c'era? E se fosse stata fidanzata? O se fosse stata semplicemente legata a qualcuno che non ricordava.

E cosa cercava Hugh? Una relazione.

Fino a quando la sua memoria non sarebbe tornata, Hugh era colui che possedeva il passato. Era lui che doveva esercitare un maggiore controllo sul presente.

La carrozza scomparve dalla loro vista e quando Grace riportò il suo sguardo di zaffiro su di lui, era un uomo perso.

"Sono pronto a tornare".

Mentre conducevano i cavalli, fu sollevato nel vedere il colore del viso di lei tornare a splendere.

"La maleducazione di Lady Nithsdale è leggendaria, temo. Critica tutti gli altri per qualunque manchevolezza nel comportamento e nel frattempo *si* comporta in modo abominevole. La sua visita a Baronsford è stata la ragione per cui Jo si è ritirata da questo viaggio. Mia sorella voleva risparmiarvi questo incontro. Devono aver preso il percorso più lungo per tornare a Nithsdale Hall. È stata una sfortuna che si siano imbattute in noi".

"Sono grato a Lady Jo, ma incontri come questo sono inevitabili. Non posso nascondermi nella mia stanza per sempre. E non mi hanno chiesto nulla di veramente inappropriato, per quanto sorprendente sia stata la forza delle sue parole. Il mio imbarazzo derivava dalla mia incapacità di fornire risposte che le soddisfacessero".

"Siete troppo gentile. Lady Nithsdale è stata scortese e indegna. E io sono stato negligente nell'esporvi ad alcuni dei comportamenti più insopportabili che i Borders abbiano da offrire".

"Un vivido promemoria del fatto che devo pianificare la fine del mio soggiorno a Baronsford", disse. "Non temo nulla di ciò che la vostra vicina possa farmi personalmente, ma non è giusto permettere a voi e a vostra sorella di diventare un bersaglio di tali attenzioni. Ho la sensazione che qualsiasi cosa Lady Nithsdale pensi di me, la sua opinione verrà diffusa in lungo e in largo".

Le parole lo pungono. Lei stava già parlando di andarsene. Ma cosa poteva aspettarsi? Solo perché era stata consegnata in una cassa indirizzata a lui, questo non faceva di Grace un regalo che poteva tenere.

"Senza alcun ricordo del vostro passato, non avete modo di sapere di chi fidarvi. Dove andresta?"

"L'unica cosa di valore che possiedo è un diamante che non riconosco. Capisco la vostra preoccupazione. Pensate che qualcuno potrebbe approfittarsi di me se venisse a sapere che ho con me una pietra di valore. Per questo motivo, vi chiedo di tenerlo per ora come garanzia per un prestito di denaro sufficiente per il viaggio ad Anversa".

"Anversa?" chiese bruscamente.

"Mi avete detto che la spedizione è partita da lì. Andando lì, ho maggiori possibilità di trovare amici o familiari. Forse ricorderò ciò che mi sono imposta di dimenticare".

"È impossibile. Non te abbastanza bene. Sono passati solo quattro giorni da quando vi è venuta la febbre. Non potete esporvi ai pericoli e ai rigori del viaggio così presto". Non poteva lasciarla andare. Non ancora. "E chi si prenderà cura di voi una volta arrivata lì? Cosa accadrebbe se vi ammalaste di nuovo?".

Lo sguardo di lei passò sul suo viso, soffermandosi inconsciamente sulla sua bocca. Hugh si chiese se l'avesse spinta a questa decisione affrettata baciandola. Lui la desiderava e lei aveva corrisposto alla sua passione. Ma forse l'aveva spaventata.

"Baronsford è ben attrezzata per gestire i pettegolezzi", continuò. "Ha già affrontato scandali in passato. Non potreste mai portare uno scandalo maggiore tra le sue mura".

Lei scosse la testa in segno di disaccordo. "Ancora una volta, siete troppo gentile. Ma non posso abusare della vostra ospitalità".

"Non voglio che ve ne andiate così presto. E nemmeno Jo. Non parliamone più.

"Non ne parleremo fino a quando?".

Grace stessa era un diamante scintillante in mezzo ai ciottoli grigi della sua esistenza mondana. Ma questa non era una scusa per tenerla lì. Non c'era motivo di pensare che lui avesse voce in capitolo sulla sua vita.

Tuttavia, Hugh pensò che sarebbe dovuta rimanere fino al ritorno del suo impiegato da Anversa. Aveva ricevuto un'unica lettera da

MacKay, spedita per espresso, come da lui richiesto. Nessuno ad Anversa stava cercando una donna americana scomparsa. Doveva incontrare i funzionari dell'ambasciata britannica a Bruxelles, a mezza giornata di viaggio, che lo avevano contattato chiedendo un incontro. Supponendo che non ne venisse fuori nulla, l'uomo chiese istruzioni a Hugh.

"Una quindicina di giorni. Possiamo riesaminare la questione tra quindici giorni. D'accordo?"

Avrebbe voluto poterle leggere nella mente mentre fissava dritto davanti a sé. Non poteva costringerla a restare. I dorsi delle loro mani si sfiorarono mentre camminavano. Lui abbassò lo sguardo, aspettandosi che Grace ritirasse le sue. Ma non lo fece. Il suo sguardo si alzò sul viso di lui. Non era una decisione che stava prendendo alla leggera. Non era la sua immaginazione. Era combattuta. Vide una malinconia nei suoi occhi, un desiderio che corrispondeva al suo.

"Una settimana. Devo partire non appena sarò in grado di farlo. Ne riparleremo tra una settimana. E se a quel punto starò abbastanza bene, accetterete di prestarmi quanto basta per andare ad Anversa".

"Mi sembra giusto". All'inizio non gli era stato dato nulla. Ora avevano una settimana. E se fosse stato per lui, avrebbero aggiunto altri giorni fino a quando non avrebbero avuto una risposta certa su chi fosse e dove sarebbe andata.

Prima che uno dei due potesse dire qualcosa di più, l'attenzione di Grace fu attirata dal suono di giovani voci alle loro spalle. Voltandosi, vide quasi una dozzina di bambini di varie età che correvano nel campo con una cameriera all'inseguimento.

Grace ricambiò il saluto mentre un paio di ragazzine li salutavano urlando.

"Chi sono? Da dove vengono?"

Indicò la casa-torre, visibile solo in parte attraverso gli alberi. "È lì che vivono. Si dirigono verso il lago, credo. C'è una palude particolarmente brutta sotto il punto in cui abbiamo camminato, dove ci sono più rane di quante se ne possano contare".

"Vivono tutti lassù?"

"Tutti". Li contò. "Credo che manchino i due più giovani".

Sorrise, voltandosi e guardandoli scomparire uno dopo l'altro tra gli alberi.

"Non possono essere tutti fratelli. Hanno un'età troppo vicina".

"Mia sorella può rispondere a tutte le vostre domande. Quella è la casa a torre di cui vi ho parlato. È il progetto di Jo e Violet".

Stava ancora sorridendo quando lo guardò.

"E questo", disse, facendo un gesto verso i bambini in partenza. "Questo è il meglio dei Borders".

Capitolo Quindici

Sarebbe riuscita a resistere per una settimana?

Dalla finestra, Grace osservava distrattamente tre operai che taglia-vano le siepi di bosso verde intenso che costeggiavano uno dei muri del giardino. Mentre Anna si affannava nella stanza dietro di lei, Grace cercò di convincersi che la signora Douglas non l'avesse riconosciuta. Si ricordava della donna, ma non c'era motivo per cui l'ospite di Lady Nithsdale dovesse ricordare di averla conosciuta. Dopo tutto, erano passati sei anni. Migliaia di persone avevano partecipato alla cerimonia e ai ricevimenti successivi. Centinaia di presentazioni erano state scambiate. Con tutta la fanfara e l'opulenza della giornata, sperava che il suo volto non si fosse distinto dalla folla. La possibilità era così remota.

Il battesimo aveva comportato lo splendore più memorabile del decennio, secondo solo all'incoronazione. Grace ricordava ancora la cerimonia come se fosse ieri.

Parigi. Il corteo di carrozze viaggiò dal Palazzo delle Tuileries alla Cattedrale di Notre Dame, lungo strade fiancheggiate dalla Guardia Imperiale e dalle truppe della guarnigione. La folla gridava e applau-diva ogni carrozza al suo passaggio e un brivido percorreva ancora oggi Grace a quel ricordo. La carrozza su cui viaggiava precedeva di tre unità la coppia reale, poiché le era stato concesso l'enorme onore di unirsi alle *dame di palazzo* nell'entourage di dame che trasportavano lo strascico della regina, una distinzione dovuta al valore e al servizio di suo padre. Quando l'imperatore, la moglie e il figlio neonato giunsero alla vista della folla, gli applausi di gioia e le grida di *"Vive le Roi de Rome!"* che si levarono furono così forti da essere uditi fino a Calais.

La cerimonia nella cattedrale fu riempita dalle voci dei cori e il cardinale stesso cantò il *Veni Creator.* E quando Napoleone prese il bambino dall'imperatrice e lo sollevò in alto per due volte, i presenti nell'antica chiesa alzarono le loro voci in segno di adorazione.

Quel giorno era rimasto nella sua memoria come un sogno. Grace ricordava di essersi sentita come uno spirito etereo scelto per trascorrere una giornata in una fiaba. Lo spettacolo, le acclamazioni, il significato epocale dell'evento al quale era stata scelta per partecipare, erano stati quasi troppo difficili da comprendere. Le sembrava di fluttuare tra gli dei dorati dell'Olimpo stesso.

Fu dopo la cerimonia alla cattedrale, quando l'imperatore e il suo seguito si trasferirono all'Hôtel de Ville per i festeggiamenti, che le furono presentati tanti ospiti e diplomatici, tra cui diversi membri del contingente inglese. Poiché le relazioni diplomatiche ufficiali erano state interrotte tra i due paesi, erano presenti pochissimi inglesi. Sfortunatamente, la signora Douglas era presente con il marito, un membro di alto rango del Parlamento. Ciò che Grace ricordava più vividamente della presentazione fu la gelida risposta della coppia a suo padre. Grace poteva quasi percepire la reazione degli inglesi di fronte all'orgoglioso militare irlandese, un suddito rinnegato, onorato dall'imperatore francese per il suo contributo nella lotta contro gli inglesi in Spagna e Portogallo. Daniel Ware era destinato ad attirare la loro attenzione e il loro disappunto.

Un brivido la percorse. La possibilità che loro due si trovassero faccia a faccia dopo tanti anni era davvero remota, eppure era successo. La signora Douglas non era cambiata molto dalla loro presentazione. Grace era più adulta; forse gli anni passati avevano cambiato il suo aspetto. Lo sguardo acuto della donna non si era mai allontanato dal suo viso. Oggi la signora Douglas non non aveva affermato di conoscerla, ma c'era ancora il rischio che il ricordo di quel giorno a Parigi tornasse a galla quando avesse avuto la possibilità di rifletterci su.

Grace cercò di placare il panico mentre si cambiava, indossando un abito da giorno prima che Anna andasse via. Non poteva fare altro che aspettare. Non aveva modo di lasciare Baronsford a meno che il visconte non avesse accettato di cambiare il loro accordo. Lui era rimasto deluso quando lei gli aveva suggerito che era arrivato il momento di andarsene. Il suo rammarico era solo una frazione della tristezza che lei sentiva nel suo cuore. Si era sentita attratta da lui molto rapidamente.

Entrando nel salotto, si avvicinò alle finestre aperte e poi alzò il viso verso la brezza. Le bruciava, anche adesso, il ricordo del loro bacio. La pressione della sua bocca l'aveva fatta uscire di senno. Il suo sapore, la sensazione del suo corpo duro premuto contro il suo le fecero desiderare di avere di più. Non si era mai sentita così viva come in quei pochi momenti tra le sue braccia.

E poi chiacchiere. Un diversivo. Aveva fatto del suo meglio per riprendersi dall'impatto del loro incontro appassionato. Voleva di nuovo quel bacio. Desiderava il suo tocco. Lo voleva. Ma dopo l'incontro casuale con le signore del vicinato, la calda passione di quei momenti si trasformò in un brivido che non riuscì a scacciare. Aveva parlato pochissimo per il resto della loro passeggiata verso Baronsford.

Quella domanda assillante non se ne andava. Cosa sarebbe successo se la signora Douglas si fosse ricordata?

Mentre l'orologio batteva mezzogiorno da qualche parte in casa, i rumori sul sentiero sotto la finestra attirarono l'attenzione di Grace. Dei lavoratori stavano passando e si scambiavano saluti con i giardinieri. Uno degli uomini che passavano era il fabbro Darby. Lui e due aiutanti si stavano dirigendo verso la zona delle stalle, spingendo un vomere danneggiato su una carriola. Hugh le aveva detto, quando si erano lasciati prima, che si sarebbe incontrato con il fabbro nel pomeriggio per lavorare ai preparativi della mongolfiera.

Hugh aveva fatto in modo che Darby fosse liberato dopo essere stato ingiustamente imprigionato. Anche in qualità di rispettato Lord Justice e padrone di Baronsford, aveva accettato liberamente la validità del suo rimprovero riguardo alla legge. Hugh Pennington non era l'uomo che lei aveva pensato inizialmente.

E la Grace di oggi era diversa dalla Grace di quattro giorni fa, quando aveva deciso di mentire. Ora sapeva che tipo di persone erano Hugh e Jo. Sentiva la loro empatia. Vedeva la generosità di cuore che era il loro stile di vita. Ma ora si chiedeva se si fidasse abbastanza di loro da rivelare la verità. Si immaginava di dire loro tutto. Per quanto riguardava il diamante, onestamente non sapeva che fosse nascosto nel suo vestito. Ma *avrebbe dovuto*?

Meglio prima che dopo, pensò. Conoscendolo come lo conosceva ora, Grace era certa che Hugh non era un uomo che l'avrebbe punita per circostanze che erano fuori dal suo controllo. Non avrebbe penalizzato una figlia per le scelte di suo padre.

Alla fine, la questione si riduceva a questo. Era coraggiosa o vigliacca? Poteva affrontarlo e confessare? O avrebbe dovuto nascondersi e aspettare per poi fuggire ad Anversa tra una settimana?

Un leggero colpetto alla porta aperta del salotto la riscosse e si voltò per vedere Jo che entrava. Seguirono due domestici, ognuno dei quali portava dei vassoi.

"Ho sentito che stavate pranzando nelle vostre stanze, così ho deciso di unirmi a voi, se posso. Spero che non vi dispiaccia".

"Non so dirvi quanto mi faccia piacere", rispose Grace, andandole incontro e prendendole la mano.

Era proprio quello di cui aveva bisogno, un'opportunità di passare del tempo insieme a lei. Forse avrebbe potuto trovare il coraggio di dire a Jo le cose che dovevano essere dette.

Un piccolo tavolo vicino alla finestra fu apparecchiato e i piatti e il cibo vi furono disposti.

"Grazie. Andrà benissimo. Possiamo servirci da sole". Jo era gentile, ma la sottile sfumatura del suo tono fece sì che Grace si concentrasse maggiormente sulle linee strette intorno alla sua bocca. "Suonerò quando i piatti saranno pronti per essere portati via".

La sorella di Hugh si sedette su un divano, con le mani strette in grembo, mentre la servitù le lasciava sole. Spalle tese, schiena dritta e occhi che vagavano inquieti per la stanza. Grace sapeva che Jo non era venuta per pranzare, ma per parlare.

"Per favore, vieni a sederti vicino a me". Accarezzò il posto accanto a lei.

Grace si avvicinò a lei, pronta a qualsiasi evenienza.

"Hugh mi ha raccontato cosa è successo oggi".

Il bacio che avevano condiviso le balenò in mente, ma Grace si calmò. Non avrebbe mai divulgato un momento così personale.

"Mi dispiace molto", continuò Jo. "Sono mortificata dal fatto che tu abbia dovuto subire la maleducazione di Lady Nithsdale".

"Non c'è stato alcun danno", rispose. In ogni caso, sperava che non ne venisse fuori nulla di male.

Gli occhi scuri di Jo si concentrarono sul viso di Grace. C'era della tristezza oltre il tono cupo.

"Mi ha parlato della tua agitazione. Mi ha detto che vuoi lasciare Baronsford. Non può essere. Non lo permetterò. Non voglio che tu te ne vada".

Ma era arrivato il momento. Grace doveva dire la verità e farla finita con questa piaga della finzione. Sfortunatamente, non aveva alcuna possibilità, dato che Jo continuava a parlare.

"Sono sconvolta da quella donna e dalla sua mancanza di tatto. È un veleno. Sono convinta che viva al solo scopo di rovinare le vite".

"Incontri come quello di oggi sono inevitabili", disse Grace con dolcezza, decidendo che doveva introdurre in modo graduale la sua confessione. "Sono un'estranea qui. Era prevedibile che prima o poi la curiosità avrebbe condotto i vicini alla tua porta".

"La sua è molto più che una futile curiosità. La missione di Lady Nithsdale nella vita è quella di immischiarsi negli affari degli altri. È tremendo che alcune donne prendano come vocazione quella di diffondere falsità sugli altri e rovinare il futuro alle persone".

Grace non aveva intenzione di contestare la risposta di Jo. Conosceva altre donne come lei e la sorella di Hugh di certo conosceva bene i suoi vicini. Ma forse era turbata dall'eventualità che le voci che si sarebbero potute diffondere sui tavoli da tè e da gioco della zona. Grace immaginava quanto fosse scioccante che l'avessero trovata a cavalcare con il visconte senza essere accompagnata. La sua era solo una breve visita a Baronsford. Non le importava molto della sua reputazione.

L'unico aspetto di quell'incontro che preoccupava Grace non aveva a che fare con Lady Nithsdale, ma con la sua ospite.

"Non so dirti quanto aborrisco quella donna".

L'intensità della voce di Jo fece trasalire Grace. Quelle parole non erano state pronunciate con leggerezza. Le mani di Jo erano strette in grembo. I suoi occhi scuri erano concentrati su una linea di cime di alberi fuori dalla finestra. Immaginava che nella mente della sua compagna si stesse combattendo un'altra battaglia. Il seme di quei sentimenti nei confronti di Lady Nithsdale doveva essere stato piantato molto tempo prima.

"Ti ha fatto un torto personale in passato, non è vero?".

Non c'era modo di nascondere le emozioni. Lo sguardo di Jo si annebbiò.

"Cosa c'è che non va? Cosa ti ha fatto?" Grace prese la mano dell'amica. Improvvisamente, i suoi problemi passarono in secondo piano. Sentimenti di protezione la attraversarono.

Le dita di Jo erano ghiacciate. Scosse la testa una volta e si morse il labbro. Il passato arrivava come una tempesta in rapida successione. Tante volte nella sua vita Grace non aveva avuto nessuno a cui rivolgersi. Nessun amico. Nessun confidente. Imparò presto che non poteva rubare l'attenzione di suo padre per quelli che lui considerava problemi femminili.

"So di non essermi guadagnata la tua fiducia", disse. "E di certo non ho fatto nulla per meritarla. Ma tu mi hai mostrato solo gentilezza. Hai passato giorni interi a prenderti cura di me e a darmi questa seconda possibilità di vita. Mi fa male vederti così".

Le lacrime scorrevano come perle sul viso di Jo.

"Sono passati troppi anni". Scacciò via le lacrime. "Non è giusto che io abbia ancora un tale disgusto nel mio cuore. Dovrei lasciarlo andare. Ma vedere la rabbia di Hugh nei confronti di Lady Nithsdale ha riaperto una vecchia ferita".

Era nella natura di Grace dire quello che pensava. Non era mai stata brava a trattenersi. Aveva perso degli amici per questo motivo. Tuttavia, non c'era sollievo come quello di lasciar esplodere il proprio temperamento, soprattutto quando si era certi di essere nel giusto. Jo, ora lo sapeva, era l'esatto contrario. Teneva i suoi problemi nascosti dentro di sé. Forse anche i suoi dolori.

"Quanti anni fa?" Chiese Grace, decisa a farla parlare.

Jo esitò prima di rispondere. "Quindici anni".

"Quindi eri una bambina quando è successo".

Un accenno di un raro sorriso fece apparire una fossetta sul suo volto sorpreso. "Sono una donna matura di trentasei anni, ormai".

Grace si schernì. "Non dobbiamo mai sapere cosa sia la vecchiaia. Lasciateci conoscere la felicità che porta il tempo e non contare gli anni".

"Chi stai citando?"

"Decimius Ausonius".

"Come fai a sapere così tante cose?".

"Non importa." Grace non voleva parlare di sé in questo momento. Voleva aiutare Jo a sfogarsi. "Chi era?"

"Perché pensi che si tratti di una storia d'amore?". Le lacrime erano sparite.

"Avevi ventun anni. Tuo marito?"

"Non mi sono mai sposata". Scosse la testa. "Ma all'epoca ero fidanzata. Con un uomo di nome Wynne Melfort. Era un tenente della marina".

Notando l'espressione di dolore che si insinuava di nuovo negli occhi di Jo, Grace proseguì. "Cosa è andato storto con il tuo fidanzamento?"

"Prima di dire altro, devi sapere che non sono nata Pennington. Sono stata adottata dai miei genitori quando ero ancora una neonata. La mia madre naturale morì durante il parto, su una strada molto vicina a Baronsford. Stava viaggiando con altre persone che erano state vittime di un'espulsione. Erano stati allontanati dalla terra di qualcuno con solo quello che potevano portare con sé. Non sono riuscita a scoprire nulla di più su chi fosse o da dove venisse. Non so chi mi abbia generato".

Grace strinse la mano dell'amica. In qualche modo, questa rivelazione non fu una grande sorpresa per lei. Jo e Hugh non si somigliavano affatto e Anna lo aveva accennato quando aveva parlato dei fratelli Pennington. Aveva anche senso, Grace sapeva degli sforzi di

Lord Aytoun per fermare gli sgomberi e l'appassionato disgusto del figlio per questa pratica.

"E questo ha causato i problemi? La verità sulla tua adozione è stata resa pubblica?".

"No. Non è mai stato un segreto", le disse Jo. "Wynne lo sapeva. La sua famiglia è stata informata e non ha sollevato obiezioni. Immagino che questo fosse dovuto in parte all'entità della mia dote. Ma la mia famiglia non ha mai fatto alcuno sforzo per nasconderlo. Mia madre mi riportò qui il giorno del Ballo d'Estate. Tutti ne furono testimoni. C'era anche Lady Nithsdale".

"Lo amavi?" Grace chiese gentilmente. "Avevi dato il tuo cuore a questo ufficiale di marina?".

"Sono passati troppi anni. Non me lo ricordo".

Grace riconobbe la menzogna nel modo in cui gli occhi di Jo si appannarono di nuovo, mentre girava di nuovo il viso verso la finestra.

"Cosa è andato storto? Ti prego, dimmi. Perché il vostro fidanzamento è stato rotto?". Grace aveva sentito dire mille volte che niente libera il cuore come una confessione. Se solo fosse riuscita a seguire questo consiglio.

"Pettegolezzi. Dicerie. Storie infondate secondo cui la mia madre naturale era una comune prostituta", disse Jo, con il dolore impresso negli occhi. "Non so perché queste voci siano diventate di moda. Non ne conosco la fonte. Ma all'improvviso, era l'unica cosa che interessava al ton. Sorridere, sghignazzare dietro i loro ventagli e diffondere falsità come se fossero il vangelo".

La cattiveria di rango dell'élite. Sembrava che fosse una malattia dilagante nei circoli sociali dei ricchi di tutto il mondo. Più avevi, più invidiavi gli altri. False amicizie, pugnalate alle spalle e la gioia maniacale di vedere un presunto rivale ridotto sul lastrico. Questa era la vita di corte e le classi sociali che la emulavano. Aveva incontrato Lady Nithsdale solo una volta, ma Grace sapeva che quella donna era il tipo che traeva grande piacere dal far circolare ciò che sapeva e ciò che poteva inventare.

"Quell'estate, quando i pettegolezzi non si placavanoalmeno fino a quel momento, Wynne mi scrisse per informarmi che doveva porre fine al nostro fidanzamento".

"Piccolo idiota", sbottò Grace con rabbia. "Piccolo, debole e indegno di te. Qualcuno lo ha sfidato? Avrebbero dovuto sparare a quel cane".

"Mio padre era pronto a sfidarlo e lo avrebbe fatto. Lo so. Ma Hugh lo ha battuto sul tempo. Rintracciò Wynne a Vauxhall Gardens e lo schiaffeggiò pubblicamente. Stavano per litigare proprio lì, ma gli amici di Wynne intervennero. A casa nostra, in Hanover Square, giunse la notizia che avrebbero combattuto all'alba. Non potevo permettere che accadesse. Non potevo sopportare l'idea di vivere con il sangue di uno dei due sulle mani e sulla coscienza". Jo si sfregò via le lacrime fresche. "Stavo impazzendo. Implorai i miei genitori di smetterla. Giurai che se fosse successo qualcosa a Hugh, mi sarei tolta la vita".

"L'hanno fermato?"

Gli occhi di Jo si velarono mentre riviveva il ricordo. "Mia madre ci provò, ma senza successo. L'unico rimpianto di mio padre era che fosse Hugh a combattere il duello al posto suo. Ho camminato per tutta la notte. Non riesco a descrivere l'angoscia che provai".

Grace sapeva che era quello che passavano mogli, sorelle e figlie la notte prima di ogni battaglia. L'angosciante paura per i tuoi cari. Il freddo terrore che ti prosciuga la vita.

"Poco dopo l'alba ci giunse la notizia. Avevano combattuto a Hyde Park. Il colpo di Hugh ha attraversato la spalla destra di Wynne. So che mio fratello avrebbe potuto ucciderlo. Riesce a centrare il bersaglio in pieno galoppo. Per me, ha scelto di non ucciderlo. Tuttavia, Wynne fu portato via, con una forte emorragia, e si temeva che non sarebbe sopravvissuto alla giornata. Ma è sopravvissuto".

Il fratello nobile e amorevole, pensò Grace. Non avrebbe ucciso quando la rabbia e l'onore lo imponevano, ma avrebbe lasciato vivere il suo nemico. E solo perché sapeva che avrebbe causato a sua sorella più dolore di quello che aveva già sopportato.

"Quella fu la fine per me e Wynne. Ed è stata l'ultima volta che ho permesso a un corteggiatore di avvicinarsi", disse Jo, facendo un bel respiro. "Quella disfatta mi ha aperto gli occhi. Mi ha fatto apprezzare il vero significato della famiglia Pennington per me. Non sono mai stata una figlia adottiva per loro, non sono mai stata trattata in modo diverso dagli altri. L'amore e la lealtà dei miei fratelli e dei miei genitori durante quel periodo terribile, e la loro devozione in seguito, mi hanno permesso di seguire un percorso di vita che mi è congeniale. Non ho avuto bisogno di un matrimonio, né di un amore diverso dal loro. Sarò una figlia fedele per i miei genitori quando invecchieranno e una zia affettuosa per i figli dei miei fratelli e sorelle. Sono soddisfatta di questo".

Essere in pace. Dopo una così grande delusione, trovare la serenità e lo scopo della vita. Qualunque emozione Grace avesse controllato fino a quel momento, sgorgò all'improvviso e le vennero le lacrime agli occhi. Jo le vide e abbracciò Grace.

"Mi dispiace", disse Jo quando finalmente si separarono. "Non avevo intenzione di trascinarti nella mia infelicità personale".

"Volevo saperlo". Grace si asciugò l'umidità dalle guance. "Non credo che la guarigione avvenga finché non affrontiamo la fonte del nostro dolore".

Jo le prese di nuovo la mano. "Hugh mi ha detto che quando te ne andrai, vorrai tornare ad Anversa. Che credi di poter recuperare la memoria lì".

Questa era l'occasione per Grace di parlare.

"Non andare ancora", disse Jo. "Fai passare ancora un po' di tempo. Se non per la tua salute e il tempo per acquisire più forza, fallo per me e per Hugh".

"Pensavo che una settimana sarebbe stata...".

"Te lo chiedo *per* mio fratello", interruppe Jo. "Per il cambiamento che sto vedendo in lui. Per la prima volta in otto lunghi anni, gli sta succedendo qualcosa. Non hai idea dell'effetto che la tua presenza ha avuto su di lui. Forse sta finalmente guarendo".

Le parole di Jo la sorpresero, impedendo a Grace di dire ciò che avrebbe voluto. Le domande le bruciavano sulla lingua. Perché otto anni? Cosa poteva averlo ferito a tal punto da far preoccupare sua sorella?

Desideri contrastanti si agitavano dentro di lei. Voleva saperne di più, ma non era sicura di potersi permettere di perdere completamente il suo cuore per quell'uomo. Questa era la strada che portava al crepacuore e non sapeva perché si sentiva così obbligata a seguirla.

"Nessuno ne parla a Baronsford. Nessuno ne parla da nessuna

parte, nemmeno quegli apostoli della malizia, per paura del suo carattere. Ma gli indizi ci circondano qui. Potresti averli visti. Forse hai anche intuito che Hugh era già sposato e che aveva un figlio".

Il cesto dei giocattoli in biblioteca.

"Ha perso sia la moglie che il figlio otto anni fa. E non esagero quando dico che non è passato un solo giorno in cui non abbia pianto la loro perdita".

"Cosa gli è successo?"

"Fu durante la guerra nella penisola. All'epoca, l'unità di cavalleria di Hugh stava coprendo la ritirata dell'esercito attraverso la Spagna. Amelia prese il figlio Cameron e andò a Vigo. Ma la febbre del campo era dilagante. Lei e Cam la presero. Morirono mentre lui combatteva contro i francesi a Corunna. Non riuscì a raggiungerli. Quando ci riuscì, erano già morti di una morte orribile. Da allora non è più stato lo stesso".

Quelle parole le lacerarono le viscere. Il reggimento di suo padre era a Corunna.

"Dà la colpa a se stesso. Incolpa i francesi. Ancora oggi, credo che cerchi qualcuno o qualcosa che possa ritenere responsabile di ciò che è accaduto alla sua famiglia".

Quando mi hai scritto a Londra, ho pensato che mi stessi mandando a fare una missione stupida, ma avevi ragione. Grace Ware è qui a Baronsford. L'ho vista con i miei occhi.

A seguito della faticosa traversata nella cassa, sostiene di non ricordare nulla del suo passato e i suoi ospiti le credono. Non so ancora dire se sia vero o se stia agendo per proteggersi. In quanto figlia del Colonnello Ware, si trova in una posizione particolare. Prenderò imme-

diatamente provvedimenti per determinare la veridicità della sua "amnesia".

Non so se ha l'oggetto che cerchiamo. Se ce l'ha, potrebbe non riconoscerne il vero valore o non sapere come consegnarlo come previsto da suo padre.

Lord Greysteil sembra piuttosto protettivo, anche se ovviamente non sa chi sta proteggendo o cosa ha portato in questo paese. Tuttavia, dovremmo evitare un confronto diretto con lui.

I tuoi uomini ci hanno deluso ad Anversa e questa è la nostra ultima possibilità. In ogni caso, i prossimi giorni dovrebbero essere decisivi.

Vieni qui direttamente. Non permettere che ci siano ritardi. Avrò sicuramente bisogno della tua assistenza.

Tuo, +c

Capitolo Sedici

IL GIORNO dopo Grace non si fece vedere e Hugh fu grato che almeno uno dei due avesse abbastanza buon senso da creare una certa distanza tra loro. Entrambi avevano bisogno di tempo per far sbollire le loro passioni, per valutare bene come comportarsi l'uno con l'altra e per stabilire come presentarsi in compagnia di altri.

Il secondo giorno, quando non la vide né la sentì entro sera, iniziò a preoccuparsi. Ma sua sorella gli assicurò che Grace stava bene. Si stava dividendo tra il suo salotto e le biblioteche. Le due donne avevano pranzato nella suite di Grace e ogni giorno avevano passeggiato sulle scogliere lungo il fiume. La loro ospite stava cercando di recuperare le forze, gli disse.

Alla cena del terzo giorno, la sua assenza lo stava mettendo a dura prova. Baronsford era un posto grande, ma non così grande che un ospite potesse passare inosservato e inascoltato, soprattutto quando lui la cercava deliberatamente nei luoghi che lei era solita frequentare. A meno che, ovviamente, non avesse scelto di non farsi trovare da lui. E sua sorella non era d'aiuto, perché aveva trascorso tutto il giovedì alla casa-torre con Violet.

Il quarto giorno, dopo una notte agitata, Hugh scese nel suo studio all'alba, deciso a porre fine alla follia. Lei stava chiaramente cercando di offenderlo. Se pensava che sarebbe rimasta nascosta fino alla fine della settimana e poi se ne sarebbe andata ad Anversa, si era davvero illusa. Non aveva nulla da temere da lui. Non era un predatore, anche se cominciava a sentirsi tale. Se lei desiderava non ripetere mai più quello che avevano condiviso al lago, lui avrebbe accettato e rispettato la sua decisione. Ma questo non doveva impedirle di avere una conversazione civile con lui. Voleva vedere il suo viso, sentirla parlare, guardare i suoi bellissimi occhi. Voleva chiedersi quale fosse la direzione dei suoi pensieri mentre lo osservava ogni volta che pensava che fosse distratto. Voleva solo passare un po' di tempo a godersi innocentemente la compagnia di Grace.

"Molto bene, quest'ultima è una bugia", mormorò tra sé e sé, guardando il cielo torbido del mattino. Ma a meno che non fosse cambiato qualcosa, era ancora il padrone di Baronsford e aveva ancora una sorella. Non c'era motivo per cui non avrebbe dovuto ricorrere all'aiuto di... Jo, Mrs. Henson, *qualcuno* che gli permettesse di incontrare Grace.

Tutti i piani che si stavano formando nella sua testa furono immediatamente accantonati. Fuori dalle finestre dello studio, scorse i riccioli dorati di una donna che si aggirava lungo i sentieri verdi dei giardini recintati. Mancava un'ora all'inizio della giornata di lavoro dei giardinieri. La servitù stava iniziando darsi da fare quando scese le scale.

Con le pesanti tende che lo proteggevano, osservò ogni passo di Grace che si avvicinava. Il suo viso era sollevato verso il cielo e, come un intenditore di vini, sorseggiò la sua bellezza. Le labbra generose, l'angolo della mascella, i capelli biondi che si rifiutavano di essere domati. Ma c'erano anche altre cose che notò. Le braccia di lei erano strette attorno al suo ventre. Mentre lui la guardava, lei si tamponava sotto ogni occhio. Lacrime, ipotizzò. Era sconvolta. Forse soffriva per una perdita. Il pensiero di Hugh andò subito alla sua memoria. Forse aveva recuperato ciò che aveva dimenticato. Era possibile che questo fosse il motivo del loro allontanamento.

Forse Jo aveva ragione fin dall'inizio. Grace era legata a qualcun altro.

Il pensiero di perderla arrivò come un colpo secco.

"Fermati", mormorò. Erano tutte congetture. Era un giudice. Non aveva la palla di vetro. Non si fanno supposizioni. Lei era l'unica che poteva metterlo in riga. Doveva parlarle.

Mariah Douglas lo sapeva.

La lettera da Nithsdale Hall era arrivata ieri in ritardo. Anna la consegnò nella sua stanza con uno sguardo interrogativo e per tutto il tempo Grace si limitò a fissare il cuore e la corona sul sigillo di ceralacca.

Quando aprì la lettera, un freddo senso di rovina scese su di lei. Dal momento in cui la signora Douglas l'aveva guardata da quella carrozza, rovinando quel giorno meraviglioso, Grace aveva aspettato quel momento, sapendo che sarebbe arrivato. Rassegnata al suo destino, la lesse.

Senza dubbio, la signora Douglas lo sapeva, anche se c'era una certa astuzia nelle sue parole. Aveva trasmesso il suo significato senza rivelare nulla.

È affascinante trovare una bellezza con un profilo parigino così elegante nella natura selvaggia degli Scottish Borders.

In un'altra riga, la modista menzionava il ballo di Baronsford, scrivendo che il fisico longilineo di Grace sarebbe stato perfetto per un abito che aveva visto una volta sulle dame di palazzo della Duchessa di Parma in un'occasione memorabile qualche anno prima.

E poi la descrizione del vestito:

Poiché l'alta moda è un mio particolare interesse, mi accorgo che raramente dimentico un abito quando si adatta perfettamente a chi lo indossa. Lo vedo ora: la sottoveste di raso bianco con i disegni delicatamente ricamati di grano dorato intrecciato con uva e foglie di vite. Le maniche abbinate, che cadono a onde e sono delineate da fiocchi bianchi. Il corpo verde pallido di seta lionese con un bordo verde più scuro di raso di seta, anch'esso lavorato con cordoncino d'oro e foglie di grano e uva abbinate. Così bello. Così indimenticabile. Ma sto divagando, e dato che non l'avete mai visto e che nella vostra situazione attuale non avrete molte possibilità di trasportarlo...

Ma Grace *aveva* visto l'abito. L'aveva indossato al ricevimento all'-Hôtel de Ville dopo il battesimo del figlio di Napoleone. Non poteva sfuggire nemmeno il deliberato errore di battitura di "portare" il vestito. La signora Douglas stava dicendo a Grace che ricordava la loro presentazione fin nei minimi dettagli.

Il resto della lettera non mostrava alcun accenno di minaccia, ma sembra offrire un ramoscello d'ulivo. La signora Douglas parlò dei suoi viaggi nel continente dopo la guerra, degli amici che si era fatta e di come *i vecchi nemici fossero ora i più stretti alleati*. Chiuse la lettera dicendo che aveva preso l'abitudine di fare una passeggiata ogni mattina - non accompagnata da Lady Nithsdale - all'interno e nei dintorni di Melrose Village e che avrebbe apprezzato molto la compagnia di Grace se avesse scelto di unirsi a lei.

Grace alzò lo sguardo distrattamente verso la coltre di nuvole che si stava abbassando. La scoperta della signora Douglas era davvero insignificante se paragonata al tragico scherzo del destino che ora minacciava di spezzare il suo cuore in due.

La moglie e il figlio di Hugh morirono, soli nella loro miseria, malati senza una persona cara che si prendesse cura di loro... mentre lui lottava per raggiungere Vigo. Le parole di Jo riecheggiarono nel suo cervello. *Non poteva raggiungerli.*

Molte volte suo padre le aveva raccontato di quella grande vittoria sugli inglesi. Di come la cavalleria al suo comando avesse girato a sud di Corunna per tagliare ogni via di fuga. Di come aveva disturbato il fianco dell'esercito inglese trincerato mentre cercava di resistere agli assalti frontali da nord. Il nemico aveva cercato di resistere, aspettando l'arrivo di altre navi da Vigo, di altri rinforzi e di cannoni per bombardare i francesi mentre fuggivano via mare. Ma le navi britanniche non arrivarono. Una diffusa malattia le aveva ritardate. E mentre i combattimenti infuriavano, suo padre aveva bloccato tutti i messaggeri e tutti i cavalieri che cercavano di passare. Li aveva fermati tutti.

"E Hugh era uno di loro", mormorò. Cercava di raggiungere la sua famiglia malata.

Suo padre gli aveva impedito di raggiungerli.

La pioggia iniziò a cadere, mescolandosi alle lacrime sulle sue guance, e lei si tirò lo scialle intorno. L'angoscia la trafiggeva come un coltello. Non era la figlia innocente di un ufficiale militare. Era la carne e il sangue dell'uomo responsabile della perdita subita da Hugh.

Grace sentì il pesante calpestio degli stivali sul sentiero che portava al giardino. Era Hugh.

Qualche goccia e poi il cielo si è aperto.

Hugh si precipitò in giardino, lo sguardo scrutò l'area in cui aveva visto Grace dalla finestra. Non la vedeva da nessuna parte. Passando velocemente tra alberi da frutto e aiuole, cercò il sentiero successivo e controllò sotto i tralicci ad arco delle rose non ancora fiorite e delle clematidi dai fiori primaverili. La pioggia continuava a scendere forte mentre attraversava un viale profumato di lillà, viola e bianco, in direzione dei pergolati d'uva.

Quando non trovò nessuno, si voltò con frustrazione, passandosi una mano tra i capelli e cercando di immaginare dove potesse essere andata per sfuggire alla pioggia battente.

La scorse sul sentiero al di là delle mura, che gli lanciò un'occhiata da sopra le spalle prima di infilarsi in una porta laterale della casa.

Capitolo Diciassette

G RACE SI ASCIUGÒ la pioggia dal viso mentre si affrettava ad attraversare la casa. Era riuscita a sfuggirgli di nuovo. Non era una codarda, anche se di certo si stava comportando come tale. Suo padre si sarebbe vergognato di lei. Non era questo il modo in cui l'aveva cresciuta. Non erano questi i valori che Daniel Ware le aveva inculcato.

Hugh e suo padre erano così diversi, eppure così uguali.

Questa settimana, durante le ore trascorse con Jo, aveva fatto domande sul passato del visconte. Il suo servizio militare. Dove aveva prestato servizio. Le cariche che aveva ricoperto. Lui e suo padre erano entrambi ufficiali di cavalleria. Grace poté contare una dozzina di casi in cui i due uomini avevano combattuto su fronti opposti nella stessa battaglia. In molte di queste, Grace aveva viaggiato con lui. Era stata negli accampamenti francesi, facendo il possibile per curare i feriti o dare sostegno alle mogli che avevano seguito i loro mariti nelle campagne.

Jo scosse la testa mentre raccontava a Grace della moglie di Hugh. Non riusciva a capire perché Amelia avesse portato con sé il bambino ai margini di quel conflitto. Grace non cercò di spiegare, ma capì. Aveva visto e curato tante donne come lei, donne francesi che avevano persino accompagnato i loro mariti nel fumo, nel fango e nella carneficina dei campi di battaglia. L'amore spingeva le donne a farlo. La propria sicurezza contava ben poco quando l'uomo che amavi stava marciando a testa bassa verso il pericolo.

Grace era diventata una di quelle donne. I sentimenti che provava per Hugh la sorprendevano e la provocavano. I pensieri su di lui la riempivano ogni ora di veglia. Lo vedeva nei suoi sogni. Ma ciò che la tormentava ora era il bisogno di dirgli la verità. Sapeva quanto sarebbe stato doloroso lasciarlo dopo.

Si mise a piangere mentre correva su per le scale. Fermandosi davanti alla sua porta, Grace si fermò e fissò il corridoio oltre le sue stanze. La suite di Amelia. Jo le raccontò di come Hugh avesse mantenuto quelle stanze proprio come erano quando sua moglie e suo figlio erano vivi.

Dopo otto anni, l'amava ancora e ne conservava il ricordo. Quello che Grace aveva condiviso con lui non era altro che un flirt. Si premette una mano sul petto, sentendo il sapore della sconfitta.

Le confessioni sono solo parole, si disse. Non poteva continuare a giocare a questo gioco del gatto e il topo. Forse, una volta che gli avesse detto tutto, non avrebbe più dovuto aspettare. Hugh sarebbe stato felice di mandarla via.

Lo sguardo di Grace fu nuovamente attratto dalla porta chiusa delle stanze di Amelia. Anche lei aveva bisogno di fare pace con un'anima defunta che era ancora viva nello spirito. La morte non era mai la vincitrice quando qualcuno era veramente ed eternamente amato.

Facendo un respiro profondo, si spostò lungo il corridoio.

Grace lo aveva visto. Hugh ne era certo. E poi era scappata via.

Beh, non l'avrebbe fatto. Qualunque sia la tristezza che l'aveva intrappolata, Hugh decise che aveva il diritto di aiutarla a superarla, se possibile. Non voleva che fosse qui sotto il suo tetto e che si sentisse abbandonata come sembrava. Era un'ospite a casa sua, sotto la sua protezione. Era ancora responsabile per lei. Era interessato solo al suo benessere. Poteva trovare una miriade di motivi per cui gli sarebbe dovuto importare di lei. E la comune decenza esigeva che lei non scappasse alla sola vista di lui. Avrebbe sicuramente preteso una spiegazione per questo.

Per Dio, che la correttezza sia dannata. Sarebbe andato nella sua suite e avrebbe aspettato alla sua porta finché lei non gliene avesse data una.

Mentre si dirigeva verso la casa, Simons lo bloccò con delle sciocchezze sulla colazione. L'impazienza di Hugh dovette trapelare, perché il maggiordomo decise subito di ridurre la relazione e di allontanarsi. Passando davanti al suo studio, fu praticamente placcato da uno dei suoi impiegati, che aveva appena iniziato il suo lavoro mattutino. Il giovane, vedendo il cipiglio feroce di Hugh, si allontanò di corsa dal suo datore di lavoro.

Attraversò il piano cercando di controllarsi ma salì i gradini due alla volta. Davanti alla porta di casa sua, stava per bussare quando il suo sguardo fu attratto dal corridoio. Si fermò. La porta della suite di Amelia era socchiusa.

La signora Henson si assicurava che le stanze fossero curate in modo regolare, ma era ancora presto per le pulizie dei domestici. Si avvicinò alla porta ed entrò. Il salotto era vuoto. Ma sentì il rumore dei passi provenienti dalla stanza dei bambini.

Il bambino sedeva felicemente in grembo alla madre, con le mani infilate tra loro. Il suo viso, cherubino con la sua aureola di riccioli scuri, era appoggiato al seno della mamma. Era un ritratto di sicurezza e pace e il pittore lo aveva catturato perfettamente. Come una moderna *Madonna con Bambino*, la serenità che emanava trasmetteva la fiduciosa certezza che il mondo che conosceva sarebbe stato lì domani. Che sarebbe stato protetto da tutto ciò che era sbagliato.

Ma quando Grace guardò i volti, riuscì a leggere un pizzico di ansia nell'atteggiamento della madre. Qualcosa nell'impostazione della bocca, negli occhi. Amelia sapeva che la vita non era quella dei sogni del bambino. Anche nel viso del bambino, vide gli occhi grigi e seri che assomigliavano a quelli del padre. Distolti dallo sguardo del pittore, sembravano cercare qualcos'altro, qualcosa che aveva perso.

Il cuore di Grace andò in frantumi mentre fissava il loro ritratto. Due vite perse a causa di un'insensata ricerca di... per cosa? Un bambino all'inizio della vita, il cui battito tremolava e si spegneva. Per cosa? Una madre, disperata per la sicurezza del marito, ma incapace di salvare sé stessa o suo figlio. Soffrire e morire da sola perché non poteva raggiungerli. Per cosa?

La *guerra*. L'assassino indiscriminato di vite umane. La piaga della carneficina provocata dall'uomo. Per la terra, le ricchezze o il potere, le città e i villaggi venivano ridotti in macerie dai cannoni. Campi e fattorie dati alle fiamme per evitare che qualsiasi cosa di valore finisse nelle mani del nemico. Uomini d'onore trasformati in furiosi assassini e ragazzi che avrebbero dovuto frequentare le aule scolastiche massacrati senza pietà.

Grace l'aveva visto. Aveva attraversato campi di battaglia dove migliaia di uomini giacevano nel loro stesso sangue, gridando di dolore. O peggio, in eterno silenzio, senza mai emettere un altro suono. Uomini e ragazzi la cui testa era stata appoggiata sul seno delle loro madri, come il figlio di Hugh, non molto tempo prima. Tante volte aveva preso tra le braccia una donna o un bambino inconsolabile, sapendo che non avrebbe potuto fare nulla per riportare in vita la persona amata. Grace ci era passata. Aveva sperimentato le devastazioni della guerra. Era l'inferno in terra.

Lacrime calde le rigarono il viso. Come poteva fare pace con questo bambino? Grace si avvicinò al caminetto e sollevò una mano tremante verso il ritratto, desiderando di poter cambiare tutto. Desiderava poterli riportare indietro.

"Cosa ci fate qui?"

La voce severa fece girare Grace di scatto. Hugh riempì la porta. Non riusciva a vedere il suo volto attraverso le lacrime.

Non ci fu alcun freno.

"Sono Grace Ware, la figlia del colonnello Daniel Ware. L'uomo che ha combattuto e vi ha fermato a Corunna. Era il comandante di una brigata di cavalleria francese. È stato lui il motivo per cui avete tardato a raggiungere Vigo. Troppo tardi per raggiungere la vostra famiglia".

Il suo respiro si contorse in un nodo che minacciava di soffocarla. Ma non poteva fermarsi.

"È morto, assassinato ad Anversa. Ma io sono qui. Sua figlia. La donna che dovreste ritenere responsabile della morte dei vostri due cari. Il sangue di mio padre scorre nelle mie vene. Sono della stessa carne. Potete prendere una spada e farmi a pezzi se questo soddisfa il vostro bisogno di vendetta. Potete strangolarmi con le vostre stesse mani. Non vi biasimerei".

La mano di Grace si allungò verso il ritratto sopra il caminetto.

"Non avrebbero dovuto morire. Erano nel posto sbagliato. Ma non biasimateli per essere venuti da voi. Non potete incolpare *lei*. Erano lì a Vigo per il loro amore. L'ho visto tante volte. *Troppe* volte. Sono stata sui campi di battaglia mentre le donne correvano da un cadavere insanguinato all'altro, alla ricerca dei loro uomini. Ho visto cosa significa raggiungere una persona cara in tempo, solo per abbracciarla mentre esala l'ultimo respiro. So che a volte è la differenza tra il voler vivere o il voler morire, per la persona che si è lasciata alle spalle".

Usò la manica del vestito per asciugarsi le lacrime dagli occhi, ma non servì a nulla.

"Ho visto soldati morenti diventare pazzi, aggrapparsi disperatamente alla vita. Li ho tenuti tra le braccia mentre esalavano l'ultimo respiro. Sogno ancora i ragazzi innocenti, troppo giovani per essere in guerra, che gridano per le loro madri mentre le gambe o le braccia vengono tagliate".

Grace singhiozzò. "Ho visto troppo. Molto tempo fa, ho capito che il mio nemico non era un uomo che combatteva da una parte o dall'altra. Il mio nemico è diventato la guerra stessa. Odio il massacro insensato, la cieca e spietata uccisione di vite umane. Detesto l'ondata di distruzione e morte che spazza via innocenti e colpevoli senza distinzione".

Lottò per prendere fiato. "Nessuna parola che io possa dire vi solleverà dalla perdita che ancora piangete. Le mie scuse non cambieranno l'odio che portate dentro di voi né diminuiranno il vostro desiderio di vendetta. Ma sappiate questo. Se mi venisse data una possibilità - che sia su quel campo di battaglia, a Vigo o oggi - rinuncerei alla mia inutile esistenza se potessi restituirvii le vite di quei due innocenti. I . . ."

Grace vacillò. Non poteva continuare.

Spingendosi oltre, uscì di corsa dalla stanza.

Capitolo Diciotto

LE SUE PAROLE lo colpirono con la forza percussiva di un colpo di cannone. Stordito e intontito, Hugh si sedette pesantemente sulla sedia più vicina. Il suo sguardo si fissò sul ritratto di Amelia e Cameron.

Grace aveva parlato di colpe. Lui incolpava i francesi. Incolpò sé stesso. Incolpò la febbre del campo. Incolpava il tempo orrendo e la bufera di neve che aveva permesso alla malattia di diffondersi. Ma fino a quel momento non si era reso conto di quanta parte del suo biasimo fosse rivolto ad Amelia per aver viaggiato a Vigo durante quella terribile guerra.

Quando Hugh decise di sposarla, lei era una giovane diciottenne al debutto nella sua prima stagione. Piena di vita, bella, brillante e di buon carattere, proveniva da un'ottima famiglia che era stretta alleata politica dei Pennington. Era già innamorata di Hugh. Aveva preso una cotta per lui anni prima. Lui si convinse che il loro sarebbe stato un matrimonio perfetto. Lui sarebbe tornato ai suoi doveri militari in autunno, ma Amelia non era estranea ai suoi genitori e a Baronsford. Inoltre, con Truscott a farle da guida, era ben qualificata per gestire gli affari della tenuta.

Le loro nozze erano state festeggiate da tutta Londra e la loro luna di miele, per quanto breve, era stata tutto ciò che lei aveva sperato. Ma quando le foglie iniziarono a cadere, Hugh tornò alla sua brigata. La vita stava andando come aveva pianificato.

Ben presto le sue lettere cominciarono ad accennare a momenti di malinconia. Ma fu solo quando Hugh tornò per la nascita del figlio che si rese conto della portata della sua infelicità. Non voleva essere la moglie di un visconte assente. Non aspirava alla ricchezza o al titolo. *Hugh* era il motivo per cui si era sposata. Aveva bisogno del suo amore e delle sue attenzioni.

Piantando i gomiti sulle ginocchia, Hugh seppellì la testa tra le mani. Era stato uno sciocco. Aveva cercato di tranquillizzarla con regali e affetto ogni volta che era tornato a Baronsford. Ma entrambi sapevano che sarebbe stato via di nuovo per lunghi periodi di tempo. Niente di ciò che poteva fare era sufficiente. Conducevano due vite diverse. Quella di lui era una vita militare fatta di gravità e responsabilità, di guerra e pericolo, di re e patria. La sua era una vita da favola, fatta di amore, casa e famiglia, una vita che lui non poteva darle. No, non le aveva mai dato ciò di cui aveva veramente bisogno.

Non le parlò mai della guerra. Ogni volta che tornava a casa, non menzionava la morte, le difficoltà e la paura che si intrecciavano nella vita di ogni uomo che cavalcava o camminava su un campo di battaglia. Non le parlava mai dell'incertezza di tornare interi o di tornare del tutto. Hugh si diceva che era per il suo bene. Ma in realtà non credeva che lei fosse abbastanza forte da convivere con quella verità. La sua innocenza era troppo preziosa. Pensava di proteggerla.

Fissando il ritratto, Hugh si sentì in colpa per la colpa che ricadeva su di lui e su nessun altro. Era colpevole di non averla preparata a ciò che l'avrebbe aspettata se si fosse avvicinata troppo al fronte. Per non averla avvertita delle miserie e dei pericoli che incombevano sugli accampamenti. Non le aveva dato un'immagine chiara della vita sopportata dalle donne che seguivano i loro mariti in guerra.

La giovane e innocente Amelia era andata a Vigo immaginando un porto sicuro dove poter aspettare suo marito. Invece, fu esposta alla crudele realtà della malattia, dell'isolamento e della morte.

I colori dei volti nel dipinto si confusero e Hugh Si rese conto di avere le guance bagnate.

La colpa. La colpa. La realtà della colpa che portava con sé si era formata molto prima dell'ultimo giorno di vita di sua moglie e di suo figlio. La tragedia che lo dilaniava era che non aveva mai amato Amelia come lei aveva amato lui.

Il volto macchiato di lacrime di Grace gli balenò davanti agli occhi mentre le sue coraggiose parole gli tornavano in mente. *Se mi fosse data una possibilità - che sia su quel campo di battaglia, a Vigo o oggi - rinuncerei alla mia inutile esistenza se potessi restituirvi le vite di quei due innocenti.*

Un sentimento così nobile. Molte volte aveva detto la stessa cosa. Ma ora si rendeva conto che le sue parole avevano solo mascherato il desiderio di morte che la sua famiglia riconosceva e temeva. Il desiderio di espiare la sua colpa. In vita, Amelia aveva voluto qualcosa che lui non era stato disposto a dare. Non era stato all'altezza del loro matrimonio. Le parole di Grace non facevano che sottolineare quel fallimento.

Eppure, continuava a cercare altri da incolpare. Oltre a lui, non c'era davvero nessun altro da incolpare. *Aveva* scelto di andare in guerra. *Aveva* scelto di proteggere sua moglie dalla ferocia di quella vita. Non era riuscito a renderla sicura nel loro matrimonio. Ma ora non poteva cambiare nulla di tutto ciò. Avrebbe vissuto con questa consapevolezza per il resto della sua vita, ma lei non c'era più.

Per otto anni aveva pianto ciò che non poteva essere cambiato. Era ora di lasciare riposare Amelia. Lei e il loro figlio se n'erano andati e non si poteva tornare indietro dalla morte.

Era il momento di lasciar andare. Per quanto la vita fosse fragile, questo mondo apparteneva ai vivi.

Grace correva alla cieca per i corridoi. Hugh ora conosceva la verità sul suo passato, ma non era quello che la tormentava. Il dolore e la perdita pulsavano nell'aria della suite di Amelia. Madre e figlio, entrambi troppo giovani per essere presi, avevano confidato in un mondo che non li aveva protetti. Vittime della guerra. Una frase così vuota. Ne aveva visti così tanti distesi lungo una strada, che fissavano il cielo vuoto con occhi privi di vista.

Grace desiderava il giorno in cui gli uomini avrebbero imparato dagli errori del passato anzichè ripeterli.

Era la figlia di un comandante militare. Non avendo un paese dove tornare, da giovane, Daniel Ware aveva cercato di vendicarsi dell'Inghilterra. Napoleone gli aveva dato un esercito con cui combattere. Lungo la strada, la guerra divenne la sua professione e costruì la sua vita sulle uccisioni.

Uomini come suo padre costituivano la spina dorsale di ogni esercito. Le faceva male il fatto che questi uomini permettessero di combattere delle guerre perpetue tra le nazioni. Era nel loro interesse obbedire agli ordini di politici e re che tracciavano una linea nella sabbia e dichiaravano una parte buona e l'altra cattiva.

In piedi davanti al ritratto in quella cameretta, aveva sentito il dolore attorcigliarsi nelle viscere mentre anni di ricordi carichi di sensi di colpa venivano riesumati. Rivivere quei momenti l'aveva devastata e riempita ancora una volta di angoscia per il destino di tante vittime. Amelia e Cameron compresi.

Sì, aveva detto a Hugh quello che aveva nel cuore, aveva vomitato i rottami della sua vita, gli aveva raccontato il suo dolore per quello che non poteva cancellare, ma questo l'aveva fatta a pezzi.

All'improvviso, tra le mura di Baronsford non c'era abbastanza aria e Grace si sentì svenire. Barcollando lungo una scala posteriore, uscì all'esterno e ansimò, cercando disperatamente di riempire i polmoni.

Quando iniziò a camminare, la pioggia aghiforme non le perforò la pelle, ma le trafisse l'anima. Voleva liberarsi di quei ricordi di cui era stata gravata per così tanti anni. Grace, la cui mente non dimenticava mai nulla. Ma qualcosa era cambiato. Ora capiva. Il coraggio e l'onore erano troppo facilmente usati da uomini "giusti" che chiamavano i giovani a morire per il re e la patria. Le vittime meritavano di essere compiante, a prescindere dalla loro fedeltà.

"Posso aiutarvi, signora?".

La voce di quell'uomo la fece trasalire e lei si asciugò le lacrime. Un operaio era in piedi davanti alla sua zappa e la guardava con preoccupazione. Grace si guardò intorno, rendendosi conto che stava attraversando gli orti. In lontananza, vide il lungo viale che si snodava fuori da Baronsford.

"No, grazie. Sto bene così", disse, senza mai fermarsi.

Tirandosi lo scialle sopra la testa, si affrettò ad andare avanti. Il desiderio di mettere distanza tra lei e Baronsford cresceva a ogni passo che faceva.

Melrose Village. Non era più la paura a spingere i suoi passi. Aveva semplicemente bisogno di allontanarsi. Grace non era preoccupata che Hugh o Jo sapessero chi era. Non era preoccupata di essere castigata per le sue bugie. Sapeva che le sue parole avevano lacerato il cuore ferito di Hugh e doveva andarsene. Rivederlo non era un'opzione. Rivivere quei momenti nelle stanze di Amelia era fuori discussione. Doveva lasciare immediatamente Baronsford. Lasciare la Scozia.

La strada era bagnata dalla pioggia. Grace per metà correva e per metà camminava nella grigia mattinata, facendosi strada tra i solchi dei carri pieni di acqua fangosa. Era sicura che questa fosse la strada per il villaggio; era la strada che Jo le aveva indicato durante una delle loro passeggiate.

A una certa distanza da Baronsford, si addentrò in una fitta foresta. Quando i boschi scuri la circondarono, una sensazione di disperazione la pervase, mescolandosi al freddo della pioggia. Non aveva soldi, non aveva amici o conoscenze a cui rivolgersi e non aveva un posto dove ripararsi. L'unico barlume di speranza a cui si aggrappava era che la lettera della signora Douglas fosse un'offerta di assistenza... I *vecchi nemici sono ora i più stretti alleati*. Grace aveva bisogno di un aiuto finanziario per raggiungere Anversa e pregava che la donna, conoscendo il suo passato, fosse disposta a farlo.

Sotto il baldacchino verde scuro di rami in alto, enormi gocce d'acqua continuavano a schizzare su di lei. La pioggia era rallentata fino a diventare nebbia. La foresta non accennava a finire e, mentre aggirava una fila di alberi e si affrettava a scendere da una collina, si chiese quanto potesse essere lontano il villaggio. Una nebbia si era depositata nelle zone basse e la visibilità era scarsa. Mentre camminava, Grace passò davanti a due cottage nascosti in una radura lungo il sentiero. Ma non c'erano persone, non c'erano giardini verdi, non c'erano polli o capre nei recinti e non c'era fumo dai camini.

Tirò lo scialle intorno alle spalle. Il suo piede scivolò in un solco e la caviglia si girò dolorosamente. Grace fu sbilanciata e riuscì a malapena a non cadere. Imprecando interiormente, si accovacciò e si tastò la caviglia. Il dolore era forte.

"Perché ora?", mormorò lei, combattendo contro le lacrime di rabbia.

Si bloccò al fruscio delle foglie e le si rizzarono i peli sulla nuca. Lì alla sua sinistra. Qualcosa si muoveva. Si mise in ascolto. Passò un'eternità. Di nuovo. Un passo tra i fitti cespugli. Non l'aveva immaginato.

Grace si guardò alle spalle in direzione del suono. L'allarme la percorse. Fissò il paesaggio sconosciuto di alberi e rocce. Una collina scendeva in una radura nebbiosa e poteva sentire solo la pioggia che gocciolava dagli alberi e il lontano scroscio di un ruscello.

Non vide nulla. Tuttavia, sapeva di essere osservata.

La voce di suo padre le tornò subito in mente. *Combatti sempre. Non permetterti mai di diventare una preda passiva. Combatti.*

Il suo sguardo spaziava nell'area circostante alla ricerca di un'arma. Un ramo spezzato attirò la sua attenzione.

Il dolore le salì alla gamba mentre cercava di camminare. L'aver calpestato la buca aveva provocato qualche danno. Zoppicando, raccolse il ramo, staccando ramoscelli e foglie. Appoggiandosi ad esso come bastone da passeggio, Grace si rimise in cammino.

Qualche passo più in là, un'ombra si mosse nella nebbia vicino a una grande roccia a una dozzina di passi dal sentiero. Si fermò, fissando l'oscurità della foresta.

Un ramoscello calpestato si spezzò alla sua destra. Si girò, guardando in quella direzione. Non riuscì a vedere nessuno. Solo la pioggia battente e la nebbia. Ma ora sapeva che almeno due persone la stavano inseguendo. Si voltò al rumore di un altro passo alla sua sinistra. Più di due. Forse tre. O più. E si stavano avvicinando a lei.

Il suono del suo cuore che batteva le rimbombava nelle orecchie. Una donna che camminava da sola in questo bosco fitto. Un bersaglio facile da derubare. Il suo vestito e il suo scialle, rovinati dalla pioggia, parlavano di ricchezza. Ma cosa le avrebbero fatto una volta capito che non aveva monete da dargli?

Guardò la strada davanti a sé, senza sapere quanta strada dovesse fare. Con il dolore alla caviglia, non avrebbe nemmeno potuto tornare a Baronsford di corsa. Era arrivata troppo lontano.

Il dolore che aveva combattuto prima, l'incertezza su cosa ne sarebbe stato di lei una volta raggiunto il villaggio, non significavano nulla ora. Era spaventata e sola, ma non si sarebbe arresa senza combattere.

Avanzò di qualche passo, poi si fermò e si voltò, guardando in ogni direzione, cercando di vedere attraverso la nebbia.

"Mostratevi".

Nessuna risposta. Non riusciva a vedere nulla. La nebbia e i boschi intorno a lei li nascondevano.

"Cosa volete?"

Da dietro un albero uscì un uomo con un lungo cappotto nero. Si voltò quando ne apparve un altro a sinistra e poi un altro ancora alla sua destra. Grace indietreggiò, cercando di non mostrare il suo panico.

"Solo una parola, signora", sibilò il primo.

Quando vide che gli altri uomini si dirigevano verso di lei, alzò il bastone come una clava, pronta a combattere. Si allontanò quando i tre uomini rallentarono appena fuori portata.

Due mani la afferrarono per le spalle e il sapore amaro della morte le salì in gola.

Quattro di loro.

Capitolo Diciannove

GRACE NON C'ERA PIÙ.

La casa si animò in un turbine di attività mentre Jo dirigeva la ricerca dello staff nella casa, comprese le stanze dell'ospite scomparsa e le biblioteche che Hugh aveva già controllato. Non c'era traccia di lei da nessuna parte. Era stata turbata, più che turbata, nella nursery, ma lui non poteva accettare che se ne fosse andata senza dire niente a nessuno.

A Hugh non importava cosa avesse nascosto loro. Niente di ciò che aveva detto cambiava le circostanze in cui era arrivata li. L'aveva trovata quasi morta in quella cassa. Nessuna ammissione da parte di lei diminuiva la responsabilità che lui sentiva nei suoi confronti. Nulla del passato di Grace alleviava il dolore acuto che gli tagliava le costole alla possibilità che lei fosse uscita per sempre dalla sua vita.

No, doveva trovarla.

"Chiedi a tutte le cameriere, ai camerieri, ai giardinieri, agli stallieri, a tutti", ordinò alla governante e al maggiordomo. "Era qui stamattina. Qualcuno deve averla vista".

Non aveva avuto modo di spiegare a Jo quello che era successo prima, ma lei era più che allarmata per la scomparsa di Grace. Poco prima, sua sorella era andata alla ricerca di Anna, sperando che la cameriera potesse offrire loro un indizio. Truscott stava organizzando una squadra di ricerca.

"Fai portare il mio cavallo qui davanti", ordinò a un cameriere. "Presto, amico".

Nebbia e foschia circondavano Baronsford in ogni direzione e una continua pioggerellina gravava sui giardini fuori dalle finestre del suo studio. Il volto straziato di Grace era impresso nella mente. Le sue parole di disperazione riecheggiavano. Era davvero terribilmente agitata mentre correva via piangendo dalla suite di Amelia. Non si permise di pensare che potesse fare qualcosa di stupido. No, si rifiutava di immaginare che potesse farsi del male.

I campi e le foreste si estendevano per chilometri intorno a Baronsford. Forse era andata solo a fare una passeggiata. Sotto la pioggia. Non stava abbastanza bene per farlo. Lei e Jo avevano camminato lungo i sentieri sulle scogliere che si affacciano sul fiume, ma con questo tempo sarebbero stati insidiosamente scivolosi. Avrebbe potuto cadere in una dozzina di punti. Grace conosceva anche la strada per il lago..... e alla casa-torre. Sarebbe potuta andare da quella parte.

Hugh sarebbe impazzito se avesse aspettato ancora un momento. Doveva seguirla.

Mentre si avviava verso la porta del suo studio, Jo fece irruzione.

"Ho appena parlato con Anna. Potremmo avere un indizio".

Un brivido di sollievo lo attraversò. "Cosa c'è?"

"Ieri è arrivata una lettera da Nithsdale Hall, indirizzata a lei. Anna ha pensato che fosse strano e dice che Grace sembrava piuttosto ansiosa dopo averla letta".

La signora Douglas. Il duro scrutinio della donna nei confronti di Grace quando Lady Nithsdale fermò la carrozza. Per Dio, avrebbe trascinato il conte, sua moglie *e il* loro maledetto ospite sui carboni ardenti se fossero stati responsabili di qualsiasi danno a Grace. Cercò di superare la sorella ma Jo gli afferrò il braccio.

"Le hai parlato stamattina? Cosa è successo?"

Hugh fissò gli occhi preoccupati della sorella. Lei e Grace erano diventate amiche. Jo aveva il diritto di saperlo. "Ricorda il suo passato. Mi ha detto la verità. E sospetto che nella lettera ci fosse scritto che la signora Douglas conosceva la vera identità di Grace".

"Pensi che stia andanda a Nithsdale Hall?".

"O che sia scappata per questo motivo".

"Chi è?"

Si fermò sulla soglia della porta, costringendosi a fare una pausa quando si guardò alle spalle.

"Grace Ware. La figlia di uno dei comandanti di Napoleone. Pensa che, a causa della professione del padre, sarebbe considerata un nemico qui a Baronsford. *Io* la considererei un nemico. Ma non potrebbe sbagliarsi di più".

Hugh non poteva più aspettare. Doveva trovarla. Avrebbe iniziato da Nithsdale Hall. Chiunque aveva inviato quel biglietto a Grace, avrebbe fatto meglio ad avere delle risposte.

Le parole che aveva detto a Jo gli tornarono in mente. Grace si *sbagliava*. Non aveva alcun motivo per scappare da lui. Trovandola negli appartamenti di Amelia, sopraffatto dall'effetto delle parole di Grace, non aveva detto una parola per tranquillizzarla. Non aveva modo di sapere come si sentisse lui.

Mentre usciva, abbaiò degli ordini a Simons. "Dì al signor Truscott, quando torna, di iniziare con i sentieri della scogliera. Altri uomini devono cercare nel lago. E voglio che un cavaliere vada al villaggio. E fai uscire i cani. Voglio che ogni risorsa disponibile aiuti nelle ricerche. Non tralasciate nulla. Trovatela".

Il suo cavallo lo aspettava nel cortile. Mentre attraversava il cortile di ghiaia per raggiungere il luogo in cui uno stalliere teneva la sua cavalcatura, nella mente di Hugh balenarono immagini di altri tempi, immagini di una cavalcata disperata attraverso terre devastate dalla guerra fino a Vigo.

Cercò di scrollarsi di dosso il ricordo. Non era più in battaglia. Nessuna truppa stava in attesa per fermarlo. Ma la sensazione di sventura non se ne andava. C'era qualcosa di molto sbagliato.

Non avrebbe permesso che il passato si ripetesse. Doveva raggiungere Grace.

Hugh salì in sella, ma prima che potesse mettere in moto il suo destriero, risuonò la voce di Truscott.

"Il villaggio", gridò suo cugino, venendo verso di lui. "Uno dei giardinieri l'ha vista dirigersi verso la strada forestale che porta al villaggio".

"Mettetevi dietro di me, signoraa".

Un lampo di speranza attraversò Grace quando si guardò alle spalle e riconobbe Darby, il nuovo fabbro. Non era sola, ma la mole dei tre bruti che si trovavano di fronte a loro fece rapidamente svanire quel momentaneo sollievo.

La nebbia grigia e amorfa, sempre più fitta, li aveva tagliati fuori. Darby teneva un robusto bastone da passeggio e aveva il ramo che aveva raccolto, ma i coltelli nelle mani di due degli assalitori brillavano in modo sordo nella torbida radura. Dalle cicatrici e dai loro occhi freddi e morti, sapeva che si trattava di uomini violenti che avevano usato quelle armi più di una volta per il loro lavoro sporco.

Rimase vicino a Darby mentre gli uomini cominciavano a disporsi intorno a loro. Il fabbro era alto e forte, ma loro due avevano poche possibilità contro questi furfanti.

"Spostati, tu", disse Darby con voce bassa e minacciosa mentre alzava il bastone da passeggio. "Non hai nulla da fare qui".

Il capo sputò con disprezzo e, quando si pulì lo sputo dal labbro, Grace vide il tatuaggio nero e sbiadito di una *M* marchiata a fuoco sul dorso della sua mano simile a carne. Assassino, pensò?

"Mi dispiace di averti coinvolto in questa situazione", sussurrò a Darby.

"Non preoccupartevi, signora. I codardi come questi si mettono in fuga facilmente".

Conosceva la realtà della loro situazione. Nessuna dimostrazione di coraggio avrebbe diminuito il pericolo che stavano affrontando. Gli uomini stavano cercando di circondarli, ma lei e Darby continuarono ad allontanarsi lungo il sentiero.

"Se è il denaro che cerchi...". Non finì mai.

L'attacco arrivò all'improvviso. Grace vide due degli uomini che si avventarono su Darby, il quale si scagliò con forza contro di loro con il suo bastone. Allo stesso tempo, l'altro si avventò su di lei.

Grace fece oscillare il ramo, ma non riuscì a reggersi con la caviglia malandata. L'uomo si scansò e balzò in avanti, afferrandola. Lasciando che il ramo le girasse intorno alla testa come una clava, lo prese sotto l'orecchio, facendolo cadere di lato su un ginocchio.

"Puttana del cazzo!" ruggì, alzandosi di nuovo in un lampo.

Con la coda dell'occhio, vide Darby - che aveva perso il bastone - sferrare colpi furiosi al capo e farlo barcollare. L'altro uomo si fiondò sul fabbro, pugnalandolo ferocemente con la lama del suo coltello.

Grace non aveva tempo per aiutarlo. Il suo assalitore si stava avvicinando di nuovo e lei teneva pronto il bastone. Lui si avvicinò e si tirò indietro, girando con cautela, appena fuori portata, in cerca della sua occasione.

Al di là di lui, vide Darby cadere a terra, contorcendosi nel viottolo fangoso, mentre un aggressore gli sferrava un feroce calcio alla testa.

"Prendete la donna", abbaiò il capo, mentre i due si giravano verso di lei. "Dobbiamo andare".

Mentre sollevava la mazza, una furia bollente le scorreva nelle vene. Sarebbe morta prima di lasciare che la prendessero.

Prima che potessero fare una mossa, il vicolo fu scosso dal tuono degli zoccoli. Quando le loro teste si girarono verso il suono che li investiva, lo shock sui loro volti fu impagabile.

Emozioni crude le attraversarono le membra e il cuore, riempiendola di affetto per quell'uomo che, nonostante le sue parole, indipendentemente da chi fosse, era venuto comunque a cercarla.

Grace provò un orgoglio che non aveva mai conosciuto.

Hugh Pennington, con una fredda furia negli occhi, era arrivato.

Capitolo Venti

La paura e l'ansia, come tenaci segugi sulla coda di un cervo ferito, perseguitavano Hugh mentre volava lungo il sentiero boscoso. La sua testa continuava a dirgli che Grace non poteva essere in grave pericolo. Aveva lasciato Baronsford non molto tempo fa. È probabile che si trovasse ancora sulla strada per il villaggio. Lavoratori e visitatori percorrevano questa strada in continuazione. Ma il suo cuore e il suo istinto gli dicevano tutt'altro. I segugi del suo passato si stavano avvicinando a lui, costringendolo a spingere di più il destriero.

Doveva raggiungerla prima che fosse troppo tardi.

Al galoppo, Hugh spronò la sua cavalcatura in una nebbiosa radura. Girò la curva vicino a una vecchia casetta di un boscaiolo, abbandonata da anni, e poi li vide.

Gli anni trascorsi in cavalleria scattarono al loro posto come il grilletto di un moschetto e vide subito cosa c'era davanti a lui. Grace era sotto attacco.

Due uomini stavano lottando contro qualcuno che stava cadendo a terra. Uno brandiva un coltello. L'uomo a terra era Darby.

Al di là, un terzo stava lottando per afferrare Grace, ma lei agitava un ramo robusto per tenerlo lontano.

Hugh fu su di loro quasi prima che avessero la possibilità di reagire.

Cavalcando dritto verso i due uomini che si trovavano sopra Darby, Hugh guidò il suo destriero facendoli cadere a terra. Non rallentò mai mentre si voltava verso l'aggressore di Grace, ma l'uomo si stava già tuffando in un boschetto di pini. Quando Hugh girò il suo cavallo, anche gli altri due si dispersero, scomparendo nei boschi ai lati della strada.

Saltò a terra e si precipitò al fianco di Grace. La preoccupazione per lei e per Darby si fondeva con la rabbia per la fuga degli aggressori. Il rumore dei corpi che si lanciavano nel sottobosco in ogni direzione si affievoliva man mano che fuggivano. Prima che Grace potesse dire una parola, lui la strinse forte tra le braccia. Per un attimo, in preda al panico, ebbe bisogno di stringerla. Inspirò il profumo dei suoi capelli bagnati. Le toccò le braccia e la schiena per assicurarsi che non fosse ferita.

Si tirò indietro, facendo scorrere il pollice sul suo viso sporco di fango. I suoi occhi mostravano ancora il fuoco della battaglia nelle loro profondità blu. Lui si limitò a fissarla mentre il sollievo lo inondava.

Lei gli prese la mano e premette le labbra sul suo palmo.

"Darby", sussurrò lei contro il suo tocco.

La lasciò e si avvicinò rapidamente al suo uomo, che stava cercando di sollevarsi su un gomito. Il sangue bagnava la camicia sotto il cappotto aperto. Aveva preso il coltello nel fianco.

"Quei maledetti codardi. Non lasciateli scappare".

"Li troveremo. Fammi vedere". Hugh lo incoraggiò a sdraiarsi di nuovo e sollevò la camicia. La ferita sanguinava abbondantemente e non riusciva a vedere quanto fosse grave.

"Non è niente, signore. Un graffio, tutto qui". L'uomo cercò di sollevarsi di nuovo.

"Ti ha accoltellato da qualche altra parte?".

"No, signore".

Hugh sentì un rumore di stoffa strappata alle sue spalle e Grace si accovacciò dall'altra parte del fabbro. Spinse delicatamente Darby verso il basso.

"Sto bene, signora".

Strofinando e tastando la ferita da taglio insanguinata, vi premette contro un lembo pulito della sua sottoveste.

"Smetta di fare il coraggioso, signor Darby. La sua ferita non è un graffio. Il bandito ha colpito solo la carne quando ha pugnalato, ma deve essere suturata. E la sua testa? Ho visto che ti ha colpito con un calcio".

Darby gli toccò il lato della testa. "Devo stare bene. Vedo solo una di voi, signora".

Gli gli sguardi di Grace e Hugh si incontrarono al di sopra del ferito. Nel suo sguardo blu si nascondevano diffidenza e domande. Voleva dirle tante cose per tranquillizzarla su ciò che aveva detto a Baronsford, ma non era il momento. Si avvicinò e le asciugò una lacrima che le era spuntata sulla guancia. Rivolse la sua attenzione a Darby.

"Da qui sarà più veloce portarti dal dottor Namby a Melrose Village. Il signor Truscott dovrebbe essere dietro di me con una carrozza".

"Mi ha salvato la vita, signor Darby". Grace cambiò posizione e fece più pressione sulla ferita. "Grazie."

"Non ho fatto nulla, signora. Sono solo arrivato al momento giusto. E voi siete una valorosa combattente, se posso dirlo. Dal modo in cui brandivate quel legno, avreste spaccato un cranio o due se avessero provato ad avvicinarsi".

L'orgoglio riempì il cuore di Hugh. Pensò a ciò che ora sapeva di Grace. La figlia di un cavalleggero. Daniel Ware. Non si erano mai incontrati se non sul campo di battaglia, ma lui lo conosceva. Ware era un abile comandante di cavalleria. Gli tornarono in mente le parole che lei aveva pronunciato a proposito della presenza sui campi di battaglia. Guardò le sue mani esperte, la sua attenzione per l'uomo ferito, il suo atteggiamento calmo. Grace era una donna d'azione, abituata a salvare gli altri... non a essere salvata.

"Sono contento che tu sia venuto", disse Hugh.

"Al maneggio mi hanno detto che la gente percorre sempre questa strada da sola, uomini o donne, e non ci sono mai problemi".

Questo valeva per tutti i vicoli della zona, a meno che, pensò Hugh, non si fosse di origine scozzese e non si attraversasse per caso la terra di Nithsdale. Hugh provò un'ondata di rabbia. E non aveva ancora finito con il conte... . . o con l'ospite di sua moglie, se era stata lei a inviare quella lettera a Grace.

"Sei nuovo da queste parti", disse a Darby. "Ma avevi già visto questi uomini? Forse nel villaggio?".

"Mi ricorderei di quei furfanti, signore". Il fabbro scosse la testa. "All'inizio ho pensato che fossero solo dei ladri di passaggio, ma credo che stessero cercando di rapirvi, signora".

"Quegli uomini non erano ladri", concordò Grace. "Non cercavano monete o gioielli. Nemmeno una volta mi hanno chiesto una borsa".

Cercava di mantenere una facciata coraggiosa concentrandosi solo sulla ferita di Darby, ma Hugh la vide rabbrividire. Lo shock che arriva dopo la battaglia.

"Ho sentito uno di loro dire di 'prendervi'", disse il fabbro, facendo un respiro profondo mentre Grace tamponava e premeva di nuovo sulla ferita. "Come se si fossero nascosti qui fuori ad aspettare. Un quarto di miglio prima di arrivare da voi, ho incrociato una delle contadine di Baronsford che si dirigeva verso il villaggio. Ci siamo scambiati un saluto. Non ha avuto problemi a passare di qua".

La mente di Hugh si interrogava sul perché qualcuno volesse rapirla. Pochi sapevano che era qui. Nithsdale. La signora Douglas. Chi altro?

Il suo impiegato, di solito un uomo discreto, non aveva alcun motivo di segretezza quando chiese ad Anversa di una donna americana scomparsa. Forse si era lasciato sfuggire che era arrivata a Baronsford in una cassa, ma non aveva nessun nome da far circolare. Qualcuno *avrebbe potuto essere* già arrivato qui. E c'era il diamante chiuso nel suo scrigno di ferro. Gli uomini erano capaci di azioni spregevoli quando si trattava di possedere un tesoro come quello.

Oppure, tutte quelle congetture non avevano senso. Quegli uomini avrebbero potuto semplicemente imbattersi in Grace, vedere il modo in cui era vestita e decidere che era un premio troppo allettante per lasciarselo scappare.

Il rumore della carrozza in avvicinamento lo distolse dai suoi pensieri.

I camerieri saltarono giù dai loro posti e Truscott fu fuori dalla carrozza prima ancora che questa si fermasse.

"Buon Dio", esclamò vedendo il fabbro insanguinato.

"Aiutami a metterlo nella carrozza", ordinò Hugh. "Con delicatezza".

"Posso camminare", protestò Darby. "Non c'è bisogno che il mio sangue rovini la vostra carrozza, My Lord".

"Sciocchezze", rispose brevemente Hugh.

"Tenga premuto sulla ferita, signor Darby", disse Grace mentre Hugh, Truscott e i camerieri sollevavano con cura l'uomo nella carrozza.

"Resta con lui mentre il dottore si occupa delle sue ferite", disse Hugh al cugino. "Deve dare a Darby le stesse cure che darebbe a me. E di' a Namby che voglio che il mio uomo torni a Baronsford, dove potremo occuparci della sua guarigione".

Truscott annuì e salì in carrozza.

"Se non vi dispiace, vorrei venire in paese con voi", disse Grace a Truscott. Si spostò in avanti e mise la mano sulla porta.

Truscott guardò dal viso di Hugh a quello di lei. "Credo che fareste meglio a rimanere con lui".

Le dita di Hugh scesero lungo il braccio di lei e le presero la mano. Lei alzò lo sguardo su di lui.

"Tornerete a Baronsford con me", disse dolcemente, facendo cenno all'autista di proseguire.

Le parole di Hugh la emozionarono e la lasciarono senza parole.

Grace abbassò lo sguardo sulla mano forte che avvolgeva le sue dita tremanti. Sentì il calore del suo tocco irradiarsi tra le braccia e toccarle il cuore. Lo guardò negli occhi e non vide animosità, ma solo tenerezza. L'aveva già vista prima, quando lui era piombato nella radura e l'aveva abbracciata mentre lei tremava dopo che gli aggressori erano fuggiti.

"Vi voglio al sicuro a Baronsford", disse ancora. "Con me."

Ricordando ciò che gli aveva detto quella mattina, oltre alla violenza che aveva appena affrontato, le sue emozioni esplosero.

"Mi dispiace di avervi mentito", riuscì a dire. "Non ho mai avuto intenzione di fare del male a voi o a qualcun altro. Ma quando ho imparato a conoscervi... ... quando sono entrata nelle stanze di Amelia ... mi si è stretto il cuore ... sapendo ... quanto fossi responsabile ...".

"Non fatelo", la interruppe lui, girando Grace di fronte a sè. Le sue mani le cullarono il viso. "La responsabilità di ciò che è accaduto a mia moglie e a mio figlio non è vostra. E quello che mi avete detto in quella nursery mi ha risvegliato. Ho dormito a lungo. Ho smesso di incolpare gli altri: vostro padre, l'esercito contro cui ho combattuto, persino Napoleone. Ho finito di inseguire la vendetta quando nessuno è colpevole tranne me".

La sua bocca era a un soffio dalla sua. Lei studiò i suoi occhi grigi e penetranti e capì che le sue parole, per quanto fossero strazianti e rantolanti, provenivano direttamente dal suo cuore.

"E, se è possibile, ho finito di punirmi. So cosa ho fatto di sbagliato. Conosco il giovane sciocco che ero una volta. Prego solo di poter prendere ciò che ho imparato dal mio passato e...".

Grace lo baciò. Anche quando premette le labbra sulle sue, disse a se stessa che era per suggellare il loro perdono reciproco. Lei non aveva nulla da perdonare, ma lui l'aveva perdonata. Sapeva che il dolore albergava ancora nel suo cuore.

Ma in realtà, non appena le loro labbra si toccarno, capì che il perdono non aveva nulla a che fare con tutto questo. Aveva bisogno di provare a sé stessa che lui era reale, che quel momento esisteva davvero. Era tra le sue braccia. Lui si prendeva cura di lei. Era venuto a cercarla.

Se questo bacio aveva lo scopo di dimostrare il suo affetto per lui, ben presto divenne qualcos'altro e il calore del suo tocco divenne totalizzante.

Le dita di Hugh si infilarono nei suoi capelli e lui attirò il suo corpo contro di sé. Il poco controllo che aveva evaporò come una goccia di rugiada sotto il sole estivo. Gli avvolse le braccia intorno al collo e le dita si arricciarono nei suoi capelli. Non ne aveva mai abbastanza del suo sapore. Hugh le passò la lingua tra le labbra e in un attimo la stava divorando. Non riuscì a trattenere il gemito che le salì in gola. La sua bocca era calda e Grace tremava per l'eccitazione mentre la sua mano scivolava lungo la spina dorsale, sul sedere, avvicinandola ancora di più.

La sensazione del suo corpo, duro dove il suo era morbido, la stupì.

Un bisogno snervante la percorse mentre liberava la bocca. Le sue labbra si spostarono sulla ruvidità della sua mascella, trovando un punto alla base della sua gola dove poteva assaporare il calore della sua pelle e sentire il canto del suo cuore.

Lui spinse le labbra di lei verso le sue. La sua lingua iniziò a esplorare i recessi della sua bocca, eccitandola con l'intimità di quella sensazione, e poi improvvisamente si staccò.

"Mi piacerebbe approfondire la questione, ma non è il momento né il luogo adatto".

Grace si risvegliò di colpo. Per un attimo non era esistito nulla al mondo tranne loro due. Ora, mentre lui indietreggiava di un palmo, lei si guardò intorno e osservò la nebbia che continuava a riempire la radura, forse nascondendo pericoli appena al di là della loro vista. Una gelida brezza di realtà la attraversò. Quegli uomini avrebbero potuto ancora essere in agguato in quei boschi. Una persona era già stata ferita nel tentativo di salvarla. Voleva andare lontano da li.

Darby aveva ragione. Credeva che quei traditori la stessero aspettando. Qualunque cosa ci fosse dietro le loro azioni, il loro scopo era quello di rapirla.

Hugh si avvicinò al suo cavallo e Grace cercò di nascondere il dolore quando appoggiò il peso sulla caviglia.

"Che cosa hanno fatto? Siete ferita. Perché non avete detto nulla?".

Stupido da parte sua pensare che gli sarebbe sfuggito qualcosa. Hugh iniziò ad accovacciarsi per controllare la caviglia, ma lei lo fermò. "Non ora. Per favore. È solo una distorsione. Sto bene".

Hugh la guardò con rinnovata preoccupazione, ma poi la sollevò in sella e le salì dietro. Lei si accoccolò contro il calore del suo petto, mentre i suoi occhi scrutavano i dintorni alla ricerca di qualsiasi segno dei tre uomini.

"State tremando", le mormorò contro l'orecchio, stringendo Grace ancora di più contro di sé mentre spingeva il cavallo su per il viottolo verso Baronsford. "Nessuno vi farà del male".

Poche ore prima, Grace stava annegando in un mare di disperazione. Ora si sentiva in paradiso, al sicuro tra le braccia di Hugh.

"Jo lo sa che ho lasciato Baronsford?".

"Tutti lo sanno. Vi hanno cercata tutti, cercando ovunque ci venisse in mente". Le sue labbra sfiorarono l'orecchio di lei. "Eravamo *tutti* preoccupati per voi".

"È stato sconsiderato da parte mia. Io..."

"Basta con le scuse", disse lui, dandole un bacio sui capelli. Rimase in silenzio per un momento. "Voglio che mi parliate del biglietto che hai ricevuto da Nithsdale Hall".

Grace non era sorpresa che lui ne fosse a conoscenza.

"La signora Douglas mi ha mandato la lettera. Mi ha riconosciuto da un ricevimento a Parigi sei anni fa. Faceva parte della celebrazione del battesimo del figlio dell'imperatore. Dal tono della lettera, ho capito che non era del tutto sicura della mia perdita di memoria. O almeno, non era abbastanza sicura da fare una dichiarazione diretta; le sue parole erano ambigue. Ma la lettera non conteneva alcuna minaccia. Sembrava addirittura che offrisse assistenza".

"Vi ha chiesto di incontrarvi al villaggio?".

Seguì la direzione dei suoi pensieri. Dopo l'attacco, quei pensieri non erano poi così lontani dai suoi. "State pensando che in qualche modo sapesse del diamante. Sospettate che potesse sapere che lo avevo con me quando sono arrivata a Baronsford".

"Il sospetto è fa parte della mia professione". Il suo braccio si strinse intorno a lei. "Sembra che sia l'unica persona nei Borders a conoscere la vostra identità. Quegli uomini hanno cercato di rapirvi. Devo supporre che stessero cercando Grace Ware e che sapessero che avreste percorso la strada per Melrose Village".

"Nella sua lettera mi ha detto che camminava ogni mattina nel villaggio e che le sarebbe piaciuto avere la mia compagnia se avessi voluto unirmi a lei. Ma non le ho risposto. Non aveva modo di sapere se avrei camminato fino al villaggio oggi, domani o mai più. O se sarei andata in carrozza portando con me vostra sorella".

"Ma se stavate nascondendo la vostra identità e volevate aiuto da lei, avrebbe potuto immaginare che sareste andata da sola".

"Forse", rispose lei. "Ma l'unica cosa di valore che ho è il diamante. Credo che mio padre sia stato ucciso per questo ad Anversa".

Grace decise di raccontargli tutto. Partendo dal periodo trascorso in America con Giuseppe Bonaparte, gli raccontò quello che sapeva sulla loro destinazione a Bruxelles. Combattendo le sue emozioni, gli descrisse il brutale assassinio di suo padre e dei servi che viaggiavano con loro. Terminò raccontandogli della sua fuga attraverso i vicoli e i fossati del lungomare di Anversa e di come era finita nella cassa sigillata diretta a Baronsford.

"Anche se posso solo supporre che il diamante faccia parte del tesoro dei Bonaparte. Non l'avevo mai visto prima del giorno in cui Jo me l'ha mostrato. Non avevo idea che fosse nascosto nel mio vestito", disse. "Non riesco a perdonarmi per quello che è successo al signor Darby. La violenza mi ha seguita".

"So che affronterebbe di nuovo quegli uomini", disse dolcemente. "È in buone mani. Ci assicureremo che riceva le cure che merita".

Continuarono ad avanzare al ritmo lento che lui aveva stabilito.

"A proposito del diamante", disse. "Non è un segreto che molti stiano cercando di mettere le mani sulle ricchezze accumulate dai Bonaparte. Alcuni di questi uomini sono fedeli a Napoleone e vogliono usare il tesoro per creare un esercito e restaurare l'imperatore. Altri invece lo cercano solo per riempire le proprie tasche".

A Grace non piaceva l'idea che Daniel Ware potesse rientrare in un gruppo o nell'altro. Voleva credere che intendesse portare il diamante da Joseph a sua moglie, Julie, a Bruxelles. Suo padre, nonostante i suoi difetti, era un uomo d'onore.

In lontananza, Baronsford si stagliava imponente attraverso la nebbia e la foschia. Le braccia di Hugh si strinsero intorno a lei. Era grata di essere tornata lì.

"Non capisco perché mio padre non mi abbia detto nulla del diamante. Ero la sua confidente. Sono stata io a organizzare la nostra traversata. Si fidava di me. Non riesco a capire perché mi abbia nascosto un'informazione del genere. Se l'avessi saputo, avrei potuto assicurarmi che fosse protetto meglio. Che saremmo stati più protetti".

Suo padre era un uomo prudente quando si trattava della sicurezza di Grace. In nessun momento della loro traversata pensò che fosse preoccupato per lei. Le stanze insanguinate della locanda di Anversa le tornarono alla mente. Quegli uomini, morti per mano di assassini. Il dolore tornò con forza nella sua mente e lei rabbrividì.

"Forse nemmeno suo padre sapeva del diamante", suggerì. "O se lo sapeva, forse ha valutato male il pericolo di trasportarlo".

Prendetela. Quelle parole dure le tornarono in mente.

"Se le due aggressioni sono collegate e se il gioiello era quello che cercavano", rispose, "perché prendere me? Chi porterebbe *con sé* un diamante del genere? Tutto questo non ha senso. Non so che utilità avrei avuto per loro".

Le parole di Grace si interruppero quando Jo si precipitò nel cortile davanti alla governante, al maggiordomo e a un gruppo di servitori.

"Perché stanno uscendo tutti?"

"Per salutarvi. Per darvi il benvenuto".

Mentre le emozioni salivano dentro di lei, Grace cercò di coprirsi il viso arrossato con la mano, ma non c'era nessun posto dove nascondersi.

Hugh le sussurrò all'orecchio mentre tutti correvano verso di loro: "A prescindere dal vostro passato, a prescindere da ciò che vi ha portata qui, mia sorella e tutte queste persone - e io più di tutti - sono venuti a prendersi cura di voi, Grace. Vi prego, non scappate di nuovo via".

Capitolo Ventuno

Una mezza dozzina di cameriere, guidate dalla signora Henson e da Anna, ronzavano per la stanza assicurandosi che Grace non fosse altro che un manichino nel processo di svestizione e vestizione. Jo era in piedi alla fine del letto e dirigeva tutti con l'efficienza di un comandante di campo che manovra le sue truppe. Tutto questo solo per far indossare a Grace dei vestiti asciutti.

Una volta completata l'esercitazione e ispezionata e fasciata la caviglia, il 'Generale' Jo si sedette sul letto accanto a lei.

"Credo che tu abbia ragione sul fatto che la caviglia sia slogata. Ma faremo comunque dare un'occhiata al dottor Namby quando riporterà Darby a Baronsford". Jo rimboccò le coperte intorno a Grace. "Stavo per dire che dovremo rinchiudere il buon dottore nelle soffitte di Baronsford se vogliamo mantenere riservate le informazioni sulla tua salute, ma sono abbastanza certa che la signora Namby e Lady Nithsdale stiano inventando i dettagli dell'attacco davanti al loro tè".

Grace alzò lo sguardo, sollevata dalla traccia di un sorriso sul volto dell'amica. Era molto meglio della sua espressione di panico quando Hugh aveva insistito per portarla in camera da letto.

"Un vassoio di cibo, signora Henson, se non le dispiace", ordinò Jo mentre le cameriere portavano via asciugamani e vestiti bagnati. "So per certo che la signorina Grace non ha mangiato nulla oggi".

Mentre la stanza si svuotava, Grace si avvicinò e prese la mano di Jo.

"Grazie. E mi dispiace davvero di aver nascosto la verità. I-"

"Zitta. Non voglio più sentire queste parole da te", la rimproverò dolcemente Jo. "Posso solo immaginare. Assistere all'omicidio di tuo padre. E poi rinchiusa in una cassa per cinque giorni".

Dopo averla portata in braccio, Hugh aveva attirato la sorella in salotto per qualche istante. Ora lei sapeva che aveva trasmesso a Jo ciò che Grace gli aveva detto prima.

"Deve essere stato terrificante non sapere cosa ne sarebbe stato di te", continuò. "E quando hai aperto gli occhi qui, chi eravamo? Estranei? No, Grace. Avevi tutto il diritto di non fidarti di noi. *Io* non mi fiderei di noi".

Grace sorrise mentre tirava Jo tra le braccia. *Un'amica*. Non aveva mai conosciuto una persona più gentile e indulgente.

"Rispondi a una domanda", chiese Jo, tirandosi indietro.

"Qualsiasi cosa".

"Hai un marito?"

Grace scosse la testa. "No."

"Sei promessa sposa? Fidanzata? Impegnata?"

"Queste domande sono due, tre e quattro", disse Grace all'amica, sorridendo. "Ma la risposta è 'no' a tutte. Dalla fine della guerra, ho passato tutto il mio tempo a prendermi cura di mio padre. Perché me lo chiedi?".

"Per via di mio fratello". Jo prese la mano di Grace e la guardò negli occhi. "Oggi, quando ha scoperto che eri scomparsa...".

Le parole si interruppero, ma Grace capì. Ricordò la visione dell'uomo e del cavallo che caricavano furiosamente contro gli aggressori. Anche adesso, il suo corpo si riscaldava al ricordo di lui che saltava dalla sella, la prendeva tra le braccia e la stringeva. L'affetto per lui scorreva nelle sue vene come la sua stessa linfa vitale. E il bacio che si scambiarono in seguito la stupiva ancora. Non aveva mai provato una passione così sfrenata, ogni pudore cancellato, il suo corpo servo del suo desiderio.

Sentendo le parole di Jo, il suo cuore ebbe un sussulto. Almeno per oggi, almeno per questo momento, le era concesso di sognare. Domani, o dopodomani, o la settimana successiva, la realtà della sua situazione avrebbe inevitabilmente stroncato ogni speranza di felicità. L'affetto che Hugh o Jo provavano per lei poteva anche non cambiare, ma per la Corona inglese lei era ancora una simpatizzante francese. Una traditrice. E Grace sapeva che chi aveva assoldato gli uomini che l'avevano attaccata quello stesso giorno era ancora in agguato nell'ombra, aspettando il suo momento.

"E ho una richiesta", disse Jo, squarciando la nube di oscurità che stava rapidamente scendendo.

"Qualsiasi cosa".

"Capisco che ci sono ancora molte cose che ti preoccupano", continuò Jo, leggendo i pensieri di Grace. "Ti chiedo solo di dargli una possibilità".

Una possibilità per cosa? Un sogno senza speranza, pensò. Ma non ebbe modo di rispondere. Un bussare pacato alla porta e Anna entrò.

"C'è una persona per voi, signora", disse a Jo, rivolgendosi poi a Grace. "E desidera vedere anche voi, signorina Grace".

"Nonostante quello che ho detto", sussurrò Jo con fare cospiratorio, "questo è troppo presto anche per Lady Nithsdale".

Prese il biglietto da visita portato da Anna e lo lesse ad alta voce.

"Signora Douglas".

Grace scosse la testa. Non aveva alcun desiderio di parlare con quella donna ora.

"Anna, porta questo a Sua Signoria", disse Jo. "Sono certa che mio fratello sarebbe felice di incontrarla".

Quella donna non si rendeva conto del pericolo che correva andando li in quel momento, si infervorava Hugh mentre si dirigeva verso il salotto. Avrebbe fatto meglio a infilare la testa in un nido di calabroni.

Entrando, trovò la signora Douglas seduta su una sedia vicino alla finestra. Quando iniziò ad alzarsi, le fece cenno di tornare a sedersi.

"Signora?"

"Lord Greysteil, non so dirvi quanto sia scioccata e dispiaciuta di sapere dell'insidioso attacco alla vostra ospite. Sono dovuta venire non appena ho sentito la notizia. Spero che stia bene. Prego che non sia stata ferita".

Hugh non disse nulla e la fissò in un silenzio di pietra. Lei si tolse un inesistente granello di polvere dal dorso della mano guantata e continuò. "Ero a Melrose Village quando il signor Truscott ha portato quel suo povero lavoratore nell'ambulatorio del dottor Namby. L'intero villaggio è in subbuglio, come potete immaginare".

Per quanto i suoi modi fossero freddi, la signora Douglas si presentava come una donna molto più loquace di quella che aveva conosciuto quando lei e Lady Nithsdale li avevano avvicinati dalla carrozza.

"Ripeto. Spero che la signorina Grace non stia male". Fece una pausa, aspettando senza successo una risposta da Hugh. "Sono venuta qui oggi perché temo di dovermi assumere una certa responsabilità per quello che è successo".

Si aggiustò il vestito sulle ginocchia.

"Forse sa che ho mandato un biglietto alla sua ospite". Lo guardò fisso. "Nel farlo, intendevo solo comunicare la mia disponibilità ad essere amica della giovane donna. Vedete, signore, ricordo di esserle stata presentata anni fa".

L'orologio nell'angolo suonò e la signora Douglas aspettò. Quando continuò, lui intravide un leggero cambiamento in lei. Qualcosa nel suo sguardo accennava all'aria studiata di un'attrice.

"Quando l'ho incontrata a Parigi, sono rimasta colpita dalla sua bellezza e dal suo portamento. Certo, era molto più giovane allora, non la bellezza matura che è ora. Che spettacolo è stato!" disse, con una certa nostalgia. "E lo splendore dell'occasione era solo accresciuto dalla sua presenza. Chiunque l'abbia vista non ha potuto pensare diversamente. Era la più bella dell'entourage reale, superando di gran lunga le altre trentasei dame di palazzo che assistevano l'imperatrice. Ma sono certa che sareste d'accordo, se l'aveste vista".

Hugh decise di attaccarsi sentimento di protezione nei confronti di Grace, e si stava impegnando per tenere a freno la sua rabbia. La fredda e silenziosa passeggera di quella carrozza era stata improvvisamente sostituita da questa creatura ingraziante che sedeva davanti a lui.

"Ma sto andando fuori tema. Volevo solo esprimere di persona il mio più profondo dispiacere se la mia lettera per lei è stata in qualche modo responsabile di questo orribile evento. Quando gliel'ho inviata, non avrei mai, *mai* immaginato che potesse causare danni".

Rimase seduta per un momento, immobile e silenziosa.

"Le sto rubando troppo tempo, signore. Sarebbe possibile fare visita a sua sorella o alla sua ospite, anche solo per qualche minuto, per dire a entrambe quanto mi dispiace essere in qualche modo coinvolta in questa terribile vicenda?".

"Perché non avete detto che vi ricordavate di lei quando l'avete vista dalla carrozza?" chiese bruscamente.

"Perché, io..." L'aveva presa alla sprovvista con la sua domanda, ma lei recuperò rapidamente la sua compostezza. "Non ero certa che volesse essere esposta in quel modo. Francamente, non potevo essere certa che la sua perdita di memoria fosse autentica. In ogni caso, dubito che avreste voluto che fosse esposta in presenza di Lady Nithsdale".

"Quando è stata l'ultima volta che siete stata sul continente?".

"Fatemi pensare. Sono stata lì lo scorso autunno. Il mio defunto marito ha lasciato delle proprietà...".

"Siete stata ad Anversa?".

"No, Bruxelles".

Poteva vedere una rabbia d'acciaio che si estendeva sul suo viso pallido.

"Signore, non capisco il significato di queste domande".

"Avete avuto qualche legame con la famiglia Bonaparte, a Bruxelles o in America?".

"Assolutamente no. L'unica volta che ho avuto contatti con loro è stato in compagnia del mio defunto marito, che come sapete era un ministro del governo. E quell'unica volta fu al battesimo del piccolo principe". Cominciò ad alzarsi. "Non so di cosa parliate, se mi chiedete una cosa del genere. Mio marito ha dato la sua stessa salute al servizio di...".

"Si sieda, signora", ordinò.

Mentre lei si abbassava sulla sedia, lui vide che era tornato il contegno mascherato che aveva notato al loro primo incontro. Era chiaro che non fosse abituata a prendere ordini da nessuno.

"Il vostro comportamento sconsiderato ha messo in pericolo la mia ospite e il mio lavoratore. Francamente, faccio fatica a credere che le vostre intenzioni nei confronti della signorina Grace fossero così altruistiche come le avete descritte. Se volevate incontrarla, avresti potuto visitarla qui a Baronsford. Avreste potuto conversare con lei nei giardini, se avevate bisogno di privacy, e offrirle la vostra amicizia in tutta sicurezza. Invece, vi sei impegnata in un gioco di intrighi, attirandola in una situazione che sarebbe potuta finire molto peggio di come è andata".

Se le sue parole l'avevano toccata, il suo viso non lo dimostrava. Rimase in silenzio, fissandolo, con la schiena dritta come una verga e le mani immobili in grembo.

"Non ho altro da dirvi, signora. Mia sorella e la mia ospite non hanno tempo di vedervi questa mattina. Il mio cameriere vi accompagnerà alla vostra carrozza".

Inchinandosi bruscamente, Hugh uscì dal salotto senza dire un'altra parola.

Con la severa ingiunzione di Jo di riposare per il pomeriggio, Grace fu lasciata sola nella sua stanza.

Esausta com'era, si rese subito conto che chiudere gli occhi era inutile. Cercare di dormire era inutile. Erano successe troppe cose. Mentre si sdraiava a fissare il soffitto, la sua mente si muoveva con salti acrobatici tra gli eventi emotivi e fisici di quella giornata tumultuosa.

Si era liberata di tutti i suoi segreti, il che le aveva dato un enorme sollievo, ma non aveva diminuito le sue preoccupazioni su ciò che l'aspettava. Jo aveva più che accennato al suo desiderio che Grace si legasse a Hugh. Ma nonostante l'invito a restare, il resto della famiglia sarebbe presto arrivato a Baronsford. Come estranea, Grace avrebbe invaso le loro vite. C'era un limite al tempo in cui poteva rimanere li senza rischiare di abusare della loro ospitalità.

Poi doveva considerare la passione bruciante che le sfrigolava in corpo ogni volta che lei e Hugh si baciavano. Il suo cuore batteva all'impazzata al solo pensiero. Ogni volta che lui la toccava, le toglieva il respiro. Qualcosa si scioglieva nel profondo del suo ventre anche adesso al ricordo del suo tocco. *Questa* era una complicazione a cui non poteva permettersi di pensare ora.

E poi c'era la questione del diamante. Qualcuno voleva quel gioiello tanto da organizzare un attentato contro di lei. Se si fosse trattato di un rapimento, non aveva dubbi che le sarebbe stato chiesto un riscatto. Rimanendo li, aveva portato il pericolo alle porte di Baronsford e, di conseguenza, un uomo coraggioso era stato gravemente ferito. Sarebbe stato più sicuro per tutti se se ne fosse andata da li e si fosse recata a Bruxelles come aveva intenzione di fare. Una volta lì, dopo aver consegnato il gioiello al suo destinatario, avrebbe potuto decidere quale sarebbe stato il suo futuro.

Ma anche se pensava di fare un passo del genere, il volto di Hugh le apparve nella mente e un dolore le attanagliò il cuore.

Sempre più inquieta, Grace non trovava tregua da questo tormento mentale. Non era passata nemmeno un'ora da quando Jo l'aveva lasciata, ma gettò indietro il copriletto e si alzò dal letto. La caviglia fasciata le faceva male quando vi appoggiava il peso e fu grata al bastone che la signora Henson aveva avuto l'accortezza di lasciare accanto al letto. Prendendolo, non poté fare a meno di ammirare la testa di leone intagliata che formava il manico del bastone.

Aveva bisogno di una distrazione per distogliere la mente dai dilemmi che aveva davanti a sè. Sicuramente sarebbe riuscita a raggiungere la biblioteca, si disse Grace. Mentre si dirigeva lentamente attraverso i corridoi e l'ala ovest, scambiò dei convenevoli con alcune cameriere che entravano e uscivano dalle camere e dalle suite. Non conosceva la data esatta dell'arrivo della famiglia, ma immaginava che sarebbero arrivati presto.

Le tende erano state legate, le finestre a battente erano aperte. La pioggia e la nebbia del mattino erano sparite e la luce del sole pomeridiano si stendeva pigramente sul tappeto persiano e sulle sedie e panche comodamente imbottite. La biblioteca superiore emanava davvero un'aura di benvenuto. Guardandola ora, Grace si ricordò perché era la stanza preferita di Lady Aytoun.

Volumi di libri invitavano a essere letti, ma ancora una volta si ritrovò attratta dagli album. Era passata meno di una settimana da quando aveva sfogliato questi volumi, ma da allora erano successe tante cose. Aveva imparato e capito molto di più sull'uomo su cui si concentravano tanti articoli.

Le vocidel personale domestico la raggiungevano dai corridoi. I suoni di chi lavorava nei giardini entravano dalle finestre. Grace trovò un angolo inondato di sole e si sistemò con un volume in grembo e i piedi su un poggiapiedi imbottito.

L'album che aveva scelto consisteva per lo più di pagine bianche. Intere pagine di giornali delle ultime settimane e degli ultimi mesi erano state ordinatamente piegate e riposte all'interno della copertina per Lady Aytoun. Tra questi, trovò un articolo di un giornale di Edimburgo, *The Scotsman*. La settimana scorsa, mentre sfogliava altri giornali, aveva letto un editoriale che criticava questa nuova pubblicazione per le sue opinioni "radicali e pericolosamente indipendenti". Per curiosità, Grace ne aveva parlato e Jo le aveva detto che i fondatori del giornale si erano dichiarati "nemici dichiarati del privilegio e della corruzione, determinati a sconvolgere l'establishment di Edimburgo". Jo aveva riso, dicendo che avevano avuto un tale successo che si supponeva che le copie venissero contrabbandate ai lettori che non osavano farsi vedere mentre lo compravano.

Vedendo una pagina di giornale tra le altre, Grace sorrise nello scoprire che il giornale "radicale" aveva pubblicato un articolo entusiasmante sul "Giusto Onorevole, il Lord Visconte Greysteil". Scorrendo ogni riga, decise che avrebbe potuto diventare una sostenitrice di questo William Ritchie, l'editore.

"Beh, è uno spettacolo da vedere".

Grace alzò lo sguardo, sorpresa e felice di trovare Hugh in piedi sulla porta. Erano passate così poche ore dall'ultima volta che l'aveva visto, ma questo non faceva alcuna differenza per il battito selvaggio del suo cuore e per il calore che le saliva sul viso. Spinse il volume sul tavolo accanto a lei e iniziò a mettere i piedi a terra per alzarsi.

"Per favore, non fatelo", disse entrando nella stanza. "Fate riposare la vostra caviglia".

Grace non sapeva se si sarebbe mai abituata al modo in cui la sua presenza la sconvolgeva. Ogni volta che lo vedeva, veniva colta di sorpresa dalla reazione al suo viso scuro e bello, alla sua grande altezza, alla sua sicurezza. Si era cambiato d'abito. Il suo sguardo si soffermò sulle lunghe gambe muscolose inguainate nei pantaloni attillati, sul gilet di seta grigia ricamato e sulla giacca blu a doppio petto. Sopra il suo ampio petto e nascosto sotto il colletto si trovava il collo forte che aveva assaggiato quella mattina.

Rendendosi conto di aver sospirato in modo udibile, azzardò un'occhiata al suo viso. E lui la stava guardando ancora. Si morse il labbro quando lui lanciò un'occhiata alla porta aperta della biblioteca prima di tornare a guardarla.

Un sorriso gli tirò il labbro. Attraversò la stanza fino alla finestra e prese una profonda corrente d'aria dalla brezza calda.

"Mi avevano detto che stavate dormendo".

"Come facevate a sapere di no?".

"Spie. Informatori pagati. Servitori fedeli". Si avvicinò a lei e aprì il volume che stava leggendo. "Altre indagini sulle mie mancanze legali".

"Altri resoconti entusiastici sui vostri successi, persino da *The Scotsman*".

"Questo solo perché William Ritchie era un avvocato prima di scendere nell'abisso del giornalismo. Ed è ancora un mio amico".

Sapeva già che era da lui sviare un complimento.

"Avete saputo qualcosa sulle condizioni del signor Darby?" chiese.

"Truscott è tornato un'ora fa con buone notizie. Il dottore lo ha ricucito e dice che guarirà bene. Tuttavia, vuole tenerlo in infermeria per stanotte. Domani riporterà Darby fuori con la sua carrozza".

Era tremendamente sollevata. Non avrebbe mai potuto fermare quell'attacco o sopravvivere a esso se non fosse stato per l'eroismo di Darby.

"Potrebbe anche interessarvi sapere che abbiamo iniziato una ricerca per trovare i tre uomini".

"Immaginavo che l'avreste fatto".

Per anni Grace era stata l'organizzatrice di tutto nella vita sua e di suo padre. Forse era la sua natura, o forse la sua educazione come figlia di un militare, ma aveva sempre pianificato e organizzato ogni mossa. Ascoltando Hugh, capì che condividevano questa caratteristica.

"Mi dispiace che abbiate dovuto ricevere la signora Douglas oltre a tutto il resto oggi", gli disse Grace mentre lui si avvicinava al camino. Prese un blocco giocattolo dalla mensola del camino e lo fece girare nella sua mano prima di rimetterlo a posto.

"Come un perfetto padrone di casa non l'ho salutata quando si è presentata. La posizione del suo defunto marito nel governo poteva farle credere di avere un certo status, ma si è accorta che qui non significava nulla. Ha affrontato il giudice che è in me ed è stata accusata".

"Vi ha spiegato il motivo di questa visita improvvisa?".

"Per assicurarsi che fosse assolta da ogni colpa o responsabilità", le disse. "O per raccogliere più informazioni di quelle apprese in paese. Come pensavate, stava passeggiando a Melrose al momento dell'attacco. Ha anche ammesso tutto quello che ho saputo da voi sulla sua lettera".

"Il vostro verdetto, signor giudice?" chiese. "Colpevole o innocente?"

"Per il momento mi astengo dal giudicare. La performance della signora Douglas è stata abbastanza forte da consentire un'altra udienza".

Quando parlava in veste di giudice, Hugh assumeva una presenza severa e autoritaria che Grace immaginava pochi uomini o donne non si sarebbero inchinati davanti a lui. Non ne fu sconcertata; era cresciuta in compagnia di generali e re. Ma questo lato di lui, questa fiducia nella sua capacità di agire con decisione, non faceva che accrescere i suoi sentimenti. Le faceva solo aumentare il desiderio di lui.

Tornò a sedersi vicino a lei e prese il bastone, flettendolo per verificarne la robustezza.

"Questo era il bastone di mio padre", disse. "Se è troppo lungo, possiamo tagliarlo della misura giusta per voi".

"È un bastone bellissimo. Non potrei mai permettervi di farlo. La lunghezza va bene così com'è".

"Come desiderate". Ispezionò la testa di leone intagliata per un momento prima di continuare. "Avete qualche programma per questo pomeriggio, signorina Grace?".

Il suo sguardo si muoveva languido su di lei, soffermandosi sulle sue labbra e poi sui suoi seni prima di scendere lungo le sue gambe fino alla caviglia fasciata, lasciando una scia di deliziosi brividi che la attraversavano.

"Avevo intenzione di leggere un po'".

"Eccellente. Tenete questo", disse porgendole il bastone.

Sussultò quando lui la sollevò dalla sedia con un solo gesto. Mentre gli cingeva il collo con un braccio, Grace vide una cameriera che passava davanti alla porta aperta.

"Cosa state facendo? Dove mi state portando?"

"Dove volete che vi porti?" le sussurrò all'orecchio.

Lo sguardo di Grace volò verso il suo. I loro volti erano a pochi centimetri di distanza. Guardò gli occhi grigi che brillavano suggestivamente mentre si concentravano sulle sue labbra. All'improvviso si sentì persa, disfatta. Sarebbe andata ovunque. Avrebbe fatto qualsiasi cosa lui le avesse chiesto. Lo voleva.

"La prendo come una risposta molto positiva a una domanda non formulata", sussurrò con un accenno di sorriso. "Ma questo lo terremo per dopo. Adesso vi porto nel mio studio e vi metto al lavoro".

Capitolo Ventidue

"Dovete smetterla di prendermi in giro", sussurrò Grace all'orecchio di Hugh mentre lui la portava via dalla biblioteca.

Se solo avesse saputo che, "stuzzicandola", stava torturando sé stesso.

La vicinanza con le sue stanze lo rendeva terribilmente allettante. Una svolta a destra qui, qualche passo là e in pochi istanti potevano essere entrambi spogliati dei loro vestiti e iniziare a fare l'amore per ore.

Lui la desiderava, non c'era dubbio. Lei suscitava in lui il desiderio come nessuna donna a sua memoria. E lui sapeva che lei lo voleva. L'aveva reso abbastanza chiaro il modo in cui rispondeva ogni volta ai suoi tocchi. Sì, la loro attrazione era reciproca.

Ma nulla di tutto ciò aveva importanza. Non sarebbe andato a letto con Grace in quelle circostanze. Non poteva. Non avrebbe rischiato di danneggiare la sua reputazione, anche se era certo che non c'era persona a Baronsford che non sapesse quanto si fosse già affezionato a lei. Tuttavia, bisognava tracciare un confine da qualche parte. Non voleva complicarle la vita così com'era ora. Non voleva ridurla allo stato di amante quando avrebbe potuto... quando avrebbe potuto cosa? Quali piani stavano covando negli oscuri recessi della sua mente? Non avrebbe fatto l'amore con Grace finché non avesse saputo esattamente cosa voleva da lei. Hugh sentiva già che fare l'amore con lei non era sufficiente.

Mentre la portava giù per le scale, sentì il personale domestico sotto di loro.

"Insisto perché mi permettiate di camminare con le mie gambe".

"Solo se insistete", disse lui, cercando di non fissare le sue labbra.

"Lo farò. In fondo alle scale".

Notò la mascella ostinata di lei, lo sguardo minaccioso che intendeva trasmettere che avrebbe fatto meglio a fare quello che le aveva chiesto o sarebbe stato un inferno. Aveva già visto un assaggio di questo sguardo. L'irlandese che c'era in lei.

Sorrise. "A patto che veniate con me nel mio studio".

"Al lavoro?"

"So già che siete appassionata di legge. Siete rimasta affascinata dalla collezione di articoli di mia madre e la prima sera mi avete detto che volevate leggere i miei libri di diritto".

"Credo che in quel momento stessi delirando per la febbre".

"È vero, ma mi serve il vostro aiuto per un caso particolarmente spinoso che mi è capitato". Aveva raggiunto il gradino più basso e si fermò prima di prendere l'ultimo. "Vorrei che voi passaste in rassegna le decisioni pubblicate di qualche migliaio di casi e trovaste un precedente che possa chiarire un punto legale controverso".

Grace inarcò un sopracciglio sospettosa, ma lui capì che aveva suscitato la sua curiosità.

"Avete diversi assistenti. Li ho visti andare e venire".

"È vero", ammise. "Ma nessuno di loro mi dà il piacere che provo in vostra compagnia. Nessuno di loro discute con me su quanto debba durare il loro soggiorno a Baronsford. Nessuno di loro possiede la vividezza del ricordo di ciò che legge, come voi. Non uno".

"E nessuno di loro brandisce un bastone bello come questo". Scosse il bastone con fare minaccioso verso di lui. "Quindi, se sarete così gentile da farmi scendere, signore, lo userò per accompagnarvi nel vostro studio".

Hugh fece l'ultimo passo e mise delicatamente Grace in piedi. Amava conquistarla.

Prima che potessero muovere un passo, Mrs. Henson apparve dal nulla per chiedere informazioni sulla caviglia infortunata. Non appena la governante ebbe una risposta, arrivò il maggiordomo che voleva sapere se la signorina Grace si sarebbe unita alla famiglia nella sala da pranzo stasera. Hugh sapeva che Jo aveva già ridotto gli inviti agli ospiti esterni e osservò il volto di Grace mentre Simons le diceva che "a parte i parenti stretti, gli unici ospiti sarebbero stati i signori Truscott".

Quando lei esitò, Hugh stava per rispondere al posto suo ma ci pensò su. Grace aveva un'indipendenza diversa da qualsiasi altra donna che avesse mai conosciuto. Si era occupata degli affari di suo padre sul continente e in America, durante i tempi caotici della guerra e dopo la pace. La sua perspicacia e la sua schiettezza, quella sera in biblioteca, riguardo al suo cieco pregiudizio, lo avevano cambiato per sempre. Era abituata a pensare e a prendere decisioni da sola, indipendentemente dal fatto se fossero banali o importanti.

"Grazie, signor Simons", rispose dopo una pausa. "Vorrei unirmi alla famiglia questa sera, se non è di troppo disturbo".

In risposta, il maggiordomo praticamente esultò. Hugh avrebbe fatto lo stesso se lei avesse rivolto i suoi occhi blu su di lui e avesse sorriso.

"Di grazia, parlatemi di questo caso spinoso, signore", disse lei, mentre si avviavano verso il suo studio.

Mentre camminavano, Hugh le parlò del caso di Jean Campbell, spiegandole che la donna irlandese, una sordomuta, era stata accusata dell'omicidio per annegamento di suo figlio. A causa della sua situazione, non era stata in grado di rilasciare una dichiarazione. Confusa e generalmente sconvolta, la donna era stata trattenuta nella prigione di Glasgow per sei mesi mentre i giudici erano in stallo sulla sua idoneità a sostenere il processo. E ora il caso era stato deferito al suo tribunale.

"Quindi non sa né leggere né scrivere".

"Esatto", rispose Hugh. "E ho ricevuto altre informazioni che danneggiano la tesi della difesa, per quanto già trascurabile. I suoi vicini di casa a Glasgow parlano con affetto di lei. Affermano che è una gran lavoratrice e che si è sempre dimostrata una madre affettuosa per i suoi figli".

"In che modo questo danneggia la sua difesa?"

"Perché dicono anche che pochi giorni prima di gettare il suo bambino di tre anni nel fiume Clyde, era stata tradita e abbandonata dal marito".

"Quindi pensate che una giuria vedrebbe nella vendetta il movente della sua azione. Voleva vendicarsi di lui uccidendo il suo bambino".

"Esattamente". Hugh non poté fare a meno di ammirare la sua mente. Grace aveva un'astuzia che si prestava all'attività legale. "E sfortunatamente, le giurie non sono comprensive nei confronti di afflizioni come la sua. Il pregiudizio comune è che la sua sordità sia una punizione ordinata da Dio. Un fallimento morale nascosto. Inoltre, poiché la maggior parte degli scozzesi impara a leggere e a scrivere in tenera età, la mancanza di istruzione di questa donna, insieme al fatto che è un'immigrata irlandese, sicuramente altererà l'opinione della giuria su di lei. Se verrà processata, le sue possibilità di assoluzione saranno praticamente nulle".

Entrarono nel suo studio. Lui indicò una sedia accanto alla parete di librerie e lei si sedette.

"Ma se non si presenta al processo perché non è idonea", le disse, "sarà confinata per il resto dei suoi giorni in un manicomio".

"Perché lo state facendo?" chiese lei. "È per quello che ho detto? È perché è irlandese?".

Hugh ci pensò un attimo. "Ignoravo la sua situazione finché non mi avete ricordato il mio dovere. Ma lo sto facendo perché credo che una persona sia innocente fino a prova contraria. Non conosco tutti i fatti, ma non voglio che la legge imprigioni o giustizi questa donna ingiustamente, indipendentemente dalla sua provenienza".

Hugh spostò una panca imbottita di fronte a lei e, prima che potesse protestare, sollevò con cura e vi appoggiò la gamba ferita.

"Quindi questa donna potrebbe non sapere nemmeno di cosa è accusata", disse Grace. "E non è stata in grado di fornire la sua versione dei fatti. Come può difendersi?"

"Questo è il nocciolo della questione. Non può. Non avrà un avvocato in grado di rappresentarla perché è povera e perché non è in grado di parlare da sola".

"Qualcuno *deve* parlare per lei", esclamò Grace. "Qualcuno deve comunicare con lei".

"La penso esattamente come voi. Conosco un uomo di nome Kinniburgh che dirige la Scuola per Sordomuti di Edimburgo. Il mio impiegato Branson sta organizzando un incontro con la signora Campbell. Spero che Kinniburgh sia in grado di parlare con lei".

Hugh si aggirava per la stanza.

"Ma potrebbe non essere sufficiente. Prima che questo caso venga processato, se lo sarà, dobbiamo fornire la difesa che lei non può permettersi. Dobbiamo fare in modo che la legge agisca *per* lei tanto quanto *contro di* lei". Si fermò e guardò Grace. "Allo stato attuale, una donna che potrebbe essere innocente sarà impiccata per omicidio o marcirà in un manicomio, che sarebbe un destino peggiore della morte. In entrambi i casi, i suoi figli finiranno in un orfanotrofio e, se riusciranno a sopravvivere, finiranno per strada".

L'effetto delle sue parole gettò un'ombra sui suoi bei lineamenti. "Cosa volete che faccia?".

"Ho bisogno che tu troviate *tutti i* casi di diritto scozzese in cui una persona sordomuta è stata accusata di reati penali. Ho bisogno di un riassunto dei fatti di ogni caso, delle argomentazioni presentate che sono rilevanti per l'afflizione dell'imputato e delle sentenze del tribunale".

Grace si rivolse al suo compito. "Da dove devo iniziare?"

Hugh prese tre grossi volumi. "Dovete iniziare a diventare un avvocato migliore di chiunque possa essere chiamato a rappresentarla. Questi due libri contengono i *Commentari critici* di David Hume sul diritto penale scozzese. Il terzo contiene le sue *Note supplementari* e i suoi casi. Iniziate con quelli".

Si spostò lungo il muro.

"Questa sezione contiene documenti pubblicati su casi legali scozzesi, organizzati per data. Concentratevi innanzitutto sugli ultimi vent'anni. Cercate i casi che coinvolgono imputati sordomuti, ma cerca anche i precedenti citati che si riferiscono a decisioni precedenti". Hugh si accorse che la ragazza stava seguendo. Certo che lo stava facendo, si rimproverò. "La prossima sezione contiene gli atti dei casi precedenti. Ogni caso deve essere esaminato con attenzione. Poi, queste tre file di scaffali contengono i commenti alla legge inglese e i documenti legali pubblicati. Dopo l'unione dei paesi, è possibile che questi precedenti siano applicabili nelle aule di giustizia scozzesi".

Mentre lui attraversava la stanza per andare alla scrivania, Grace aprì il primo volume e lo mise in grembo.

"E mentre lo fate, ho dei registri inediti di casi più recenti ascoltati a Edimburgo. Li esaminerò". Si avvicinò alla scrivania. "La libertà di una donna dipende da questo. Quello che facciamo qui è davvero una questione di vita o di morte".

Per tutto il pomeriggio e fino a sera, Grace sfogliò velocemente i volumi, facendo domande a Hugh e ai suoi impiegati. I due assistenti entravano e uscivano continuamente dal suo studio, rispondendo alle chiamate del Lord Justice e portando documenti da firmare. I commessi la guardarono apertamente quando iniziò a recitare le informazioni dei casi che cercava. Non aveva bisogno di prendere appunti, ma offriva riassunti dei processi specifici e li citava per volume, pagina e riga. Come aveva chiesto Hugh, Grace si concentrò sui casi che coinvolgevano imputati sordi. Trovò più casi di quanti se ne aspettasse. In quasi tutti i casi, la corte e la giuria dovevano essere convinte della loro condizione. Sebbene i riferimenti fossero a volte vaghi, scoprì anche che l'imputato era stato spesso vittima di inganni, abbandoni e violenze.

E i tribunali in generale non sono erano stati comprensivi della loro situazione.

Alla fine, Hugh congedò i suoi impiegati per la giornata. Grace stessa avrebbe continuato per tutta la notte se la sorella di Hugh non fosse venuta a ricordare loro che i Truscott erano arrivati. Jo disse loro che dovevano smettere di fare quello che stavano facendo e che dovevano entrare per la cena.

Nella sala da pranzo più piccola veniva servito un pasto leggero e Grace fu grata di non doversi cambiare. Si alzò frettolosamente in piedi, pensando a quanto sarebbe inorridita se Hugh avesse cercato di portarla dentro in braccio.

"Se Grace dovesse mai pensare di approfittare della nostra ospitalità", disse Hugh alla sorella mentre si avvicinava alla scrivania, "voglio che tu le ricordi quello che ha fatto per aiutarmi".

Era contenta della sua mancanza di formalità e felice di pensare di essere utile.

"Qualche ora di lettura di qualche rivista di diritto non è certo una ricompensa per tutto quello che avete fatto per me".

"Dovresti vedere quanto è stato prezioso il suo lavoro, Jo. Quando verremo qui domani", aggiunse rivolgendosi a Grace, "Vi mostrerò i registri contabili e quanto mi costa mantenere i miei impiegati. Credo che cambierete idea".

Offrì un braccio a sua sorella e un altro a lei. Grace era entusiasta della prospettiva di continuare a lavorare a questo progetto meritevole domani. Apprezzava apertamente il suo talento e la sua intelligenza. Daniel Ware era l'unica persona che apprezzava davvero le sue capacità. Fino ad oggi.

Grace era già stata presentata al signor Truscott. Sobrio e distinto, era il cugino di primo grado del Conte di Aytoun. L'uomo emanava una tranquilla sicurezza ed era tenuto in grande considerazione da tutti. Si era anche resa conto di quanto fosse perspicace sulle preferenze di suo cugino quando le aveva chiuso la porta della carrozza dopo l'attacco nel vicolo, dicendole che sarebbe stato meglio se fosse rimasta con Hugh. Per quanto fosse sconvolta in quel momento, aveva avuto la netta impressione che lui le stesse dimostrando la propria approvazione.

Se Walter Truscott era la quercia robusta, sua moglie, Violet, era un ruscello spumeggiante. Con un saluto cordiale e affettuoso, conquistò rapidamente l'affetto di Grace. I tratti del suo viso rotondo e roseo e i capelli chiari striati da bande di grigio mostravano i suoi anni al meglio. Aveva il carattere allegro e gentile di cui Grace immaginava che le giovani madri e i bambini che si rifugiavano nella casa-torre avessero bisogno nella loro vita.

Nel raccontare la storia di Violet, Jo aveva spiegato che era arrivata a Baronsford indigente e incinta. Purtroppo perse il bambino e rischiò di morire. Come in una storia d'amore, però, Violet e Truscott si innamorarono e si sposarono. Da allora, innumerevoli giovani disperati e senzatetto sono stati benedetti con l'amore che lei avrebbe dato a suo figlio.

"Mi metterò d'accordo con Lady Jo", disse Violet quando Grace chiese delle famiglie che ora alloggiavano nella casa-torre. "Vi porteremo giù e vi presenteremo. Le circostanze di ogni madre sono diverse. Alcune sono arrivate ancora in attesa. Altre avevano già un bambino in braccio. Abbiamo anche accolto giovani fuggitivi. In alcuni casi, ci siamo presi cura dei piccoli mentre la madre cercava di stabilirsi in un ambiente stabile prima di tornare a prenderli. È un posto molto vivace".

"Come fanno a sapere di voi?" Chiese Grace mentre veniva servita la cena.

"Come potete immaginare, non possiamo fare molta pubblicità", rispose Jo. "Tutte le parrocchie del paese ci manderebbero le loro ragazze. L'invasione sarebbe travolgente".

"Come fanno a trovarvi?"

"Molti di quelli che abbiamo aiutato finora sono passati attraverso...". Jo fece una pausa e il suo sguardo si spostò sul fratello che stava conversando tranquillamente con Truscott all'estremità del tavolo. Abbassò la voce. "Spesso queste giovani donne si sono imbattute in qualche modo nella legge. E un certo Lord Justice vide per loro un futuro migliore qui, piuttosto che nel Bridewell o nell'ospizio della parrocchia".

Gli occhi di Grace si spostarono su Hugh. Pensò alle posizioni che aveva assunto a corte e allo sforzo che stava facendo per conto di una donna irlandese sordomuta. La sua compassione suscitava un amore profondo in lei. In ogni nazione c'è bisogno di altri uomini come lui. Stava iniziando a spaventarsi per quanto era arrivata a tenere a lui. La sua mente, la sua generosità e il suo coraggio la commuovevano.

Il suo sguardo si soffermò sulle lunghe dita che reggevano un bicchiere di vino. Anche il corpo di lui la agitava, ma in un modo molto diverso.

Violet stava raccontando a Jo di una lettera ricevuta proprio quel giorno da una madre che li aveva lasciati per un lavoro lo scorso autunno. Grace riportò l'attenzione su questo lato del tavolo.

Questo era un gioco pericoloso e lei stava permettendo al suo cuore di giocare.

La conversazione degli uomini le giungeva a spizzichi e bocconi. Una locanda sulla strada di Jedburgh. Il cottage abbandonato di un boscaiolo nel vicolo vicino all'attacco.

"Non c'è dubbio, erano in agguato", disse Truscott.

Sapeva che stavano parlando degli uomini che avevano aggredito lei e Darby.

"E non ho dubbi che fossero di Jedburgh", aggiunse.

"Jedburgh?" Chiese Jo, riprendendo l'ultima parte della conversazione. Si rivolse a Grace. "Sapevi che il pugilato è uno degli sport preferiti dai minatori? A Jedburgh c'è una miniera di calcare e una cava di whinstone che sono particolarmente famose per avere i pugili più feroci della Scozia".

"Non ne ero a conoscenza", rispose Grace.

"Si dà il caso che il pugilato sia anche l'hobby preferito di un certo onorevole giudice", continuò Jo, "che rimarrà innominato, ma che è seduto a questo stesso tavolo. In effetti, quel giudice è noto per aver partecipato a incontri con quegli stessi minatori".

"Con notevole successo, direi", aggiunse Truscott con orgoglio.

Grace guardò Hugh. Ora conosceva la causa delle cicatrici sul suo viso. Era proprio da lui praticare quello sport tra i lavoratori della Scozia, piuttosto che nei club privati.

"Non è più il mio hobby preferito", si corresse, guardando solo Grace. "Quel passatempo è sceso molto in basso nella classifica".

Lo sguardo di lui non si staccò mai dal viso di lei, ma si soffermò sulle sue labbra. Per qualche istante, la conversazione si interruppe bruscamente. Erano in cinque a tavola, ma era come se in quella stanza ci fossero solo Hugh e Grace. Sentendo il rossore che le saliva alle radici dei capelli, Grace cercò di distogliere l'attenzione da sé stessa.

Si rivolse al signor Truscott. "Ho sentito bene? Avete identificato gli aggressori".

"Non proprio. Ma sappiamo da dove potrebbero essere venuti", le disse. "Domani prenderò alcuni uomini di Baronsford e l'ufficiale giudiziario di Melrose Village. Andremo a Jedburgh. Una volta lì ne sapremo di più".

Grace non era mai stata in una miniera, ma ne aveva letto. Uomini rudi che lavoravano in condizioni dure e pericolose e per una paga molto bassa. Era facile immaginare che questi uomini potessero essere convinti a commettere un crimine se questo significava lasciarsi alle spalle quella vita miserabile.

I volti di quegli uomini le rimasero impressi nella mente. Nonostante lo shock dell'attacco e la nebbia, Grace era certa che li avrebbe riconosciuti.

"Vorrei venire a Jedburgh con voi domani", gli disse. "Non avete modo di identificare quegli uomini. Ma io posso farlo e vorrei essere d'aiuto".

Jo quasi si strozzò con il suo vino. Il cipiglio di Hugh divenne così cupo che Grace capì esattamente come doveva essersi sentita la signora Douglas all'inizio della giornata.

"Temo che ognuno di questi tre stia per avere un ictus, mia giovane amica". Violet sorrise, prese la mano di Grace e la strinse delicatamente. "Le miniere e le cave intorno a Jedburgh non sono i luoghi più adatti alle giovani donne".

Grace non sapeva se essere contenta della loro protezione o se sentirsi insultata perché la ritenevano troppo fragile. I campi di battaglia in cui era stata avrebbero sicuramente fatto impallidire quelle miniere. Aveva assistito a più morte e distruzione della maggior parte degli uomini.

La sua offerta non era irragionevole. Non stava andando nel ventre della bestia da sola e senza protezione. Grace si chiese se il suo intero periodo a Baronsford sarebbe stato oscurato dai ricordi di ciò che era accaduto ad Amelia. Ma lei non era l'ex moglie di Hugh. Erano donne diverse.

La rabbia ribolliva sotto la superficie della pelle e minacciava di esplodere da un momento all'altro.

"Truscott e l'ufficiale giudiziario hanno intenzione di riportare indietro tutti gli uomini che sono stati assenti dalle miniere negli ultimi giorni", disse Hugh, rivolgendo la sua attenzione solo a Grace. Il suo sguardo era serio, ma la sua voce tranquilla non conteneva alcun accenno di rimprovero.

Grace capì che non era riuscita a nascondere la sua irritazione.

"Non vorrete mica trascinare dei lavoratori dal loro posto di lavoro sulla base di un vago sospetto, vero?".

Truscott guardò Hugh.

"Ed esattamente quanti uomini intendete portare con voi?", chiese. "E quando potrò vederli? Con il signor Darby ferito, sono l'unica persona che può identificarli con certezza".

Le parole le bruciavano sulla lingua. Voleva dire di più. Il suo temperamento focoso. Stava per continuare quando Hugh la interruppe.

"Otterremo una descrizione il più possibile chiara di quegli uomini, ce li descriverete voi e Darby. Non saranno riportati più di cinque uomini", le disse Hugh. "E vi accompagnerò personalmente a Melrose quando arriveranno. Potrete identificarli in presenza dell'ufficiale giudiziario".

"E se nessuno di loro fosse l'aggressore?".

"Per prima cosa, darò a ciascuno di loro due giorni di paga e una lettera ai loro datori di lavoro". La guardò negli occhi. "Poi voi e io accompagneremo Truscott e gli uomini a Jedburgh il giorno seguente. Vi va bene?"

Era così, e lei sorrise apprezzando la sua comprensione.

Capitolo Ventitré

Dopo cena, mentre le donne lasciavano gli uomini e andavano in salotto, Grace si scusò e si diresse verso le sue stanze. Era stata una giornata estenuante e ricca di emozioni. E la sua mente stava finalmente cedendo alla stanchezza del suo corpo.

La caviglia slogata si comportò molto meglio di quanto si aspettasse mentre saliva le scale. Le ore passate a tenerla sollevata nello studio di Hugh l'avevano aiutata. Sperava che domani avrebbe potuto mettere da parte il bastone e porre fine alle preoccupazioni di tutti.

Anna la aiutò a spogliarsi e a prepararsi a ritirarsi. Prima di mettersi a letto, però, Grace andò in salotto e scelse un romanzo. Lasciando le candele accese accanto al letto, si sistemò comodamente.

Quando la cameriera se ne andò, Grace cercò di ripassare nella sua mente tutto quello che era successo quel giorno, ma non riuscì a concentrarsi. Le voci entravano dalle finestre aperte. Baronsford ronzava con i suoni della prima serata, cullandola in un sonno profondo e senza sogni.

Non sapeva se avesse dormito per minuti o per ore. Ma si svegliò di soprassalto quando la porta della sua camera da letto venne sfiorata.

Si alzò a sedere, disorientata. La candela bruciava ancora sul comodino. Poi si ricordò. Jo le aveva detto che poteva salire a darle la buonanotte prima di ritirarsi.

Tutto stava tornando come prima.

Grace si alzò dal letto e andò alla porta, aprendola.

Hugh era in piedi nel corridoio, vestito solo dei pantaloni attillati che aveva indossato prima e di una camicia bianca aperta sul collo. Doveva essere un sogno.

"Stavate dormendo?"

Non era un sogno. Nessuno aveva il diritto di essere così bello. Una deliziosa dolcezza si insinuò nel suo corpo.

"Sì, dormivo". Si costrinse a fare dei respiri regolari. "Perché siete qui?"

La sua mano spinse delicatamente la porta e lei si spostò indietro, permettendogli di entrare. Lui entrò nella stanza e chiuse la porta dietro di sé.

"Vostra sorella potrebbe arrivare presto".

"Jo si è ritirata ore fa".

L'aria notturna si mescolava al profumo di whisky e fumo. I suoi occhi si posarono su di lei come la luce della luna, osservando il suo viso, le sue labbra e i suoi capelli sciolti intorno alle spalle. Lo vide trarre un profondo respiro mentre le guardava il collo fino ai lacci della sottile camicia di lino e più in basso, soffermandosi sui suoi seni. La pelle di lei si scaldò alla carezza del suo sguardo. Era stata accarezzata e spogliata, devastata dal suo calore.

Il desiderio la attraversava. Voleva il sapore delle sue labbra, la pressione delle stesse sulle sue. Fece un passo verso di lui, ma lui la raggiunse e la prese per le spalle, tenendola dolcemente a distanza.

"Non potete toccarmi". Le sue dita forti scivolarono lungo le braccia e lui le prese le mani. "Allontanatevi, Grace".

Fece un paio di passi e si ritrovò con la schiena schiacciata contro un muro.

Hugh le lasciò le mani. I suoi occhi tornarono alla profonda scollatura della chemise.

Grace sentì un dolore al seno mentre le punte dei capezzoli si indurivano contro il tessuto sottile. I suoi occhi continuarono a scendere verso il basso, bruciandola con il tocco del suo sguardo.

"Ti voglio". La sua voce, bassa e tesa, la fece tremare. La luce soffusa della candela accentuava i tratti del suo viso. "Per ore ho camminato nella mia camera da letto, immaginando come sarebbe stato venire qui. Mi ripetevo che non avrei dovuto, eppure speravo di trovarti così".

Le scintille divamparono. Inconsciamente, i suoi occhi si spostarono sul letto sfatto. Voleva che lui la portasse lì, che le insegnasse ciò che non aveva mai provato prima. Voleva che facesse l'amore con lei.

Lui seguì il suo sguardo. "Non ancora. Non stasera".

Grace si costrinse a pensare attraverso la nebbia del desiderio. "Allora cosa volete da me?".

Azzerò la distanza tra loro. "Avevo bisogno di vederti. Di toccarti".

I loro corpi erano separati da un soffio. Lei si avvicinò per mettergli le braccia intorno al collo, ma lui le afferrò i polsi e li premette contro il muro sopra la sua testa.

"E sono a malapena in equilibrio sul bordo di un luogo molto pericoloso. Quindi non devi tentarmi. Non devi cercare di sedurmi".

"Sei tu il tentatore", disse. In tutta la sua vita, non si era mai immaginata esperta nei poteri della seduzione.

Lui chinò la testa e la baciò dolcemente. Lei si appoggiò a lui e le sfuggì un gemito sommesso.

"Tienili lì". Le lasciò andare i polsi.

Non sapeva a che gioco stesse giocando, ma era disposta a correre il rischio. Le sue mani si strinsero accanto alla testa mentre lui le passava la punta delle dita sul viso, tracciando le sopracciglia, gli zigomi e il contorno delle labbra con tocchi delicati e teneri.

Le mani di Hugh si avvicinarono ai lacci della sua camicia e Grace sentì il respiro affannarsi in gola. Non c'era modo di sfuggire a questa dolce tortura con il muro alle spalle e l'uomo davanti a lei.

Uno ad uno i lacci si allentarono. Guardò le mani di lui, scure contro il lino e ancora più scure contro la sua pelle, mentre faceva scivolare l'indumento oltre i suoi seni. Grace rabbrividì quando l'aria fresca la toccò.

"Sei stupenda".

Chinò la testa e la baciò. Un lungo bacio sensuale ed esplorativo. Quando lo interruppe, Grace rimase con il fiato sospeso. La sua bocca si spostò dalle labbra e scese lungo la gola, sulla clavicola e poi sui seni. Grace chiuse gli occhi e spinse la testa all'indietro contro il muro mentre la sua lingua assaggiava ogni capezzolo, le sue labbra e i suoi denti la facevano gridare sommessamente per il dolce piacere che le attraversava il corpo.

"Prendimi, Hugh", disse. "Fai l'amore con me".

Con delicatezza, le fece scivolare la camicia da notte fino a farla cadere ai suoi piedi. La prese in braccio e la portò sul letto. Un brivido la percorse mentre affondavano nelle lenzuola di lino.

Le labbra di Hugh le baciarono la bocca e scesero di nuovo lungo il collo fino ai seni. Grace trattenne il fiato mentre le dita di lui si muovevano lentamente lungo l'interno della gamba. La sua mano raggiunse l'attaccatura delle cosce e lei sussultò quando le sue dita scivolarono nel suo sesso.

La sua testa si sollevò e i suoi occhi cercarono quelli di lui. Grace non voleva parlare del fatto che quella era la sua prima volta.

"Ti voglio", sussurrò lei, tenendogli il viso, sollevandosi e sfiorando le sue labbra con quelle di lui. "Non fermarti".

La sua bocca era avida quando reclamava la sua, ma la sua mano era delicata mentre scivolava dentro di lei e riprendeva il gioco erotico.

Il suo sesso era umido e le dita di lui trovavano ogni punto di piacere, suonando il suo corpo come uno strumento musicale mentre accarezzavano la sua carne. Grace si ritrovò con il fiato corto. Il suo corpo iniziò a ronzare per le sensazioni così nuove.

Grace non aveva mai conosciuto un tormento così dolce. Era posseduta da lui. Si abbandonò al puro piacere delle sue mani e della sua bocca. Il suo corpo vorticava in uno stato frenetico e senza tempo di passione e desiderio. I suoi fianchi si muovevano, sollevandosi dal letto, implorandolo di fare più pressione, lo volevano più a fondo.

All'improvviso, sentì il suo corpo sollevarsi come su una nuvola, mentre un temporale estivo esplodeva dentro di lei. Da qualche parte, in un mondo più cosciente, sentì la voce gioiosa di una donna che gridava. Non riusciva a respirare, eppure lottava ferocemente per tenerlo stretto a sé. E poi, stava semplicemente navigando in un cielo cristallino.

Hugh la sostenne mentre scendeva, baciandola dolcemente. Le

sensazioni nel suo corpo continuarono a diminuire in ondate di beatitudine. Lei giaceva nuda tra le lenzuola, con i capelli sparsi, e guardava gli occhi grigi che non si staccavano mai dal suo viso. Lui era ancora vestito come era arrivato, ma lei sentiva la durezza della sua virilità premere contro di sè. Vide il sorriso impresso sulle sue labbra.

"Sembra che tu abbia vinto una gara", sussurrò.

"L'ho fatto. Ti ho conquistato".

Il battito del suo cuore era così forte che lui dovette sentirlo. Gli toccò il petto. Sollevandosi, premette le labbra sulla sua gola. "Voglio fare a te quello che tu hai appena fatto a me".

Un grande sospiro di soddisfazione si levò dal suo petto.

"Non ancora. Non stasera", disse lui, baciandola profondamente prima di allontanarsi da lei. "Non possiamo continuare fino a quando non avremo avuto una conversazione seria sul nostro futuro".

Non voleva pensare al domani.

Si sedette sul bordo del letto. Il suo sguardo si posò su di lei. Non cercò di coprirsi quando lui passò la punta del dito dall'incavo della gola fino a scendere tra i seni.

"E anche dopo, potrai toccarmi solo quando potrò sentire il tuo sapore qui...". . ." Il dito di lui serpeggiò lentamente sul ventre di lei. "E qui . . ." Lei non respirava più mentre il dito di lui continuava a scendere e scivolava ancora una volta nel suo sesso. "E qui. Faremo l'amore dopo che avrò banchettato con te qui".

Bruciava mentre la visione le inondava la mente. Le sue ossa si erano dissolte in liquido. La sua carne formicolava. Hugh si staccò e le tirò le lenzuola fino al mento prima di baciarle le labbra.

"Abbiamo molte cose di vui discutere, ma non qui al buio, quando mia sorella potrebbe svegliarsi da un momento all'altro. Parleremo, ma per ora torna a dormire".

Grace, sentendosi scossa nel profondo, lo guardò mentre attraversava la stanza e usciva.

Nel primo pomeriggio, il dottore riportò Darby a Baronsford. Con grande disappunto di Jo, il fabbro insistette per essere portato nel suo cottage per recuperare, invece che nella casa principale. Ma se l'uomo pensava di potersi riposare tranquillamente lì passando inosservato, si sbagliava. Nessuno aveva intenzione di permetterlo, tanto meno Jo. La donna stilò un programma e presto file di servitori gli portarono i pasti e si occuparono di ogni sua necessità. Jo e Grace concordarono che lo avrebbero visitato almeno due volte al giorno. Il dottor Namby, per non essere escluso, si offrì di tornare lunedì mattina per cambiare la medicazione della ferita da coltello.

Hugh venne a conoscenza di tutto questo quando tornò dal lago, dove stava iniziando la costruzione della diga.

"Sei un eroe, Darby", gli disse Hugh, visitando il cottage dell'uomo ferito. Grace e Jo erano già lì. "Non potrai sfuggire a queste attenzioni".

Sua sorella si stava agitando in un'altra stanza in fondo al cottage.

Mentre si sedeva su uno sgabello accanto al letto del fabbro, osservò Grace che spostava il contenuto di una cesta su uno scaffale. La governante gli disse che il medico aveva dichiarato che la caviglia era "solo una distorsione" e che già ora Grace camminava per il cottage senza usare il bastone.

Lei gli lanciò un'occhiata ma distolse subito lo sguardo. Il suo saluto all'arrivo di Hugh era stato timido e aveva evitato il contatto visivo con lui.

Hugh aveva pensato a Grace almeno un migliaio di volte nel corso della mattinata. Quando tornò, i suoi impiegati gli dissero che la ragazza stava sfogliando i libri dei casi e li aveva tenuti occupati a registrare le informazioni che trovava. Che bastardi fortunati, pensò.

"Sono sano come un pesce, signore", gli disse Darby. "E so che sei ansioso di far decollare quel pallone prima che arrivi la tua famiglia. Aspettatemi alla stalla delle carrozze lunedì. Penso che potremo finire di montare le corde come volevi tu".

"Due giorni di recupero potrebbero essere un po' ambiziosi", rispose Hugh, scuotendo la testa in segno di disaccordo. "Non voglio che tu pensi al lavoro in questo momento, che sia di fabbro o di mongolfiera. Hai bisogno di guarire".

"Chiedo scusa, signore", disse Darby in modo che solamente Hugh potesse sentirlo. "Dovete risparmiarmi tutte queste lusinghe.

Quella lama ha fatto pochi danni, come vi dirà il dottore stesso. Voi siete un uomo che combatte. Lo sapete. Non mi sento a mio agio a stare qui sdraiato mentre le signore si affannano a prendersi cura di me".

Hugh lanciò un'occhiata a Grace e a sua sorella. "Sopporta fino a domani", sussurrò. "Vedremo allora come ti sentirai. E ne parlerò con mia sorella. Lady Jo ha molta esperienza quando si tratta di prendersi cura dei malati e dei feriti. Saprà quando è il momento di rimetterti in piedi".

"Sì, signore", acconsentì Darby a malincuore. "Ma potreste almeno parlare con la sigmora Grace? Mi sento uno sciocco per quanto poco ho fatto e per quante volte mi ha ringraziato. Se solo l'aveste vista, quanto è stata coraggiosa nell'affrontare quei traditori. Non aveva bisogno di essere salvata. Le dissi di nascondersi dietro di me. Invece, lei si fece avanti e li affrontò direttamente. Ha grinta, lasciatevelo dire. È stata un vero spettacolo".

Coraggiosa signora Grace. Bella signora Grace. La brillante signora Grace. Da Darby a Jo, fino ai suoi maledetti assistenti di legge, tutti cantavano le sue lodi. Lo sguardo di Hugh si spostò sull'oggetto della loro conversazione mentre lei si alzava per mettere una pila di panni piegati su uno scaffale. Se solo avessero saputo quanto le loro parole di ammirazione fossero lontane dalla verità.

Nei suoi trentasei anni di vita, non aveva mai incontrato una donna che lo consumasse - mente, corpo e cuore - come lei. I pensieri della sera prima si affollarono nella sua mente. Nelle ore successive alla partenza dei Truscott, aveva cercato di dissuadersi dall'andare nella sua stanza, ma era stato impossibile. Qualunque cosa gli altri vedessero delle virtù di Grace, Hugh ne sapeva di più. La sua passione ardente, il suo corpo perfetto e reattivo. Era dovuto fuggire dalla sua stanza o avrebbe fatto l'amore con lei.

Darby continuò a parlare, ma l'attenzione di Hugh era rivolta soprattutto a Grace. Non riusciva ad arrivare abbastanza in alto per prendere un barattolo da uno scaffale. Scusandosi, si avvicinò a lei. Il vestito di lei sfiorò il cappotto di lui. Erano così vicini che poteva quasi sentire il cuore di lei battere all'impazzata nella gola, sentire la vampata di calore che le saliva sul viso. Voleva sussurrarle all'orecchio. Raccontarle i segreti del suo cuore, di come la notte scorsa la verità lo avesse fulminato.

Era innamorato di lei.

Hugh prese il barattolo e glielo porse. Lo sguardo di lei si sollevò e lui si perse, affondando nelle profondità blu dei suoi occhi fino a quando l'impulso di baciare le sue labbra fu irrefrenabile.

Un colpo alla porta del cottage lo salvò. Anna entrò con un'altra cesta e Hugh si avvicinò all'uomo ferito.

Dietro di lei, uno degli stallieri che erano andati via con Truscott questa mattina si fermò sulla porta. Hugh uscì per parlargli.

"Ne abbiamo riportati tre, signore. Il signor Truscott dice che è sicuro che abbiamo preso i colpevoli. Chiede se siete così gentili da andare in paese. L'ufficiale giudiziario sta aspettando lui e gli altri".

"Vorrei accompagnarla, signore". Grace rimase in piedi davanti alla porta aperta. Aveva sentito tutto quello che era stato detto.

Hugh si rivolse al suo uomo. "Prenderemo la carrozza. Falla portare davanti. E di' al mio valletto di tirare fuori le mie pistole".

Il sottoposto corse a fare quello che gli era stato detto. Anche Jo si avvicinò alla porta e Grace le disse cosa stavano facendo. "Mi dispiace lasciarti sola, ma devo andare al villaggio".

"Non sono sola. Anna è qui e, se non sbaglio, Darby potrebbe essere felice di liberarsi di noi per il pomeriggio".

"Probabilmente gli farebbe bene stare un po' da solo", concordò Hugh. "Per riposare".

Abbracciò Grace. "Capisco che per te sia importante sapere che sono state prese le persone giuste". Si rivolse a Hugh. "E tu *ti* prenderai cura di lei".

Jo lo stava mettendo in guardia sulle sue intenzioni riguardo a Grace.

Avevano meno di un anno di differenza. Di tutti i loro fratelli, lei era la più vicina a lui e capiva meglio i suoi stati d'animo. Ma era già amica di Grace. Hugh desiderava poter dire a sua sorella che non c'era da preoccuparsi, che avrebbe fatto tutto il possibile per renderla parte della sua vita e della vita di tutti a Baronsford. E qualsiasi affare dovesse essere concluso a Bruxelles riguardo al diamante e ai Bonaparte, lui si sarebbe occupato anche di quello.

Grace entrò a prendere la cuffia e lui la seguì. Dopo aver raccontato a Darby quello che era successo, Hugh la accompagnò fuori dal cottage.

I due camminarono in silenzio fino alla carrozza. Il suo valletto lo stava aspettando con il cappello e i guanti. Le sue pistole erano state riposte sotto il sedile e lui la aiutò a salire prima di salire e prendere le redini.

Le loro spalle si urtarono quando i cavalli svoltarono sul viottolo e lei aggiustò discretamente il sedile, cercando di mantenere la giusta distanza tra loro. Hugh osservò il rossore delle sue guance, il modo in cui le sue mani si aggrappavano al bordo del sedile per mantenersi in posizione sicura. Guardò il suo bellissimo profilo e lei girò il viso verso il prato fiorito.

"Di' quello che ti passa per la testa, Grace".

"Ieri sera...".

"Ieri sera era inevitabile. Lo è stato fin dalla prima volta che ci siamo baciati". Mentre Hugh si affrettava a parlare, le sue parole si affastellavano l'una sull'altra. Aveva così tante cose da dirle. "Tutto di te mi emoziona. Quando sono con te, tutte le mie intenzioni onorevoli volano fuori dalla mia portata".

"Ti prego, smettila". Le sue mani si premono sulle guance. "Sono così imbarazzata per quello che è successo. Non so cosa mi sia preso. Stavo dormendo. E poi tu eri fuori dalla mia porta e tutto mi è sembrato come... come...".

"Come cosa?", chiese lui, appoggiando la mano sul suo ginocchio.

"Non tormentarmi. Non incoraggiarmi a ricordare. Non ho dimenticato nulla", disse lei dolcemente, allontanando la mano di lui. "Ma devi capire che una tale sfrenatezza non fa parte di ciò che sono. Non è il modo in cui sono stata cresciuta. Non è il mio modo di comportarmi. Ma ieri sera... il modo in cui mi sono comportata. Le cose che ho detto. Quello non era rubare un bacio. Ti ho sfacciatamente incoraggiato a fare di più. Molto, molto di più".

E aveva intenzione di fare molto, molto di più. Per molto tempo ancora. Ma la sua innocenza lo stupiva ancora. "Sei una donna adulta, Grace".

Lo sguardo di lei volò al suo viso. Le lacrime brillavano nei suoi bellissimi occhi. Era davvero sconvolta.

"*Sono* una donna adulta. Una zitella di ventotto anni che non si è mai lasciata coinvolgere in avventure romantiche. Non ho mai dato il mio cuore o il mio corpo a un uomo. Ho evitato la tentazione di relazioni ovunque abbia vissuto". Si tolse una lacrima che le scivolava sulla guancia. "Non so perché mi sono permessa di iniziare ora. È imperdonabile che ti abbia illuso quando... quando tra due giorni ti chiederò di mantenere la tua promessa".

Le parole di lei lo trafissero. Non poteva parlare di andarsene, si disse. Non ora. In qualche momento, tra gli avvenimenti di quest'ultima settimana, aveva abbandonato quell'argomento. Ora tutto era diverso tra loro.

"Quale promessa?"

"Di mandarmi ad Anversa".

Il temperamento di Hugh si accese e gli fu difficile tenerlo a freno. "No. Non succederà. Quella promessa è stata fatta prima che io sapessi chi eri. È cambiato tutto. Provo qualcosa per te e so che tu provi qualcosa per me. Non puoi negarlo".

"Ma mi hai dato la tua parola".

"Ho insistito perché aspettassi una quindicina di giorni prima di riparlarne. Hai deciso che saresti stata abbastanza bene da partire dopo una settimana. Non mi interessa quello che è stato detto, ma rinuncerò volentieri e allegramente a qualsiasi promessa che ti permetta di andare ad Anversa".

Hugh sembrava petulante anche a se stesso, ma non gli importava. Voleva che lei rimanesse.

"Non sei ragionevole". Lei si adeguò al suo tono tagliente. "Tu sai chi sono, così come Jo. Ma lo sanno anche gli altri, ora che la signora Douglas lo sa. Non vedi che questo è un motivo in più per andarmene? La mia famiglia è ancora considerata una famiglia di traditori della Corona. Non sono solo la figlia di Daniel Ware; sono anche una Macpherson, una giacobita da parte di madre. I nemici del governo inglese sono ovunque. Non posso restare qui e desiderare semplicemente che queste cose vengano cancellate. Non farò questo a te, a Jo o alla tua famiglia".

Niente di tutto questo aveva importanza. Non gli importava chi fosse la sua famiglia o da dove venisse. Tutto questo era irrilevante per Hugh. Si era innamorato di Grace. Lei era l'unica cosa che contava.

Ripeté le parole nella sua mente. *Era innamorato di lei.* Ma lei era troppo turbata. Non lo stava ascoltando. Era troppo presa dal dramma della sua situazione per ascoltarlo mentre le dichiarava il suo affetto. O per ammettere ciò che lui sapeva esserci nel suo cuore.

"Devo dirti una cosa che ho fatto stamattina", disse Hugh, forzando una nota di calma nella sua voce.

"Non c'è nulla che tu abbia fatto o farai che possa farmi cambiare idea".

Sperava che si sbagliasse. "Ascoltami".

"Per favore ... non farlo. Non capisci che è meglio se mi lasci andare?".

Non lo avrebbe fatto. Non poteva permettere che Grace uscisse dalla sua vita. E discutere non avrebbe portato a nulla. Fece fermare i cavalli. Baronsford sedeva maestosa sull'altura alle loro spalle. La foresta e la strada per Melrose si stendevano davanti a loro.

"Dopo aver lasciato la tua camera da letto ieri sera, ho scritto una lettera al Principe Reggente. Gli ho chiesto di concederti la grazia".

Quella mattina, dopo aver spedito la lettera per espresso, aveva pensato di non parlargliene finché non avesse avuto una risposta. Ma ora si rendeva conto che aveva il diritto di saperlo.

Le lacrime scintillanti le scorrevano liberamente sul viso mentre lo fissava.

"Ho messo tutta la forza del nome Pennington dietro l'appello. Il mio nome e quello di mio padre. Tutto il servizio e l'influenza che rappresentiamo. Ho spiegato le tue circostanze passate, la tua situazione attuale... e le mie intenzioni", le disse Hugh, prendendole la mano. Le sue dita erano fredde come il ghiaccio quando le portò alle labbra. "Ti amo, Grace. E in quella lettera ho detto che ho intenzione di sposarti, se mi vorrai. Se mi trovi..."

Non aspettò che lui dicesse altro. Le sue braccia erano intorno al suo collo. Pianse dolcemente mentre le sue labbra premevano contro le sue.

Hugh la sollevò sulle sue ginocchia e le baciò le guance e le labbra, assaporando il sapore salato delle sue lacrime. La strinse a sé, sapendo che non l'avrebbe mai lasciata andare, indipendentemente dalle decisioni del Principe Reggente. Hugh aveva influenza a corte. Avrebbe combattuto per lei e per la loro felicità. Era persino pronto a trasferirsi, ad andare nelle colonie o in America come avevano fatto suo zio Pierce e sua moglie. Avrebbe fatto tutto ciò che era necessario per stare insieme a lei.

"Ti amo", sussurrò contro le sue labbra. "Pensavo di morire nell'oscurità di quella cassa, eppure ora so che il vento e le correnti dell'oceano mi stavano portando da te. Quando quella nave è stata sballottata in mare, non sapevo che stavo per essere coinvolta in una tempesta ancora più potente... di affetto, passione e rispetto ineguagliabili. Tu sei quella tempesta e mi hai travolto. Mi hai fatto sognare, ma...".

"Non c'è nessun "ma", amore mio".

Lei appoggiò le dita sulle sue labbra. Il suo viso era così vicino che lui poteva vedere il suo riflesso nelle pozze di lacrime che brillavano nei suoi occhi.

"Ma voglio che tu ritiri la tua offerta di matrimonio".

Lui le tolse la mano dalle labbra. "Non farò nulla del genere. Ho intenzione di passare il resto della mia vita con te".

Gli accarezzò il viso e gli posò un tenero bacio sulle labbra. "Allora devi tenere questa offerta nel tuo cuore, come io la terrò nel mio, per ora".

"Cosa vuoi dire? Pensi che resterò in silenzio quando mi tormenterai con la minaccia di tornare ad Anversa? Quando so che mi ami?".

"Puoi chiedermelo di nuovo, se lo desidererai ancora, ma solo se il tuo Principe Reggente concederà questa grazia".

"Che sia maledetto il Principe Reggente", esplose Hugh. "Grace, non me ne frega niente...".

"Nessun ultimatum. Niente minacce. Non voglio che tu butti via i tuoi successi o la tua carriera. Non ti allontanerò dalla tua famiglia", gli disse. Il tocco piumoso delle sue dita tracciò le linee dure del suo viso. Le lacrime scivolarono sulle sue guance perfette. "Non farmi soffrire con la paura di poterti rovinare come è stata rovinata la mia famiglia. Con la morte di mio padre, non ho nessuno. Nessun fratello o sorella, nessun cugino, nessuna zia o zio. Non ho una casa, non ho radici a cui aggrapparmi e da usare per sostenermi. Pensi che permetterei che questo accada all'uomo che amo? Non posso... Non farò una cosa del genere a te. Non lascerò una simile eredità ai nostri figli".

Chiuse gli occhi mentre un altro singhiozzo la costringeva a prendere fiato.

Voleva assicurarle che la loro vita sarebbe stata diversa. Voleva dirle che era cresciuta in un periodo di guerra. Ora il mondo era cambiato.

Avrebbe voluto dirle questo, ma sapeva che sarebbe stata una bugia.

La verità era che avrebbe sacrificato tutto per lei. Avrebbe rinunciato a tutto ciò che aveva.

Appoggiò la fronte a quella di lui. Le loro labbra erano a un soffio di distanza.

"Ti amo", sussurrò. "Ma per ora, devi tenere la tua offerta dentro di te".

Capitolo Ventiquattro

SALENDO DAL COTTAGE DI DARBY, Jo si fermò e fissò i cavalli che, attraverso i campi, venivano montati a rotta di collo lungo la strada verso la porta d'ingresso di Baronsford. Solo un'emergenza avrebbe richiesto una velocità così sconsiderata. Poi riconobbe la carrozza e la tensione si accumulò immediatamente tra le sue scapole.

Lord o Lady Nithsdale.

Qualunque fosse il motivo di questa visita, il primo pensiero che le passò per la testa fu la delusione per il fatto che Hugh non fosse lì per mettere queste persone al loro posto. Dopo tutto, era stata la loro ospite, la signora Douglas, a mettere in pericolo Grace con le sue allusioni e i suoi inviti incauti. Se Jo fosse stata abbastanza forte e coraggiosa, avrebbe chiamato in causa lei stessa i fastidiosi conte e contessa.

Mentre si affrettava lungo il sentiero, però, Jo sapeva che non l'avrebbe fatto. La correttezza l'aveva sempre fatta tacere. Questo e la vergogna per il fatto che i Nithsdale sapessero tutto del suo passato, delle sue origini oscure e dello scandalo pubblico che l'avrebbe perseguitata per sempre, a prescindere dalla protezione del nome e della ricchezza dei Pennington.

Proprio quando Jo raggiunse il cortile in ghiaia, la carrozza attraversò i cancelli e i cavalli impazziti furono fatti rientrare.

"Signore", esclamò mentre il corpulento conte saltava a terra. "È successo qualcosa?"

"Dov'è Greysteil?" Chiese Nithsdale, superandola e dirigendosi verso la porta senza nemmeno fare un inchino.

Un'altra prova di quanto fosse insignificante nell'opinione di queste persone, pensò amaramente. Senza la sua famiglia nelle vicinanze, l'uomo ometteva anche le cortesie più rudimentali.

"Non è in casa", disse.

Nithsdale si girò. "Ma devo parlargli subito".

Come avrebbe voluto dirgli quanto poco le importasse dei suoi desideri! Parole taglienti lottarono per liberarsi in superficie. Jo cercò dentro di sè anche solo un briciolo della forza di Hugh per rimproverare il conte per il suo modo poco signorile di salutarla. Ma nulla uscì dalle sue labbra. Rimase in silenzio, frustrata e tesa.

"Parlate", ordinò. "Dove posso trovare Sua Signoria?".

"Melrose Village", rispose alla fine, incapace di aggiungere altro.

Senza dirle un'altra parola, Nithsdale gridò qualcosa al suo cocchiere e si precipitò nella carrozza. Mentre Jo guardava il veicolo sfrecciare lungo la strada, cercò di convincersi che il suo problema era Lady Nithsdale e non suo marito.

Era una bugia, ammise Jo in silenzio un attimo dopo. La verità era che era una codarda.

All'epoca era solo una ragazza, ma dopo che la notizia della proposta di matrimonio di Wynne Melfort era circolata, aveva permesso ai pettegolezzi, alla meschina arroganza e all'invidia di persone come i Nithsdale di distruggere la sua felicità. Crogiolandosi nelle vergognose incertezze della sua nascita, non aveva osato combattere le accuse e le insinuazioni. Si era ritirata in un vile silenzio.

Quindici anni dopo, si stava ancora nascondendo.

***

Grace guardò attraverso la piccola finestra sbarrata della porta della cella.

Erano sicuramente i tre uomini che avevano aggredito lei e Darby nel vicolo. Il capo, con la caratteristica *M* tatuata sulla mano, era in piedi sotto la finestra alta e guardava gli altri. Quello che l'aveva aggredita era seduto su una branda. L'uomo che aveva preso a calci Darby si era accovacciato in un angolo, fissando il nulla.

Non avrebbe voluto rimanere li un momento in più del necessario. Era soddisfatta che avessero preso quelli giusti.

Dopo la cavalcata verso il villaggio e tutto quello che le aveva detto l'uomo che le stava accanto, Grace voleva che questa faccenda finisse, ma non c'era alcuna possibilità finché non avessero saputo con certezza il motivo dell'attacco. Hugh le toccò il gomito e lei annuì. Aveva lo sguardo di un segugio al guinzaglio. Voleva delle risposte.

La condusse fuori dalla prigione, dove Truscott l'aspettava. Gli altri uomini di Baronsford si aggiravano vicino alla croce del mercato e si attardavano all'angolo del George Inn.

"Come li hai trovati?" Chiese Hugh.

Truscott lanciò un'occhiata a Grace. "Siamo andati alla miniera di calcare e abbiamo parlato con l'operatore. La sfortuna ha voluto che la miniera fosse chiusa da una settimana. Un cedimento parziale di uno dei tunnel. Non siamo riusciti a circoscrivere il problema perché non c'era nessuno al lavoro, se non una piccola squadra che stava puntellando i lavori. Hanno ricominciato a lavorare proprio questa mattina".

"E nessuno sapeva nulla?" Hugh incalzò.

"Mentre parlavamo con l'operatore, è arrivato uno dei capisquadra. Ha detto che ieri sera c'è stata una rissa tra due ragazzi". Truscott guardò Hugh. "E non una delle vostre risse a mani nude. I ragazzi avevano giocato pesantemente a carte all'inizio della settimana, come tendono a fare quando la miniera è chiusa. Uno di loro ha perso una bella somma contro un altro e quando il vincitore ha voluto riscuotere, l'altro ha detto che lo avrebbe pagato al ritorno da un "grosso lavoro" a Melrose. A quanto pare il lavoro non è andato come sperava e quando è tornato ieri sera non aveva i soldi per pagare il suo debito".

"Sappiamo qual è stato il 'grande lavoro'", ha aggiunto Hugh.

"Hanno chiamato l'uomo fuori dalla miniera", continua Truscott. "Appena ci ha visti, è scappato e ha lottato come un diavolo quando l'abbiamo preso. Ci ha fatto una tirata d'orecchi per aver messo le mani su un lavoratore innocente, ma ben presto si è messo a cantare come una gazza".

"Ha denunciato gli altri due?". Chiese Hugh.

"L'ha fatto. I suoi compari erano ancora nella miniera e l'operatore ha portato fuori anche loro. Una volta che li abbiamo presi tutti e tre, due di loro hanno puntato il dito contro quello con il marchio *M* - che si fa chiamare Quint - come capobanda".

Hugh lanciò un'occhiata alla porta della prigione, con l'aria di essere pronto a rientrare. "Ti hanno detto qualcosa?"

"I due avevano molto da dire, ma Quint è una persona più ostica".

"Che motivo hanno addotto per l'agguato?". Hugh incalzò. "Perché venire qui e aspettare in una stradina di campagna? Sarebbero degli sciocchi se lo chiamassero un lavoro importante".

Grace vedeva che si stava arrabbiando sempre di più.

"Questa è la parte più interessante", continuò Truscott. "Dissero che il fratello di Quint, un domestico, si presentò da lui con l'offerta di una buona somma di denaro per rapire una donna in particolare e consegnarla in un punto sulla strada di Jedburgh, appena a sud di Melrose. Furono pagati pochi scellini in anticipo e avrebbero ricevuto quote uguali di quindici sterline alla consegna".

"Un servo di chi?" Chiese Hugh.

"Non lo sapevano e Quint non ha ancora parlato. I due però lo hanno descritto. Hanno detto che era alto e aveva l'occhi destro strabico".

Grace sapeva che nessun domestico avrebbe pagato così tanto per il suo rapimento. Doveva agire per conto del suo padrone.

"Dirò all'ufficiale giudiziario di cercare in tutte le proprietà da Berwick a Edimburgo", le disse Hugh. "Scopriremo chi c'è dietro a tutto questo. Fino ad allora..."

Una carrozza trainata da quattro cavalli entrò a gran velocità nel villaggio. Mentre la carrozza sfrecciava davanti a loro, Grace vide un viso rotondo che sbirciava dal finestrino gridare improvvisamente al conducente di fermarsi.

Non appena l'autista ebbe rimesso in moto la sua squadra, un signore tarchiato scese dalla carrozza e si affrettò a tornare dove si trovavano. Il volto di Hugh si oscurò quando l'uomo si avvicinò.

"Lord Greysteil", chiamò l'uomo. "Sono appena stato a Baronsford. Vostra sorella mi ha detto che vi avrei trovato qui".

"Lord Nithsdale", rispose Hugh in tono gelido.

Il marito di Lady Nithsdale, pensò Grace. L'altra metà, nel bene e nel male.

"Ho bisogno di un momento per parlare con voi, se potete...".

"Abbiamo da fare", ringhiò minaccioso Hugh. "Non è questo il momento".

Nithsdale fece un passo indietro involontario, poi sembrò notare per la prima volta che il visconte non era solo. Fece un cenno a Truscott e lanciò un'occhiata a Grace. "Oh, questa è... ? Vostra Signoria sarebbe così gentile da presentarmi la vostra ospite?".

L'esitazione del giudice era intimidatoria. Nonostante la differenza di rango, Grace non aveva dubbi sul fatto che fosse il visconte a comandare.

Hugh la presentò come "Miss Grace Ware", ma le sue parole erano taglienti e la sua rabbia era palpabile.

"Ora, se volete scusarci", sbottò, allontanandosi dal conte.

"Se avete un attimo di tempo, la mia faccenda è piuttosto importante. Vedete, il mio..."

Hugh lo interruppe. "Vi ho appena detto che non è il momento, Nithsdale. Pensate che i vostri affari siano sempre di primaria importanza, ma io al momento sono impegnato in affari ufficiali".

Grace si meravigliò del cambiamento di atteggiamento di Nithsdale. Sembrava improvvisamente uno scolaretto che chiedeva al maestro il permesso di di rientrare in classe dopo aver ricevuto una punizione.

"Se potete dedicarmi *un* momento?" insistette docilmente. "Questo riguarda la signora Douglas".

Hugh strinse e strinse i pugni, fissando Nithsdale. "Dite".

Il conte sembrava ancora meno sicuro di sé, ma lei capì che ormai non poteva tirarsi indietro.

"Forse se Truscott e la signorina Grace ci scusassero per un momento?".

Hugh guidò Nithsdale a qualche passo di distanza, ma erano ancora abbastanza vicini da permetterle di sentire la loro conversazione.

Il conte annaspò un attimo con le parole. "Di grazia, non si offenda, ma devo chiederle cosa ha detto alla donna".

"Porca miseria", ringhiò Hugh.

"Mi scuso per avervi colto in un brutto momento". Nithsdale lanciò un'occhiata alla porta della prigione. "Ma... beh, mia moglie è in agitazione. La sua amica è tornata ieri da Baronsford con un po' di malumore, dove mi hanno detto che ha parlato con voi, e poi ha fatto le valigie ed è partita!".

"Partita per dove?" Hugh chiese bruscamente.

"Non lo so. Londra, credo. La donna si è giustificata dicendo di essere stata chiamata per aiutare a risolvere una crisi di moda o altro. Ha detto che era arrivata una lettera. Ma non è arrivata nessuna lettera per lei, quindi l'intera faccenda è un mistero per me. In ogni caso, la donna se n'è andata e Lady Nithsdale è agitatissima. Quindi eccomi qui, a inseguire le ombre mentre la migliore corsa di salmoni che il Tweed abbia visto da anni si svolge senza di me. Mi scuso ancora per averla trattenuta, signore, ma la prego di comprendere la mia posizione. Mia moglie...".

Perché questa partenza precipitosa, pensò Grace, a meno che non ci fosse proprio la signora Douglas dietro il suo attacco.

"Viaggiava con dei servitori?" Chiese Hugh.

"Naturalmente. Diversi".

"Un domestico?"

Nithsdale lo fissò per un attimo, poi rifletté sulla domanda. "Vediamo. Sì, un autista e un domestico, oltre alla sua cameriera".

"Che aspetto ha il servo?".

"Vedete, non so se ho mai guardato due volte quell'uomo".

"Pensate, Nithsdale".

"Dovremmo parlare con il mio autista. Dovrebbe..." Il conte fece una pausa nervosa. "Aspettate, ora che ci penso, c'è una cosa che ricordo. L'uomo aveva un occhio strabico. Non si capiva se stesse guardando te o qualcosa dietro di te. Dannatamente fastidioso, direi".

Capitolo Venticinque

COMPLOTTI. Rapimento. Forse anche un omicidio. Tutto per un diamante.

Quando lasciarono il villaggio per tornare a Baronsford era già scesa la notte. Dopo che Lord Nithsdale si era precipitato sulla sua carrozza ed era partito, Hugh si era scusato ed era andato a casa dell'ufficiale giudiziario. Mentre aspettavano, Grace aveva accompagnato Truscott alla locanda dove aveva sgranocchiato qualcosa mentre l'amministratore della tenuta stava cenando e così avevano avuto modo di parlare.

Ora, con Truscott e il resto degli uomini di Baronsford che li seguivano sui calessi e a cavallo, Grace sedeva accanto a Hugh mentre la carrozza procedeva lungo il viale alberato, circondata dall'oscurità. Davanti a sé, poteva vedere una lampada che oscillava nella mano di uno degli stallieri che avevano accompagnato Truscott alle miniere.

Grace aveva così tante domande. Aveva aspettato un'occasione come questa, dove gli altri non li avrebbero sentiti, ma Hugh era immerso nei suoi pensieri.

Il coinvolgimento della signora Douglas era difficile da capire. A detta di tutti, a quella donna non mancava nulla. Come recente vedova di un ministro di alto rango, viaggiava nell'élite dei leader governativi e dell'haute ton. Aveva una fortuna considerevole che le permetteva di vivere come voleva. Forse, pensò Grace, per quanto riguardava l'avidità, era davvero stata tenuta al sicuro durante la sua vita.

O forse questo attacco non riguardava affatto la ricchezza.

Anche i timori e le ipotesi su suo padre la assillavano. Era sempre stata una figlia devota, convinta che Daniel Ware fosse un uomo d'onore e altruista, incapace di commettere errori. Ma c'erano molte cose in questo gioiello che la preoccupavano.

"Non so più cosa pensare". Le parole vennero pronunciate ad alta voce e riscossero Hugh dalle sue fantasticherie.

"Riguardo a mio padre", continuò Grace. "Non riesco a capire se questo diamante fosse un regalo del marito alla regina Julie o se fosse destinato a finanziare i seguaci dell'imperatore. E mio padre era a conoscenza del pericolo che lo circondava?".

"Pensando a lui non come a un comandante militare, ma come a un padre amorevole, non riesco a immaginare che ti abbia esposto consapevolmente a pericoli da cui non poteva proteggerti. Preferisco credere che fosse ignaro quanto te del diamante che abbiamo trovato cucito nel tuo vestito".

"Voglio crederci", concordò lei. "Per essere chiari, Daniel Ware non era un esperto di moda femminile. So per certo che in tutti i suoi anni da unico genitore,, non si è mai rivolto a una sarta. No. Se voleva nascondere un gioiello che era stato incaricato di consegnare, c'erano una dozzina di altri modi che avrebbe preso in considerazione. Indossava una cintura porta soldi; perché non tenerlo lì? O il piccolo baule con cui viaggiavamo? Aveva un doppio fondo per i documenti e avrebbe potuto contenere facilmente il diamante. Potrebbe anche essere stato inserito nella testa incavata del suo bastone. Credo che tu abbia trovato la risposta. Semplicemente non poteva saperlo".

Lui prese la sua mano fredda e la portò alle labbra. Era così grata che lui avesse capito che, a prescindere dai suoi dubbi, era ancora la figlia di suo padre. E diffidare di lui la feriva. Non avrebbe mai creduto, ora che lui se n'era andato, che il suo amore fosse solo una bugia. Suo padre non l'avrebbe messa consapevolmente in pericolo. Ma la domanda su chi avesse nascosto il diamante nel suo vestito rimaneva senza risposta.

La mente di Grace tornò alla signora Douglas e alla sua precipitosa partenza dai Borders.

"Ma come faceva la signora Douglas a sapere che stavamo trasportando il diamante? Sono certa che non ha viaggiato dall'America con la stessa nave e, per quanto ne so, non era a Filadelfia mentre noi eravamo lì". Ma la donna sapeva del gioiello e Grace si arrabbiò al pensiero di quanto fosse vicina ad essere intrappolata nella sua rete.

"Trovo difficile credere che lavorasse da sola. Forse aveva dei corrispondenti in America. Ma per quanto riguarda il suo movente per tutto questo...". Scosse la testa. "Più ci penso, più diventa inconcepibile che si sia esposta alla rovina nel modo in cui ha fatto solo per rubare un diamante".

La luce della luna crescente filtrava attraverso gli alberi e si posava sul suo viso. Era di nuovo immerso nei suoi pensieri.

Quando Hugh li raggiunse alla locanda, disse a lei e a Truscott che aveva dato ordine per espresso agli ufficiali e ai comandanti militari di Newcastle, Carlisle e York di prendere in custodia la signora Douglas quando fosse passata per il sud. Truscott aveva previsto che, in qualità di Lord Justice, avrebbe fatto in modo che la signora fosse perseguita fino a Londra. Aveva anche lasciato intendere che Hugh considerava l'attacco a Grace come un attacco personale a sé stesso e che "Dio aiuti quella donna quando lui la troverà".

La mente di Grace tornò alla sua proposta. Anche in quel momento si chiedeva se, in qualche momento dimenticato della sua vita, avesse fatto qualcosa di eccezionalmente buono per qualcuno. O se, senza saperlo, fosse stata benedetta da qualche persona gentile che le avesse augurato il meglio nella vita. Doveva essere la seconda, pensò, perché di certo non meritava questa felicità. Innamorarsi di quest'uomo magnifico e vedere che lui ricambiava il suo amore e le chiedeva persino la mano... ? Era troppo. Il suo cuore lo desiderava e allo stesso tempo soffriva.

Avrebbe potuto perderlo. La richiesta di Hugh avrebbe potuto essere rifiutata e Grace non avrebbe mai rovinato la sua vita per la propria felicità. Ma per tutti i giorni che restavano fino all'arrivo di una risposta da parte del Principe Reggente, si sarebbe concessa di crogiolarsi nella dolcezza dei pensieri di un futuro felice.

Grace lanciò un'altra occhiata a Hugh. La tensione sul suo viso e sulle sue spalle non si era attenuata. Il senso di colpa la trafisse. Lei sognava ad occhi aperti una vita che non avrebbe mai potuto avere, mentre lui si preoccupava della sua situazione attuale.

"La signora Douglas ha un giorno di vantaggio. Pensi che la troveranno?".

"Non tra qui e Londra", disse, rivolgendo la sua attenzione a lei. "Ha mentito a Nithsdale sulla sua destinazione per depistare eventuali inseguitori. Ma non potevo correre il rischio. Se il coinvolgimento della signora Douglas la lega ad Anversa o all'America, non resterà in Inghilterra. A prescindere dai suoi legami, era abbastanza spaventata da scappare. Scommetto che ieri è fuggita verso Edimburgo o Glasgow".

"Dove può imbarcarsi su una nave", concluse Grace. Ovviamente, questo aveva senso. Almeno due uomini erano in catene e avrebbero testimoniato volentieri contro il servo della donna. Se il suo uomo avesse a sua volta informato la signora Douglas, non avrebbe avuto nessun posto dove nascondersi in Inghilterra o in Scozia, nonostante la sua ricchezza e la sua posizione.

"Prima di partire, ho anche mandato degli ordini al capo della polizia di Glasgow e al capo della polizia di Edimburgo affinché i loro uomini la sorveglino e controllino la lista dei passeggeri di ogni nave in partenza", spiegò. "Ma, ancora una volta, è troppo intelligente per viaggiare con il proprio nome".

E sarebbe stato facile sparire una volta salpata. La famiglia di Grace aveva imparato quest'arte decenni fa. C'erano molti che offrivano volentieri rifugio a chiunque fosse in contrasto con l'Inghilterra.

"Cosa succederà se riuscirà a scappare?" Chiese.

La luce della luna illuminava pienamente il suo viso quando la guardava e lei poteva leggervi la preoccupazione.

"Che venga catturata o meno, non credo che tu sia fuori pericolo. Devono essere coinvolte altre persone. Non abbiamo finito con questa storia".

"Ma io *desidero* farla finita", disse lei, parlando con il cuore. "Non so nulla di questo diamante e del suo valore. Voglio liberarmene".

Il suo braccio scivolò intorno a lei e la avvicinò al suo fianco. "Mi dispiace. Vorrei poterlo far sparire".

Un vecchio pensiero si aggirava ai margini della sua mente. "Vorrei inviare una lettera alla regina Julie".

"Non ricominciamo", disse implorante. "Non ti lascerò andare a Bruxelles".

Appoggiò la testa sulla sua spalla, sapendo che dopo le parole che si erano detti quel giorno, dopo la sua proposta, non poteva andare. Ovvero, non sarebbe andata se non fosse stata costretta.

"Devo solo inviare una lettera e spiegarle cosa è successo ad Anversa e dirle che sono qui. Non farò alcun riferimento al diamante", gli disse. "In questo modo, se il gioiello era destinato alla regina - se mio padre stava davvero facendo un favore a Giuseppe - allora me lo dirà".

Le sue labbra sfiorarono la fronte di lei. "Molto bene, fallo. Scrivi la lettera. Ma ti dico subito che se ti scrive e ti chiede dov'è il diamante, dovrà mandare un suo corriere a recuperarlo. Non rischierai la tua vita per consegnarlo".

"Mi sembra giusto", acconsentì lei. Grace gli rubò un bacio dalle labbra quando lui le sorrise.

La notte e la penombra del bosco li nascondevano agli altri, ma c'era ancora la possibilità che chi cavalcava dietro di loro avesse visto quello che aveva appena fatto. Non le importava. Un velo impenetrabile oscurava il futuro, ma per il momento e per l'indomani, e per tutti i giorni che restavano, non c'era alcun peso sul suo cuore. Lei amava Hugh e lui amava lei. Queste erano le uniche verità essenziali di cui aveva bisogno in quel momento.

Il bosco si divise davanti a loro e Baronsford divenne visibile. Le fiaccole si accesero, illuminando il cortile anteriore anche a questa distanza. Le candele tremolavano in una dozzina di finestre. Jo si stava assicurando che la calda luce del benvenuto risplendesse nell'oscurità. Grace pensò a lei e alla piacevole possibilità di avere Jo come sorella. Immaginò il momento in cui avrebbe appreso la notizia.

Grace si staccò dal fianco di Hugh e si raddrizzò la gonna. Ma non poteva succedere. Non ancora. Il suo sguardo cercò il suo volto.

"Se non ti dispiace, dobbiamo mantenere privata qualsiasi notizia di... del nostro attaccamento".

"Stai dicendo che non dovrei dirlo a Jo".

"Credo che sarebbe più semplice. Se la decisione del Principe Reggente non fosse quella che desideri, meno dovremo spiegare e meglio sarà per tutti". Grace sapeva che la sua amica sperava che lei e Hugh formassero questo legame. Jo sarebbe stata molto delusa se avesse pensato che c'era una possibilità che non funzionasse.

"Credi a quello che vuoi, ma la mia testa sarà consegnata su un piatto d'argento se Jo non sarà informata dei nostri piani prima dell'arrivo dei miei genitori".

Il cuore di Grace affondò. "Quando arrivano i tuoi genitori?"

"Fammi pensare. Hanno lasciato Londra quando lo ha fatto Jo. Sono stati in giro per il Paese dei Laghi e hanno fatto visita ad alcuni amici. La lettera che ho inviato dovrebbe arrivare loro al più tardi domani". Le fece un sorriso. "Dovrebbero essere qui per martedì".

"Glielo hai detto?"

"Certo. Sono i miei genitori. Non potevo certo annunciare al Principe Reggente la nostra intenzione di sposarci senza dirglielo".

Grace trasse un profondo respiro. Avrebbe fatto la stessa cosa al suo posto. Non avrebbe mai tenuto nascosta una notizia del genere a suo padre.

"E se avessi rifiutato?".

Si chinò verso di lei. Le sue labbra erano a un soffio di distanza. "Dopo ieri sera, non c'era alcuna possibilità".

Lei amava quell'uomo. La conosceva già troppo bene.

"Ma non c'è nulla di definito. Non si può pianificare. Non c'è speranza", gli ricordò. "Forse puoi scrivere di nuovo ai tuoi genitori e spiegare la logica che sta alla base del mio pensiero".

"Temo che le possibilità siano davvero poche".

"Ma..." Quando lei iniziò a ribattere, lui le baciò le labbra, mettendola a tacere.

"E Jo deve essere informata", continuò. "Sono abbastanza sicuro che nel giro di pochi istanti dalla lettura di quella lettera, mia madre avrà scritto al resto della famiglia".

Grace si coprì il viso con le mani. Ma c'erano ancora troppe cose che potevano andare storte. La decisione del Principe Reggente era fondamentale, ma lei era preoccupata per la reazione della famiglia di

Hugh. Lord e Lady Aytoun avrebbero potuto non volere come nuora una ribelle scozzese squattrinata. A proposito di scandalo.

Hugh fece rientrare i cavalli e si tolse le mani dal viso. Erano arrivati a Baronsford.

"Non preoccuparti, amore mio. Troverò il momento giusto e ammorbidirò Jo prima di darle il nostro annuncio. Ma devi sapere che sarà la più difficile da conquistare".

Hugh e Jo partirono la mattina per partecipare alla funzione domenicale, ma Grace decise di rimanere a Baronsford. Era un'estranea e poteva solo immaginare le voci che circolavano su di lei. Tuttavia, se avesse potuto evitarlo, non avrebbe voluto attirare ulteriori attenzioni su di sé o sui Pennington. Non aveva alcun desiderio di incontrare la nobiltà locale in chiesa in quel momento, perché avrebbe sicuramente comportato successive visite sociali, e lei preferiva rimanere nell'ombra.

Scappando nello studio di Hugh, si mise a leggere i libri di legge. Doveva fare altre ricerche per il caso Campbell. Quando alzò lo sguardo diverse ore dopo, il sole entrava dalle finestre.

Grace non aveva dubbi che avrebbe dovuto affrontare molti scrutini una volta arrivati i genitori di Hugh. Era a Baronsford da meno di un mese. Non avrebbe biasimato Lord e Lady Aytoun se si fossero preoccupati che il loro figlio avesse stretto un legame troppo frettoloso. Ogni buon genitore si sarebbe preoccupato delle sue motivazioni. Hugh era una benedizione per qualsiasi donna, ma forse non avrebbero ritenuto lei all'altezza del loro erede.

Grace lo amava. E sapeva che le sue parole erano la verità assoluta. Ma questo non era abbastanza. Le sue origini, la sua discendenza, l'affiliazione della sua famiglia all'imperatore francese, a suo fratello e alla regina Giulia... la lista era infinita e le loro obiezioni avrebbero potuto essere altrettanto valide. La lista continuava all'infinito e le loro obiezioni avrebbero potuto fare lo stesso. Grace sarebbe stata terribilmente ingenua se avesse pensato che sarebbero stati contenti che il loro figlio sposasse una persona come lei.

E tutte queste preoccupazioni andavano oltre la questione della decisione del Principe Reggente.

Molte cose del suo futuro non erano ancora state risolte. Per questo motivo, per il momento, la discrezione era essenziale.

"Dov'è?" La voce di Jo risuonò nei corridoi di Baronsford. "Dove si nasconde, signora Henson? Dov'è la mia futura cognata?"

Alla faccia della discrezione. Grace desiderava strisciare sotto il tappeto e nascondersi. Hugh doveva aver comunicato la notizia alla sorella durante il viaggio di ritorno dalla chiesa.

"Ecco qua".

Jo irruppe nello studio e Grace mise giù il libro che aveva in mano. L'ampio sorriso sul volto dell'amica portò rapidamente in superficie le sue stesse emozioni.

"Ti prego, Jo. Non c'è nulla di definitivo. Non dovresti annunciarlo".

Non ebbe modo di dire altro quando la sorella di Hugh le gettò le braccia al collo. La felicità di quella donna era decisamente contagiosa. Le due si strinsero a vicenda e Grace non riuscì a trattenere le lacrime. Il suo amore per Hugh e la sua amicizia con Jo erano le uniche cose di cui era sicura in quella vita incerta che stava conducendo.

"Ho sperato in questo. Per otto anni ho pregato che trovasse di nuovo la felicità". Gli occhi di Jo erano umidi quando si ritrasse e prese le mani di Grace. "E poi è successo. Il giorno in cui sei arrivata in quella cassa. Il fatto che tu sia sopravvissuta a quella orrenda traversata. Era un segno sicuro. Voi due eravate destinati a stare insieme".

Grace sorrise tra le lacrime. Se solo gli altri avessero potuto vedere la loro relazione con gli stessi occhi. Strinse la sua amica ancora una volta tra le braccia.

"Per favore, l'ho detto a Hugh e lo ripeto a te, non possiamo rendere pubblica questa notizia. Se potessimo aspettare... Hi Larissa, thank you for the feedback and the nice gift, I look forward to hearing from you about our collaboration. Regards.se non per la decisione del Principe Reggente, almeno fino a quando non scopriremo la posizione dei tuoi genitori".

"Non ci sarà da aspettare", disse Jo, conducendola verso un divano dove si sedettero entrambe. "Prima di tutto, Hugh decide da solo come vivere la sua vita. In secondo luogo, imparerai presto che i nostri genitori credono fermamente nelle seconde opportunità. Ognuno di loro ha avuto dei primi anni di vita difficili. Sono stati sposati e sono rimasti vedovi. A mia madre era stato detto che non avrebbe mai potuto avere un figlio e un incidente aveva lasciato mio padre paralizzato. Ma si sono ritrovati e ora siamo in cinque... o almeno quattro di quelli che lei ha messo al mondo".

Jo rise felice, tenendo la mano di Grace.

"Durante tutti gli anni in cui Hugh annegava nel suo dolore, mia madre ha ripetuto più volte che sarebbe arrivato il momento anche per lui. Che avrebbe trovato la felicità. Che c'era una donna là fuori che lo avrebbe riportato in vita. Riportato la vita a Baronsford. Doveva solo arrivare. E poi sei arrivata... in una cassa indirizzata a lui".

Le corde del suo cuore cantavano e Grace chiuse gli occhi, ma le lacrime agrodolci non si fermavano. La vita non poteva essere così facile. Il destino non era affidabile.

"I nostri genitori ti ameranno. Ti stavano aspettando", sussurrò Jo. "Tutti noi ti stavamo aspettando".

Capitolo Ventisei

La famiglia preferiva cenare presto la domenica per lasciare del tempo libero al personale di cucina e Jo avrebbe volentieri portato la discussione su matrimoni, abiti e fiori in salotto per il resto del pomeriggio. Quando il maggiordomo annunciò che Kane Branson era arrivato da Edimburgo e stava aspettando nello studio, Grace chiese di unirsi a Hugh per condividere le informazioni su un caso particolare che aveva trovato.

"Signore", disse l'assistente legale, alzandosi da un tavolo vicino alla finestra quando entrarono nella stanza. "Ho la testimonianza".

Grace osservò il giovane produrre un pacchetto di documenti.

"Raccontaci cosa hai appreso".

"Quando sono arrivato a Edimburgo, sono andato direttamente alla scuola del signor Kinniburgh a Chessels Court, come da lei indicato. Non avrebbe potuto essere più gentile, signore, quando ha sentito il suo nome".

"È un brav'uomo", disse Hugh. "Procedi."

"Immediatamente cancellò tutti i suoi appuntamenti e mi accompagnò al Bridewell di Calton Hill. Abbiamo avuto qualche difficoltà. Dovevano mandare l'uomo a casa del direttore. Alla fine ci trovammo tutti nel suo ufficio dove il signor Kinniburgh tradusse le vostre domande e le risposte della signora Campbell, che assomigliavano un po' a una lugubre pantomima arlecchinesca. Il direttore ha fatto da testimone".

"Eccellente", lo incoraggiò Hugh. "Cosa ti ha comunicato?"

"Quello che abbiamo appreso in precedenza sul marito era corretto, anche se rimane qualche dubbio sul fatto che fossero legalmente sposati. Lui ha abbandonato lei e i loro tre figli a Glasgow non più di una settimana prima dell'evento sul ponte. La donna ha confermato a malincuore il racconto dei vicini secondo cui, dopo una sbronza, quel balordo le avrebbe dato una lezione e se ne sarebbe andato. Da allora non è stato più visto, anche se un vicino crede che sia partito su una nave mercantile diretta nelle Indie".

Il traditore, pensò Grace. Come un serpente, che sfugge alle sue responsabilità nei confronti della famiglia.

"Il giorno della morte del bambino", continuò, "la signora Campbell stava attraversando il Saltmarket Bridge per tornare a casa dai suoi figli. Uno di loro era con lei. Aveva tre anni. Il bambino si era stancato per la lunga camminata e qualche tempo prima lei lo aveva legato alla schiena".

"Un bambino di tre anni può essere una peste", disse Grace. Aveva visto donne fuggire da zone devastate dalla guerra con bambini piccoli legati alle spalle.

"Il signor Kinniburgh le offrì un fazzoletto per rappresentare il bambino. Ci mostrò come lo aveva trasportato, usando lo scialle come zaino e tenendo le estremità strette al petto. La signora Campbell ci ha raccontato che quando raggiunsero il ponte, si riposò per un momento, appoggiandosi al muretto. Un mercante di castagne era poco distante e il bambino cominciò a dimenarsi e a dire che aveva fame".

Grace sentì le sue viscere raffreddarsi, sapendo come sarebbe andata a finire.

"La signora Campbell si infilò le mani nel vestito per vedere se aveva il centesimo per le castagne e un capo dello scialle le scivolò dalla presa. Prima che se ne accorgesse, il bambino si era liberato ed era caduto nel fiume".

Grace poteva solo immaginare il panico e l'impotenza che doveva aver provato la madre.

"Signore, quando ci ha mostrato questo, ha pianto in modo pietoso. Alcune persone che passavano di lì videro solo il ragazzo che cadeva e l'aggredirono. Il ragazzo è stato travolto dalla corrente del fiume".

"È terribile per lei", mormorò Grace, sentendosi soffocare.

"Su questo ha ragione, signora. Quando il signor Kinniburgh le disse che le persone sul ponte avevano riferito alle autorità che lei aveva gettato il bambino intenzionalmente, la donna quasi impazzì in quel momento. I suoni di angoscia che riempirono l'ufficio del direttore avrebbero sciolto il cuore più duro. Pensava di essere trattenuta perché il bambino era morto accidentalmente. Non sapeva altro e non riusciva a capire perché non la lasciassero tornare a casa dagli altri figli".

L'orrore di perdere il proprio figlio sarebbe già abbastanza devastante, pensò Grace. Ma poi, non sapere cosa stesse accadendo agli altri figli. Non sapere chi li nutre e si prende cura di loro.

Guardò Hugh, il cui cipiglio feroce dimostrava che anche lui era chiaramente commosso dalla storia.

"Le ho detto, tramite il signor Kinniburgh, che Vostra Signoria si era interessata personalmente al suo caso. Non eravamo in grado di spiegarle il dilemma tra il manicomio e la forca e non credevo che avesse bisogno di sapere cosa l'aspettava".

"Hai ragione, Branson", disse Hugh a bassa voce.

"Ci siamo fermati lì. Ho ricopiato i miei appunti sulla testimonianza e ho aggiunto i commenti del direttore. Anche quelli del signor Kinniburgh. I signori hanno prestato giuramento e hanno firmato come testimoni. Ma sarà sufficiente, signore?".

Hugh si sedette sulla sedia, con la fronte aggrottata mentre rifletteva su ciò che avevano sentito. Grace ricordò ciò che le aveva detto sulle predisposizioni delle giurie e sulle scelte limitate dei giudici che si occupavano di questi casi. La situazione di stallo in cui si trovavano i giudici in questo caso riguardava proprio questo aspetto. Se la signora Campbell fosse stata in grado di comprendere le implicazioni morali del caso, avrebbe dovuto affrontare una giuria potenzialmente prevenuta. Se non lo fosse stata, avrebbe trascorso il resto della sua vita in un manicomio. In ogni caso, il futuro dei suoi figli si preannunciava disastroso.

Grace decise che era il momento di condividere ciò che aveva scoperto. "Ho trovato alcune cose che potrebbero essere utili".

Il cenno di approvazione di Hugh la incoraggiò. "Raccontaci".

"Per cominciare, i suoi collaboratori hanno preso nota di alcuni casi rilevanti che ho trovato in *Arguments and Decisions in Remarkable Cases* di Lord Dreghorn. Inoltre, i volumi 1, 4 e 5 di Dilly and Elliot's *Decisions of the Court of Session* contengono casi che sostengono la tua posizione sull'inaffidabilità delle giurie con imputati sordomuti".

"Ma hai trovato qualcosa di specifico?" chiese lui, leggendo i suoi pensieri.

"Sì, l'ho trovato. Proprio questa mattina".

Grace si alzò e andò alla sedia dove aveva lavorato prima. Prese un grosso volume, lo riportò indietro e lo posò sul tavolo di fronte a Hugh.

"*Casi* di Thomas Leach *nel diritto della Corona*". Si sedette di nuovo. "Diversi casi riguardano la questione, ma il caso 58, che si trova a pagina 97, si riferisce a un imputato di nome Thomas Jones, processato nel 1773 per aver rubato cinque ghinee. La corte si trovò di fronte allo stesso dilemma che aveva causato difficoltà ai giudici di Glasgow riguardo alla signora Campbell. Questo Jones era sordo e muto e la corte non riusciva a decidere se "fosse muto per ostinazione o per la visita di Dio". La scelta era tra il manicomio a vita o il processo. Alla fine, qualcuno trovò una signora Lazarus, che riuscì a comunicare con Jones. Rendendosi conto che l'imputato era 'in grado di ricevere informazioni da lei per mezzo di segni', il tribunale la utilizzò come una sorta di traduttrice e l'imputato fu chiamato in giudizio e processato".

"E come è andata a finire per lui?". Chiese Hugh.

"Che sia stata la prova contro di lui o l'antipatia della giuria, il verbale non dice nulla, solo che è stato giudicato colpevole di furto semplice e incarcerato".

"Quindi c'è un precedente per utilizzare il signor Kinniburgh per comunicare la sua testimonianza", suggerì Branson.

"I *casi* di Leach riguardano la legge inglese, tuttavia", osservò Hugh.

"Lei stesso ha suggerito che si potrebbe sostenere che, dopo l'unione di Scozia e Inghilterra, i precedenti possono essere applicati.

Ebbene, il signor Hume cita tre casi nei suoi *Commentari critici* sul diritto penale scozzese in cui ciò accade".

Hugh ci pensò un attimo. "Quindi, con questo precedente, posso ordinare alla signora Campbell di presentarsi al processo".

"Si può fare", concordò. "Ma il signor Hume parla anche della gamma di poteri esercitati dai giudici nelle udienze preliminari".

Branson quasi balzò dalla sedia. "Potete usare la testimonianza di Kinniburgh che non era disponibile prima, usare la sua competenza per il processo...".

"E archiviare il caso per mancanza di prove", concluse Grace.

"Signore, nessuno dei testimoni ha dichiarato di aver *visto* la signora Campbell gettare il bambino dal ponte".

Hugh posò la mano sul volume davanti a lui. "Branson, so che è domenica, ma ho bisogno che tu prenda nota di tutti i precedenti che la signorina Grace ha trovato, insieme alle sue argomentazioni".

L'impiegato annuì e il suo sorriso soddisfatto le fece capire che l'uomo non era insoddisfatto del compito che lo attendeva.

Hugh guardò Grace. "Ora so come procedere, grazie a te. Un ottimo lavoro, davvero".

"Cosa farai?" chiese.

"Ci sono molte cose da fare questa settimana", continuò. "Sarà meglio che vada direttamente a Edimburgo e che domani convochi la mia corte".

"E cosa le succederà?"

"Sulla base di tutto ciò che tu e Branson mi avete fornito, non rimanderò il caso ai tribunali inferiori. Deciderò dal banco che una giuria imparziale, dopo aver ascoltato le prove aggiuntive, riterrà l'accusa di omicidio "non provata", se non addirittura infondata. Pertanto, per evitare di sprecare altro tempo e spese...". Hugh le prese la mano. "Archivierò il caso per - come hai detto tu - mancanza di prove sufficienti per il processo. Jean Campbell sarà liberata".

Capitolo Ventisette

Baronsford era in uno stato di caos da tutto il giorno. Mrs. Henson e Mr. Simons guidavano i loro eserciti di domestiche, cameriere, sguatteri, cuochi, valletti e camerieri attraverso un'ala dopo l'altra e un piano dopo l'altro della casa per prepararsi all'arrivo di Lord e Lady Aytoun.

Grace decise che stare fuori dai piedi sarebbe stata la cosa migliore da fare. Dopo aver dato un'occhiata a Darby quella mattina, mentre il dottore era in visita, divise il resto del suo tempo tra la biblioteca inferiore, i giardini e il canile, dove era da poco nata una nuova cucciolata.

Mentre il sole del lunedì si abbassava nel cielo occidentale, l'ansia di Grace cresceva. Hugh non era ancora tornato da Edimburgo e le aveva detto che i suoi genitori sarebbero arrivati al massimo martedì. E questo la preoccupava terribilmente.

Negli anni in cui aveva accompagnato suo padre e il suo reggimento sui campi di battaglia, aveva avuto l'opportunità di essere presentata ad alcune delle persone più potenti d'Europa. Ma mai, prima di incontrare Hugh, aveva provato una tale insicurezza su chi fosse o su come sarebbe stata accolta.

Stando alla finestra della biblioteca e osservando la luce dorata che bagnava i prati lontani, si rese conto che aveva molto da perdere. Se Hugh fosse stato lì, sapeva che la sua presenza le avrebbe risollevato il morale e Grace si ritrovò a desiderare ardentemente che il conte e la contessa arrivassero il più tardi possibile.

Un'ora dopo, Hugh non era ancora arrivato e Jo e Grace condivisero una modesta cena nella piccola sala da pranzo.

"Lo fanno sempre", le disse Jo, riferendosi alla signora Henson e al signor Simons. "Hugh vive qui praticamente tutto l'anno. Anche se la maggior parte della casa rimane inutilizzata, Baronsford non è mai chiusa in nessuna stagione, nemmeno quando mio fratello è in visita a Londra, nell'Hertfordshire o a Edimburgo. Non riduce mai il personale. Il Principe Reggente in persona potrebbe arrivare da un momento all'altro, con tutta la sua corte, e Baronsford sarebbe pronta a riceverlo. Eppure, quei due fanno di tutto per superarsi a vicenda, dandosi battaglia come se fossero in gara".

Jo le raccontò dell'infinita serie di decisioni a cui la governante e il maggiordomo la sottoponevano durante il giorno. Ogni volta che aveva provato a salire alla casa-torre anche solo per un momento, qualcuno la raggiungeva per chiedere la sua presenza o la sua opinione.

"Tu, amica mia, farai un ottimo lavoro nel gestire questo posto quando sarai la padrona di Baronsford".

Grace scosse la testa, sperando che Jo fosse più comprensiva nei confronti della sua riluttanza a parlarne apertamente con la servitù in giro. Ma non fu così. Non c'era modo di fermarla.

"Sono qui solo per un breve periodo, per lo più in primavera e in estate". Jo le sorrise e fece cenno di portare via i piatti. "Ma questa casa ha bisogno di una vera padrona. Una donna sicura e capace, con un cuore amorevole e una mente di prim'ordine. Tu sarai perfetta per questa casa... e per lui".

Grace premette la mano contro il suo stomaco agitato, desiderando di poter condividere l'ottimismo della sua amica. Da quando aveva appreso la notizia ieri, Jo aveva menzionato il matrimonio più volte di quante Grace potesse contarne. Era come se più ne parlava, più era certo che l'evento avrebbe avuto luogo. Anche se Grace non avrebbe mai detto una parola, lo trovava sorprendente per una donna che aveva visto il proprio futuro stravolto all'ultimo momento per una questione di "idoneità".

"Ti prego di dire alla signora Henson e al signor Simons che dovrebbero permettere al personale di ritirarsi per la sera", disse Jo a un secondo maggiordomo mentre venivano sparecchiati gli ultimi piatti. "Tutti hanno lavorato abbastanza per oggi".

"Allora non ti aspetti che i tuoi genitori arrivino stasera?". Disse Grace, cercando di trattenere la nota di speranza dalla sua voce.

"Non credo proprio. Mio padre non ama viaggiare dopo il tramonto. Credo sia lecito pensare che si siano già fermati in qualche locanda lungo la strada".

Grace non lo disse, ma era sollevata. Voleva che Hugh fosse li al loro arrivo. Sapeva che sarebbe stato molto più facile il primo incontro se fosse stato lui a fare le presentazioni.

Più tardi, quando Jo si ritirò a letto, Grace si infilò nello studio di Hugh, osservando i volumi impilati di processi, sentenze e casi che stava leggendo da tre giorni. Mentre iniziava a sostituire i libri sugli scaffali, ricordò a sé stessa che, qualunque fossero le sue preoccupazioni, non erano nulla in confronto alla realtà di coloro che erano meno fortunati. Donne e uomini senza istruzione. Quelle povere anime che non avevano competenze e non avevano lavoro. Quelli che avevano bisogno di rubare per sfamare la propria famiglia. Quelli che avevano sofferto per mesi e anni nelle carceri solo perché non potevano permettersi un'adeguata rappresentanza legale.

Pensò a Jean Campbell e a tutto quello che la donna irlandese aveva passato negli ultimi sei mesi. Ora Hugh era a Edimburgo per liberarla. Ma Grace non era una sciocca. Sapeva che i problemi della signora Campbell non erano affatto finiti.

Grace pensò ai bambini vagabondi che vedeva ovunque viaggiasse. I piccoli di quella donna avrebbero potuto essere tra loro. I casi giudiziari che riempivano quelle pareti erano una storia sacra, un capitolo sulla povertà perpetua che portava a crimini di sopravvivenza, generazione dopo generazione.

Sistemandosi su una sedia con un volume di casi più recenti dei tribunali scozzesi, Grace perse presto la cognizione del tempo. La legge e le sue diverse interpretazioni la affascinavano. Mai prima di quella settimana si era resa conto di quanto potesse essere preziosa la sua memoria al servizio degli altri.

Era persa nella lettura quando le voci fuori dallo studio la avvisarono del ritorno di Hugh. Mentre si affannava per alzarsi, la porta dello studio si aprì. Si godette la vista di lui. La sua altezza imponente e le sue spalle larghe riempivano l'ingresso. Il suo sguardo rese omaggio al suo bel viso e si soffermò sulla sua bocca sensuale. Era affamata del suo sapore.

"Signore", disse, mentre un sottile calore si diffondeva dal suo cuore a tutte le membra del suo corpo.

Passò un po' di tempo prima che il suo sguardo scuro la lasciasse e Grace si accorse della presenza del suo assistente legale, che era arrivato dietro di lui. Quando Hugh si avvicinò a lei, si rese conto che fino a quel momento la sua giornata era stata priva di qualcosa di vitale.

Stringeva forte in una mano il libro che stava leggendo. Il suo viso bruciava per il modo in cui lui si concentrava su di lei e su nient'altro. Sembrava pronto a mettere da parte la buona educazione e a prenderla tra le braccia. Lanciò un'occhiata significativa al volto allegro dell'impiegato e poi tornò a Hugh.

Lui lesse i suoi pensieri e si fermò quando la raggiunse. "Stai iniziando il prossimo caso?"

Lui le tese la mano e lei cercò di mostrargli il volume. Ma mentre lui lo prendeva, loro dita si incrociarono e un brivido le corse lungo il braccio. Quando finalmente prese il libro, una torcia si accese dentro di lei.

"Che ne dici, Branson? Vogliamo aggiungere la signorina Grace in modo permanente al nostro studio legale?".

"Sarebbe il giorno più felice del mio servizio, signore".

Hugh sorrise, rivolgendo uno sguardo al suo uomo. "Allora direi di renderlo ufficiale".

Non dubitava che Branson fosse già stato messo al corrente del loro segreto. Grace si sedette mentre venivano portati i vassoi della cena per i viaggiatori.

"Raccontami com'è andato il procedimento in tribunale oggi".

"Non poteva andare meglio", rispose Branson, mentre i due uomini si sedevano per mangiare.

"Il signor Kinniburgh ha prestato giuramento per comunicare con la signora Campbell", le disse Hugh. "La sua testimonianza, registrata da Branson, è stata messa agli atti e il direttore del Brideswell ha rilasciato una dichiarazione che ne attesta la veridicità e ha aggiunto le proprie impressioni favorevoli".

"Sua Signoria ha stabilito, proprio come avevamo discusso, che l'imputata non sarebbe stato giudicata 'non colpevole' ma piuttosto si sarebbe evidenziata l'insufficienza di prove se il caso fosse andato in giudizio", ha aggiunto il cancelliere, "e quindi ha archiviato il caso".

Grace era davvero sollevata. "Cosa succederà ora alla signora Campbell?".

"Kinniburgh mi ha detto che può insegnarle a comunicare con una serie di segni che usa con i suoi studenti", rispose Hugh. "Ma è chiaro che lei vuole solo tornare dai suoi figli".

"Gli altri due figli vivono ad Argyll con un cugino", spiegò Branson. "Stava andando lì immediatamente".

Grace sentì un nodo formarsi nel petto mentre immaginava il ricongiungimento di madre e figli dopo questo lungo calvario.

"La corte si è presa la libertà di assicurarsi i servizi del signor Kinniburgh per accompagnare la signora Campbell ad Argyll", continuò Hugh. "Andranno a prendere la sua famiglia e lui la riporterà nei Borders".

"Nei Borders?" Chiese Grace, non credendo di aver sentito bene.

"So che sarà una sfida per la signora Truscott e i suoi aiutanti alla casa-torre, ma il signor Kinniburgh mi ha assicurato che la donna è in grado di imparare tutto ciò che le serve per comunicare. E dubito che Jo o Violet esiteranno ad accoglierla".

Guardò Hugh con il cuore gonfio. Quando pensava di non poterlo amare di più, lui le mostrava un altro livello di compassione. Sapeva che la vita riservava ancora più difficoltà alle vittime come la signora Campbell una volta uscite di prigione.

"Grazie", sussurrò lei, prendendo la sua mano. "E io... cercherò di aiutare Jo e Violet. Sono abbastanza abile con le lingue. Posso imparare i segni dal signor Kinniburgh e lavorare con lei e con gli altri".

I suoi occhi brillarono di affetto mentre si concentrava sul suo viso e Grace si rese conto di ciò che aveva fatto. Per la prima volta, aveva parlato del suo futuro a Baronsford.

L'avvocato sarebbe partito domani per Glasgow per affari importanti e Hugh aveva molte cose da discutere con lui stasera. Informando Branson che sarebbe tornato a breve, accompagnò Grace verso le scale. La casa era silenziosa ora e la luce della luna calante splendeva dalle alte finestre.

"Sei l'uomo più bello del mondo". Lei si spostò tra le sue braccia, infilando la testa sotto il suo mento. "Ti amo".

Le sue parole, il suo abbraccio fiducioso, gli fecero venire un nodo alla gola. La strinse a sé. Aveva detto che sarebbe rimasta. "Qualunque cosa io sia ora, Grace, prometto di essere un uomo ancora migliore in futuro... perché tu sarai qui con me. Ti amo. Mi hai reso un uomo felice accettando la mia proposta".

Lei nascose il viso per un attimo nell'incavo del suo collo.

"E ho bisogno di sentirlo di nuovo. Dimmelo di nuovo".

Si morse il labbro, con il più bel rossore che le scaldava le guance, prima di sussurrare: "Dio mi aiuti, ma non c'è niente al mondo che possa rendermi più felice dell'onore di essere sposata con te".

"Allora dì di sì".

"Sì." Lei sorrise, sollevandosi sulle punte dei piedi e premendo dolcemente le labbra contro le sue.

Non lo sapeva prima che lei arrivasse a Baronsford, ma Hugh era malato da molto tempo. E Grace era la cura. Il suo sangue pulsava. Voleva che il matrimonio avesse luogo l'indomani. Voleva che lei fosse parte di lui, a partire da ora.

Le mani di lei scivolarono intorno al suo collo e le dita si infilarono nei suoi capelli. La sua bocca si inclinò sotto la sua e le sue labbra premettero più forte. Nel suo modo innocente, lo stava spingendo a prendere di più. Attento a non lasciarsi sfuggire solo un filo del suo controllo, lasciò che il suo affetto e la sua passione fluissero nel bacio. Nel dare e ricevere delle loro bocche e lingue, nella delicata imitazione dell'atto sessuale, si sentì volare.

Il suo gemito di piacere era il suono più dolce che avesse mai sentito. Il suo corpo si modellava sul suo, si ammorbidiva e si adattava a lui in un modo a cui non riusciva a smettere di pensare da quando era andato nella sua camera da letto.

Osò un po' di più, lasciando che la sua mano vagasse sulla schiena di lei, spingendola più vicino, scivolando sul suo sedere, assaporando l'incastro perfetto dei loro corpi mentre la tirava contro di sé.

Hugh staccò le labbra dalla bocca di lei e fece scorrere i baci sul suo viso, lungo la gola. La prese in braccio e premette le labbra contro la carne soda e rotonda dei suoi seni.

"Quando finirai di parlare con il signor Branson?", sussurrò.

Il desiderio, potente ed esigente, gli salì ai lombi. La voleva. Stanotte, domani, per l'eternità.

"Un'ora, forse meno".

"Vieni nella mia stanza dopo. Ti aspetto".

***

Mentre Grace si aggirava ansiosa nella sua stanza, ogni minuto sembrava un'ora.

Per tutta la sua vita da adulta, si è considerata una donna coraggiosa. Si vantava di aver seguito il padre nelle sue campagne militari, di aver vissuto tra i campi di battaglia, di aver sentito gli squilli di tromba e i tuoni delle cariche di cavalleria, di aver resistito stoicamente alla commozione degli impulsi che sentiva nel profondo del suo cuore. Quando si trattava di regole sociali, se queste interferivano con le sue convinzioni o la separavano da ciò che restava della sua famiglia, non le importava nulla. Grace credeva di essere abbastanza coraggiosa e indipendente da vivere la vita alle sue condizioni e correre i suoi rischi.

Ora cercava la vecchia se stessa. Ma da quando aveva perso suo padre ad Anversa, qualcosa era cambiato in lei. Forse era l'impotenza che aveva provato nel vedere i suoi occhi senza vita che la guardavano. Forse erano quei giorni e quelle notti di buio incessante. Era ancora in grado di resistere agli aggressori in una stradina di campagna, ma cosa aveva fatto da quando Hugh le aveva chiesto di sposarlo? L'"impavida" Grace Ware si era rannicchiata per la paura.

Nel profondo, Grace sapeva che tutto ciò che voleva risiedeva nell'imparare a fidarsi di sé stessa e di Hugh. Doveva riportare in vita la donna che non aveva paura di rischiare, di avere fiducia in sé stessa e in ciò che voleva. Hugh si era innamorato di quella Grace Ware. Era arrivato il momento di recuperare sé stessa.

Il leggero bussare alla porta fece battere il cuore di Grace. Si avvicinò rapidamente alla porta e fece un respiro profondo prima di aprirla. Lui si era liberato della giacca e della cravatta. Quasi involontariamente, studiò ogni centimetro di lui, cercando di imprimere nella sua memoria questo momento, quest'uomo. Lui era suo e lei era sua. E lo desiderava più del suo prossimo respiro. Aveva bisogno di lui più della vita.

"Posso entrare?"

Fu bruciata dalla potenza del suo sguardo. Tese la mano in segno di invito, le loro dita si intrecciarono e lui entrò. Non appena la porta si chiuse alle loro spalle, lui la prese nel suo abbraccio, stringendola, premendo ogni curva del suo corpo contro il suo fino a quando lei poté quasi sentire il suo cuore battere nel suo petto, sentire il suo bisogno diffondersi in ogni centimetro del suo corpo, sentire il suo desiderio diventare il suo.

"Non ricordo di aver mai desiderato qualcosa nella vita come desidero te".

"Sono tua", sussurrò ferocemente, la sua passione salì in superficie. Lei le permise di salire. "Cuore, anima e corpo".

"Se vuoi, possiamo aspettare di sposarci prima di farlo".

"E io dico che non aspettiamo nulla", rispose. "Abbiamo fatto le nostre promesse. E stasera ho bisogno di te".

Grace voleva distruggere tutti i dubbi. Ma per farlo, aveva bisogno di sentire la forza e l'amore di Hugh. Questa era la strada che doveva percorrere. Questa era la strada che voleva percorrere. Da qui non si poteva più tornare indietro. E lo abbracciò con tutta la passione che aveva dentro.

Mentre lui le baciava la bocca, le dita di lei si mossero dapprima timidamente, scendendo lentamente dal petto di lui fino alla parte anteriore dei pantaloni. Sentì le sporgenze della sua durezza pronunciate attraverso gli strati di vestiti. Un basso gemito di piacere sgorgòd al profondo di lui e questo fu tutto l'incoraggiamento di cui aveva bisogno.

"Non ti permetterò di lasciare questa stanza se non sarai appassionato come l'ultima volta che sei stato qui", minacciò scherzando. "Ma devi dirmi se sto facendo qualcosa di sbagliato".

"Non c'è nulla che tu possa farmi che sia sbagliato". Lui sorrise, baciandola mentre la accompagnava per la stanza. Si fermò solo quando raggiunsero il letto. "Ma devi lasciarmi iniziare. Sono giorni che lo immagino".

Lei non ebbe modo di protestare quando lui la girò e iniziò lentamente a sbottonarle il vestito. Il suo respiro le accarezzava la schiena, le sue labbra baciavano ogni centimetro di pelle che esponeva. Un sussulto le sfuggì quando lui perse la pazienza e le spinse il vestito e la chemise dalle spalle alla vita, intrappolandole le braccia nelle maniche. Bruciava quando le mani di lui scivolarono intorno a lei e lui soppesò ogni seno tra i palmi. I suoi pollici sfiorarono i capezzoli che si stavano indurendo.

Hugh la girò e la baciò, un lungo bacio sensuale. La sua bocca si spostò dalle labbra al collo, passando per la clavicola e scendendo fino ai seni. Grace chiuse gli occhi mentre lui giocherellava con ogni capezzolo, la sua lingua e i suoi denti facevano pulsare ogni nervo del suo corpo.

Ma era determinata a non permettergli portare lei sola a uno stato di beatitudine. Ora capiva che la soddisfazione reciproca faceva parte del gioco dell'amore.

"Non questa volta", sussurrò lei, liberando le braccia dal vestito. Attirando la bocca di lui verso le sue labbra, lo sedusse con le labbra e la lingua mentre iniziava a slacciargli i bottoni della camicia. "Voglio toccarti. Sentirti".

Le sue mani lottarono con i bottoni e lui sollevò la camicia sopra la testa e la gettò a terra. Grace fissò il suo magnifico petto. I muscoli si increspavano sotto la pelle tesa, chiedendo di essere toccati. Tracciò le linee delle cicatrici bianche che si mescolavano con la soffice spruzzata di capelli scuri e vi appoggiò le labbra.

Fece un respiro affannoso quando lei gli morse il capezzolo come aveva fatto con lei.

"Stai iniziando un gioco pericoloso, signorina Grace".

Lui le spinse il vestito e gli indumenti intimi sui fianchi, dove si ammucchiarono intorno ai piedi. Si ritrovò in piedi davanti a lui, vestita solo di calze.

I suoi seni si sentivano pesanti, implorando la sensazione della sua bocca. L'impazienza le faceva pulsare il sangue nelle vene. Una certa audacia prese il sopravvento e lei raggiunse i pantaloni di lui, armeggiando con i bottoni e spingendo la mano all'interno. Nell'istante successivo, sentì il suo rapido respiro mentre le sue dita lo avvolgevano.

Il desiderio la riempì di nuovo coraggio.

"Grace", gemette come se provasse dolore quando la mano di lei lo accarezzò in tutta la sua lunghezza. La differenza tra la consistenza morbida della pelle e la durezza e la lunghezza della sua virilità era affascinante. Il suo calore pulsante le scaldava le mani. Era in fiamme.

Lui pulsava contro il suo tocco. Lei infilò l'altra mano nei pantaloni aperti e la fece scorrere sulle sue natiche. "Voglio vederti, assaggiarti, conoscere il tuo corpo come tu conosci il mio".

"Questo deve aspettare". Il suo bisogno risuonava nel raspare della sua voce.

Grace rabbrividì quando lui la sollevò per la vita e la fece sedere sul bordo del letto. Si tolse le calze e strisciò sul letto, lasciandogli lo spazio per raggiungerla mentre lui finiva di spogliarsi.

Alla luce soffusa delle candele, il suo corpo assomigliava alla statua di un dio. Nudo, era splendido. La fame divampò in lei come un incendio mentre gli occhi di lui rendevano omaggio al suo viso, scendendo lungo i riccioli che ricadevano su un seno, passando per le curve del suo ventre fino al triangolo di capelli all'attaccatura delle gambe. Si sdraiò e si mosse irrequieta contro il morbido lenzuolo, desiderando il suo peso su di lei.

Allungando la mano verso il basso, Hugh le afferrò le caviglie, trascinandola lentamente verso di sé finché le gambe non penzolarono oltre il bordo.

Qualunque cosa lui avesse intenzione di farle, lei era disposta a farlo.

"Sdraiati e guarda".

Il respiro le si strozzò nel petto quando lui le accarezzò l'interno della gamba, salendo sempre più in alto. Lui le spalancò le gambe e il suo cuore batteva forte mentre le dita di lui si avvicinavano ad ogni passaggio, a volte sfiorandola, altre soffermandosi abbastanza a lungo da farla gemere di meraviglia. Grace pensò di perdere la testa quando lui si avvicinò e il suo membro toccò il suo sesso e si strofinò contro di lei. Ma quando lei sollevò i fianchi per accoglierlo, lui si tirò indietro.

"Prendimi", comandò dolcemente. "Per Dio, prendimi ora, o subirai lo stesso destino la prossima volta che faremo l'amore".

Lei iniziò a sollevarsi ma lui, sorridendo, la raggiunse a metà strada, prendendole i polsi e spingendoli indietro, intrappolandoli con una mano sopra la testa. La sua bocca era ruvida quando si impossessò della sua e Grace corrispose alla sua passione.

Lui interruppe il bacio e lei agganciò le gambe intorno alle sue cosce, cercando di impedirgli di allontanarsi. Lui le baciò l'incavo della gola e il corpo di Grace si inarcò contro di lui mentre la sua bocca succhiava un capezzolo indurito.

Quando le sue labbra scesero lungo le morbide curve del suo ventre, Grace trattenne il respiro. Lui le spinse le gambe sulle spalle e la sua bocca trovò il suo sesso. La carezza della sua lingua sulla carne le fece inarcare la schiena. Voleva di più. I suoi gemiti di piacere lo spinsero ad aumentare il ritmo del suo dolce attacco.

Grace non riusciva a prendere abbastanza aria nei polmoni, ma non se ne curava più, mentre il sangue le ruggiva selvaggiamente nella testa. Guardando attraverso una nebulosa che le offuscava la vista, cavalcò le onde di liberazione che la attraversavano.

Fu qualche momento dopo che sentì il peso di Hugh su di lei.

"Mi prenderai adesso?"

Lui entrò in lei con un colpo lento. Grace ansimò e gli conficcò le unghie nelle spalle, rabbrividendo per l'improvviso disagio. Hugh era sepolto in profondità dentro di lei ma aspettava, con tutto il corpo che si sforzava di controllarsi. Lei si aggrappò a lui, ricominciando a respirare.

"Hugh", sussurrò lei, baciandogli il collo e la spalla, mentre il suo corpo si concentrava di nuovo sul piacere della loro unione.

I suoi fianchi si mossero leggermente, pulsando a un ritmo che sembrava conoscere per istinto. La danza della vita. Inarcò la schiena e lo attirò ancora di più.

Come due forme di argilla, si modellarono insieme, le braccia di lui si strinsero intorno a lei e una nuova sensazione la attraversò. Era la sensazione di essere apprezzata, stimata e amata come donna. Quando

Hugh iniziò a muoversi, lei lo seguì, il ritmo pulsante che ognuno di loro sentiva sorgere innegabilmente dentro di sé.

Sentì l'orgasmo arrivare di nuovo, accecandola con la sua potenza, e lo sentì eruttare. E poi due anime presero il volo mentre due corpi vorticavano in una danza acrobatica, librandosi verso il cielo in un eterno giro d'amore. Si arricciarono, si piegarono, esplosero in una sfera cristallina. Molto in alto. Lontano. Illuminata dall'amore.

Capitolo Ventotto

Uscendo dalla rimessa delle carrozze, Hugh si rimboccò le maniche e indossò la giacca. Darby si era impegnato a preparare il sartiame della mongolfiera il pomeriggio del giorno prima, nonostante le obiezioni di Grace e di sua sorella. Erano quasi pronti a volare. Quell'uomo aveva già dimostrato il suo valore centinaia di volte. Hugh non voleva pensare a come sarebbe stato tutto diverso se il fabbro non avesse percorso quella strada.

Prima di tornare a casa, si fermò ad apprezzare le colline. I campi ondulati di Baronsford si stendevano come un grande arazzo davanti agli occhi.

Hugh era cresciuto li. Lui e i suoi fratelli avevano corso nel parco dei cervi, pescato nel lago e giocato a caccia di volpi nei giardini recintati. Avevano imparato a nuotare nel lago, a cavalcare nei campi, a cacciare e sparare nelle paludi. Chilometri di sentieri, che si snodavano lungo le scogliere e le basse colline che si affacciavano sul fiume Tweed, costituivano un paradiso di scoperte per ogni bambino. Quello era stato un luogo felice in cui crescere.

Mentre lo guardava, la sua mente si rivolse a suo figlio, Cameron.

Mentre era in servizio come ufficiale di cavalleria, Hugh aveva avuto pensieri di dovere e ambizioni di gloria. Non si era mai soffermato a pensare al significato della paternità fino a quando suo figlio non se n'era andato. A differenza di suo padre, che era stato tutto per i suoi figli - insegnante, consigliere, giudice e protettore - Hugh in qualche modo non si era reso conto della responsabilità di essere un genitore finché non era troppo tardi. E poi aveva elaborato il lutto, desiderando di poter tornare indietro nel tempo. Ma alla fine, l'amaro passato era restato nel passato e e a lui era rimasto solo un futuro vuoto.

Fino ad ora.

Hugh guardò la collina di Baronsford. Una tenda danzava dolcemente fuori dalla finestra della camera da letto di Grace. Ricordò come l'aveva lasciata quella mattina all'alba, con i suoi occhi azzurri che lo guardavano amorevolmente, la sua mano che lo raggiungeva finché lui non andò da lei e le baciò le labbra. Durante la notte, ogni volta che si erano uniti, avevano amato in modo spericolato, dando entrambi il massimo, fino a quando si erano sdraiati tra le lenzuola, guardando il cielo illuminarsi con l'arrivo del giorno. A un certo punto della notte, ricordò di aver desiderato che lei portasse in grembo il loro bambino.

Hugh era più vecchio ora, più saggio del giovane uomo di dieci anni prima. Riconosceva che Grace era l'unica cosa che lo rendeva integro. E se si trattava di un figlio creato insieme o di un figlio adottato - come Jo era diventata sua sorella - ora sperava in una seconda possibilità di paternità.

Quella mattina, suo padre aveva mandato un cavaliere dalla locanda per informarli del loro arrivo, e le grida trasmesse attraverso i campi lo avevano smosso dalle sue fantasticherie.

Quando raggiunse il cortile anteriore, i domestici stavano uscendo dalla casa e stavano formando le loro file. Anche Truscott e Violet erano appena arrivati. Hugh osservò divertito l'uscita di Jo, che si teneva saldamente al braccio di Grace, come per assicurarsi che non scappasse.

Grace aveva scelto un abito blu che si intonava al colore dei suoi occhi magici. Lei lo vide e arrossì, e lui fu travolto dall'urgenza di voler andare da lei e baciarla sulle labbra, senza curarsi dei presenti.

"Beh, tutti i salotti, i salottini e le camere da letto di Baronsford sono state messe sottosopra dal personale", disse Jo, facendo un cenno alla signora Henson e al signor Simons, che stavano ancora bisticciando mentre si dirigevano verso il cortile. "Ogni finestra è stata aperta. Ogni pavimento è stato pulito. Sono stati tagliati e sistemati fiori freschi in ogni stanza. E ancora non sono contenti".

"Un solo ringhio da parte di mio padre e sarà la fine dei loro battibecchi".

"Non spaventare la nostra amica con le sue storie", lo rimproverò Jo.

Hugh vide Grace passarsi una mano sul davanti del vestito. Le sue spalle erano rigide, la schiena dritta. Era nervosa.

Si mise accanto a lei. "Nostra madre è dolce e gentile. È l'incarnazione dell'affetto. Ti amerà a prima vista".

"Sua Signoria ha un tono burbero e una voce forte", esordì Jo. "È diretto nelle sue domande, al punto da essere brusco. È il suo modo di fare".

"Ma quando si tratta delle sue figlie, non possono sbagliare". Si avvicinò e le sussurrò all'orecchio: "E non dimenticare che tu sei già una di loro".

Il rossore si fece più intensi e lei abbassò lo sguardo sulle punte delle scarpe proprio quando due carrozze apparvero oltre la cresta della collina.

Grace pensò che lo stormo di farfalle che aveva preso il volo nel suo stomaco l'avrebbe sollevata e portata via. Quasi lo desiderava.

Lady Aytoun fu la prima a scendere dalla carrozza. Non appena il suo piede toccò la ghiaia, Hugh la sollevò da terra e la fece girare come una bambola. La contessa strillò e poi protestò allegramente finché lui non la mise a terra.

"Dov'è il tuo senso del decoro?", si lamentò, incapace di trattenere il sorriso dal suo volto.

"Sai che non ha alcun decoro quando si tratta di te". Il Conte di Aytoun scese dalla carrozza. Nonostante i capelli ingrigiti e una leggera zoppia, la sua sfigura era alta e larga di spalle come suo figlio. Tese una mano a Hugh mentre la contessa abbracciava Jo. "Ti avverto.

Se ti viene in mente di farmi girare come tua madre, la faremo finita qui".

Hugh gli andò incontro e, ignorando la mano tesa, sollevò il padre da terra in un abbraccio da orso, anche se di pochi centimetri. Il conte rise di cuore quando il figlio lo mise a terra.

L'affetto che entrambi i genitori dimostrarono al figlio e alla figlia riscaldò il cuore di Grace. Il loro saluto a Truscott e Violet non fu meno familiare. Mentre i due percorrevano la lunga fila del personale riunito con il maggiordomo al gomito, si soffermarono a parlare con molti. Tra i due, il conte e la contessa conoscevano quasi tutti per nome e il maggiordomo presentò i nuovi membri del personale. Chiesero informazioni sulle famiglie e vollero conoscere i dettagli.

Osservandoli, Grace si rese conto che gli occhi grigi di Hugh erano stati ereditati dalla madre, mentre l'altezza e la corporatura erano state ereditate dal padre. E come Hugh, il viso del conte mostrava delle cicatrici che non facevano che aumentare il suo portamento minaccioso.

Nonostante ciò, Grace vide come Lord Aytoun rimaneva vicino alla contessa mentre si muovevano lungo la fila verso l'ingresso principale. La carezza alla schiena della moglie quando si fermavano a parlare con qualcuno era accompagnata dagli sguardi affettuosi che lei rivolgeva a lui quando si rivolgeva a un cameriere o a una cameriera. Il loro amore reciproco era impossibile da non percepire e Grace ricordò che Jo disse che la loro storia era una "seconda possibilità" d'amore... per entrambi.

Allontanandosi dalla hall mentre la moglie parlava con la governante, il conte si rivolse al figlio. "Allora, dove la stai nascondendo?", chiese burbero.

Grace non se ne era resa conto fino a quel momento, ma si era nascosta dietro uno dei camerieri della porta. Fece un passo avanti proprio quando Hugh la raggiunse.

"Non preoccuparti, amore mio", sussurrò lui, mettendole una mano sulla schiena. "Sono più forte e lo metterò al tappeto se necessario".

All'improvviso, la corazza di sicurezza protettiva cadde. Mentre li guardava avvicinarsi, il cuore le palpitava e il petto le si stringeva. Grace fece un inchino quando Hugh fece le presentazioni.

La contessa passò i guanti al marito e prese entrambe le mani di

Grace tra le sue. Gli occhi grigi e gentili della donna si posarono sulle sue dita, che Grace capì essersi trasformate in blocchi di ghiaccio.

"Posso chiamarti Grace?" Chiese la madre di Hugh. "Nella nostra famiglia abbiamo una tradizione di nomi di battesimo che va avanti da generazioni".

"Certo, signora", disse ancora con un inchino, guardando il viso caldo che rifletteva la sua età. "Sono onorata".

Nell'istante successivo, Grace si ritrovò stretta nell'abbraccio della contessa. E non si trattava di un educato bacetto sulla guancia o di una superficiale dimostrazione di ospitalità. Era stretta in un abbraccio di affetto, di rassicurazione, di benvenuto, di appartenenza.

"E mi chiamerai Millicent, va bene?", le sussurrò all'orecchio.

Qualsiasi parvenza di controllo che era riuscita a mantenere fino a quel momento si sgretolò. Il nodo alla gola si chiuse e Grace si appoggiò all'abbraccio della madre, lasciandosi abbracciare mentre le lacrime si liberavano.

Millicent le posò un bacio sulla fronte.

Grace non si fidava della sua voce per scusarsi del suo sfogo emotivo davanti a tutti. Era scoppiata una bolla di sapone e non poteva alzare lo sguardo o dire altro per paura che si aprissero le cateratte. La contessa non le lasciò le mani.

"Lyon", disse Millicent al di sopra delle sue spalle. "Di grazia, vai in salotto. Ci sposteremo lì tra poco".

Attirando Grace all'interno della porta, la contessa le porse un fazzoletto di seta per asciugarle le lacrime.

"Vai anche tu, Hugh", disse Millicent quando Grace sentì il calore del suo tocco sul braccio. "Prometto di consegnartela sana e salva in un attimo".

Protetta dalla contessa, sorrise imbarazzata quando Jo si unì a loro, aggiungendo un altro muro di privacy.

"Devo scusarmi", disse ai due. "Sicuramente non ho fatto una buona prima impressione. Ma ero così nervosa ... e la vostra accoglienza ... la vostra gentilezza".

"Basta con queste cose, bambina. E non preoccuparti più di come sarai accolta da noi, dai fratelli e dalle sorelle di Hugh o dal resto della famiglia". Sollevò il mento di Grace finché i loro occhi non si incontrarono. "Abbiamo letto la sua lettera che ci raccontava delle tue avventure e del tuo coraggio e, soprattutto, del suo amore e della sua intenzione di sposarti. Siamo euforici, Grace. Vedi, i nostri sogni per lui si sono finalmente avverati. Abbiamo pregato per questo giorno".

"Adesso mi credi?" Jo la prese in giro, stringendole il braccio. Si girò verso sua madre. "È meglio che entriamo o Hugh manderà una squadra di ricerca per lei".

Millicent sorrise. "Quanto *tempo* ho aspettato per questo".

"Non importa l'attaccamento di Hugh nei suoi confronti", disse Jo, infilando un braccio in quello di Grace. "L'ho rivendicata come *mia* amica... e sorella".

"In questo caso, la terremo sicuramente".

Grace aveva ripreso il controllo delle sue emozioni quando i tre si diressero verso il salotto. Doveva ancora essere presentata a Sua Signoria, ma pensava che dopo l'accoglienza della contessa non ci fosse nulla che non potesse gestire.

Gli uomini si alzarono in piedi quando entrarono nella stanza. Il cuore di Grace si scaldò quando lo sguardo di Hugh cercò subito il suo e un messaggio silenzioso passò tra loro.

Affiancata dalle due donne, Grace fece un inchino quando Hugh la presentò ancora una volta.

Lord Aytoun la guardò intensamente per un momento. "Mio figlio mi ha detto che sei una Macpherson da parte di madre... e una giacobita".

Accidenti. Non di nuovo, pensò Grace. Non avrebbe rinnegato la sua famiglia o le sue convinzioni. Mai più.

"È corretto, signore", disse lei a testa alta.

"Eccellente", ringhiò il conte, sembrando soddisfatto. "Era ora che ne avessimo un altro in famiglia".

Jo si chinò e sussurrò: "Nostra zia Portia, la moglie di Pierce, è una figlia di Bonnie Prince Charlie. Ma non dirlo a nessuno".

Capitolo Ventinove

DOPO DUE GIORNI in cui Grace era stata precettata dalla sua famiglia per chiacchierate e passeggiate, tour della tenuta e cavalcate, Hugh era più che pronto a rispedire i suoi genitori nell'Hertfordshire. Suo padre era affascinato dai racconti di Grace su tutti i luoghi in cui aveva viaggiato e sulle battaglie a cui aveva assistito. Non ne aveva mai abbastanza dei suoi racconti ed era affascinato dalla sua incredibile memoria. La madre di Hugh aveva trovato una nuova figlia. Si era inventata dei modi per tenere Grace e Jo con sé il più possibile durante il giorno.

Hugh era davvero contento delle meritate attenzioni che stava ricevendo. Allo stesso tempo, gli piaceva interpretare il ruolo dell'amante irritabile e ignorato. Apprezzava soprattutto l'interesse che Grace gli riservava quando si infilava nel suo letto ogni sera, dopo che tutti si erano addormentati.

Ma poi tutto cambiò. Aston MacKay, l'assistente legale che Hugh aveva inviato ad Anversa, era arrivato ai Confini con i funzionari dell'ambasciata britannica di Bruxelles.

Hugh si era trattenuto dal dire a Grace che sarebbe arrivato. MacKay era andato sul continente per cercare informazioni su una donna americana scomparsa, ma dopo aver incontrato i due inglesi, aveva scritto di nuovo a Hugh. Era stato richiesto un incontro urgente con Grace in merito a un accordo segreto tra Daniel Ware e il governo britannico. Ora stavano cercando il suo aiuto.

Come da istruzioni, MacKay aveva collocato gli uomini al George Inn. Quella mattina, Hugh fece i nomi a suo padre. In quanto membro del Parlamento da lungo tempo, il conte aveva una conoscenza delle famiglie legate al governo che andava ben oltre quella di Hugh.

Strappando Grace dalle grinfie di Jo e di sua madre, Hugh la condusse verso il suo studio, dove i viaggiatori stavano aspettando. Durante il tragitto, le spiegò le informazioni che aveva raccolto sui due uomini.

"Sir Rupert Elliot, diplomatico di carriera, è in servizio come inviato nei Paesi Bassi. È di stanza a Bruxelles", le disse Hugh. "L'altro uomo, il capitano Thomas Rivenhall, ha ricoperto diverse funzioni dalla fine della guerra con Napoleone. Precedentemente era un ufficiale dello staff di Wellington, ora ricopre una vaga posizione nel Ministero degli Esteri. La sua spiegazione a MacKay è stata imprecisa riguardo alle sue esatte responsabilità al momento, ma mio padre crede che sia stato assunto per tirare fuori gli scheletri dagli armadi".

"Adorabile", disse a disagio. "Ma cosa potrebbe mai avere a che fare mio padre con loro?".

Hugh capì il suo disagio. "L'unico modo per saperlo è parlare con loro". Le stampò un bacio sulla fronte. "Ma sembra che abbiano bisogno di *te*. E a prescindere dal fatto che tu possa aiutarli o meno, ho intenzione di usare la loro influenza per accelerare la grazia che ho richiesto al Principe Reggente. Entrambi questi uomini sono in grado di far avanzare la petizione".

Prese le dita fredde di Grace nella sua mano e le portò alle labbra.

"Inoltre, è possibile che possano fare luce sulle motivazioni dell'attacco nei tuoi confronti".

Trasse un profondo respiro. "Portami da loro".

***

Grace era felice che Hugh fosse con lei in quella riunione. Era ancora preoccupato per la sua sicurezza. La sua presenza rafforzava la sua fiducia. Tuttavia, aveva passato una vita a imparare come trattare con gli uomini di potere, soprattutto con i politici. Seduta ad ascoltare questi due inizi, Grace si accorse di essere perfettamente calma.

A MacKay, l'impiegato di Hugh, fu chiesto di aspettare fuori a causa della natura privata della conversazione e il capitano Rivenhall accennò che anche la presenza di Hugh poteva essere discutibile. Dopo aver ricevuto un'occhiataccia dal visconte, però, i due uomini si scambiarono un'occhiata e proseguirono, evidentemente decidendo che sarebbe stato inutile proseguire su quella strada.

"Le nostre più sentite condoglianze, signorina Ware, per la morte di suo padre", disse Sir Rupert con tono solenne. "Una vicenda terribile ad Anversa".

Grace aveva tante domande da porre a questi uomini su cosa fosse successo ai resti di suo padre e dei loro servi. Voleva sapere dove fossero stati sepolti e come questi uomini fossero venuti a conoscenza dell'attacco. Ma seguì l'esempio di Hugh. Seppellendo le sue emozioni nel profondo, indossò una maschera di indifferenza e aspettò. Prima di tutto, doveva sapere cosa cercavano.

Il Capitano Rivenhall affrontò per primo la questione. "Come forse già sapete, lo scorso inverno il colonnello Ware ha inviato due lettere ai nostri rispettivi uffici di Bruxelles e Westminster".

"Le due missive erano identiche", aggiunse Sir Rupert. "Il colonnello non voleva che una sciocchezza burocratica impedisse al suo messaggio di raggiungere le autorità competenti. Non voleva che la sua offerta venisse persa".

"Le lettere di suo padre non sono andate a vuoto, signorina Ware", disse il capitano Rivenhall. "Hanno attirato la nostra immediata attenzione".

"Quindi conosceva il colonnello Ware?", Chiese Hugh.

"Naturalmente", rispose Rivenhall. "È nel più grande interesse della Corona tenere traccia delle persone più vicine alla famiglia di Napoleone. Il curriculum militare del colonnello ci era ben noto, così come il suo continuo servizio a Giuseppe Bonaparte, il re di ... l'*ex* re di Spagna e Napoli. La sua lettera ha attirato l'attenzione dei più alti livelli del nostro governo".

"Perché il colonnello ti ha contattato?". Chiese Hugh.

Il capitano Rivenhall esitò a rispondere, ma Sir Rupert non lo fece. "Il colonnello Ware voleva ottenere il perdono per sé e per sua figlia".

"Una grazia?" Chiese Hugh.

Rivenhall prese la parola. "Sì, voleva un perdono incondizionato, insieme alla restituzione delle proprietà che gli appartenevano in Irlanda e alla famiglia della sua defunta moglie in Scozia".

Grace fissò gli uomini. Com'era possibile che suo padre avesse perseguito attivamente questa cosa e non ne avesse parlato con lei? Avevano detto che aveva inviato le lettere durante l'inverno. Pensò alla ferita alla gamba. Stava già peggiorando.

Non era per sé stesso che stava chiedendo la grazia, si rese conto. Sapeva che stava morendo. Lo stava facendo per lei.

"Cosa vi ha offerto in cambio il colonnello Ware?". Chiese Hugh. "Non era così ingenuo da pensare che la Corona gli avrebbe concesso la grazia senza offrire qualcosa di valore in cambio".

"Hai ragione", rispose Rivenhall. "Era in possesso di qualcosa di interessante per noi".

Grace pensò al diamante.

"Cosa *esattamente*?" Chiese Hugh.

"Una lettera", rispose Rivenhall dopo una lunga pausa.

Una lettera. Non il diamante. Aveva sempre pensato che il gioiello fosse la causa dell'omicidio di suo padre.

"Una lettera che conteneva cosa?", incalzò.

Le labbra del Capitano Rivenhall avevano formato una linea stretta e sottile. I suoi occhi cercavano nella stanza la risposta che chiaramente non voleva dare.

La mente di Grace correva a mille. Di tutta la corrispondenza che aveva scritto per suo padre, diverse missive contenevano informazioni sensibili sugli affari dei Bonaparte. Ma nulla era così importante da garantire ciò che suo padre aveva richiesto... e ciò che il governo britannico era disposto a concedere.

"Mio padre trasportava molte lettere e documenti", gli disse Grace. "Dovete essere più specifico, Capitano. A quale lettera vi riferite?".

"È una lista", le disse Rivenhall con stizza. "Una lista di nomi".

"Nomi di chi?" Chiese Hugh.

Sir Rupert prese la parola. "Il colonnello Ware doveva fornirci i nomi in codice delle persone che lavoravano nel governo britannico e che avevano fornito ai francesi informazioni sensibili durante la campagna peninsulare".

"Inglesi? Lavorano come spie per Napoleone?" chiese il visconte.

"Sì, signore", rispose. "Ora abbiamo la chiave per risalire ai singoli agenti".

Spie, pensò Grace. I combattimenti tra le nazioni erano cessati, ma molti che avevano tradito e lavoravano per il nemico erano ancora in libertà. Nella sua mente apparve il volto dipinto della signora Douglas. La donna che conosceva tutti. Che viaggiava nei circoli più alti di ministri e generali. Che socializzava con le loro mogli. Grace la vide insieme al marito, anch'egli ministro del governo britannico, a Parigi in occasione del battesimo del figlio di Napoleone. La sua lettera tornò alla mente di Grace: i *vecchi nemici sono ora i più stretti alleati*. Si chiese se il nome della signora Douglas fosse su quella lista.

"Resta da capire", disse il capitano Rivenhall, rivolgendosi a Grace, "se avete il documento".

"Siamo venuti qui per la remota possibilità che lei ce l'abbia", spiegò Sir Rupert. "Quando sono stati ritrovati i corpi del colonnello e degli altri - e le chiedo scusa per essere così insensibile, signorina Ware - sono stati rubati i loro effetti personali. Non sappiamo se il documento sia stato preso da quei criminali. Speriamo solo che lei lo abbia".

"Questo viaggio potrebbe essere stato inutile", aggiunse il capitano Rivenhall. "Ma Sir Rupert ha ritenuto che dovessimo perseguire ogni possibilità, per la sicurezza del regno".

Non aveva una lista del genere. Era arrivata senza lettera. Grace scambiò uno sguardo con Hugh.

"E se produce questo documento", ha chiesto, "cosa otterrà in cambio?".

"La grazia, naturalmente. Come concordato".

Questa era la chiave del suo futuro. Premette i palmi sudati contro le gonne.

"Dov'è questa grazia? Vorremmo vederla".

"Beh", rispose Rivenhall. "Non l'abbiamo con noi. Il documento ha dovuto essere rielaborato in seguito alla sfortunata morte del colonnello Ware. Ci aspettiamo che da un momento all'altro arrivi un cavaliere con il documento da Westminster. Ma di certo, vi basterà la nostra parola...".

"Forse la signorina Ware accetterà la sua parola, capitano, ma io di certo non la accetto".

"Signore, siete un pari del regno e un Lord Justice of the King's Bench. Un ufficiale di cavalleria decorato nelle guerre francesi. Ci aspetteremmo che voi, più di chiunque altro, vi fidiate di...".

"A causa di tutti quei titoli a cui fai riferimento, è mio *dovere* non fidarmi di voi".

Hugh si sollevò in tutta la sua altezza e Grace vide emergere il Lord Justice.

"Lei ha detto che il colonnello Ware ha inviato una copia della sua richiesta a Westminster e a Bruxelles", disse. "E che questa lettera è stata vista ai più alti livelli del governo".

"Sì", rispose Rivenhall.

"E quali misure sono state prese per garantire la sicurezza del colonnello Ware quando è arrivato ad Anversa? Quali misure sono state adottate per garantire che questo prezioso documento non cadesse nelle mani sbagliate?".

I due uomini fissarono Hugh ammutoliti.

"Gli uomini sono morti perché il colonnello Ware si è fidato di voi. Non siete riuscito a proteggerli", ha sbraitato Hugh. "Non abbiamo motivo di credere che voi possiate anche solo produrre la grazia che promettete. Quindi, quando arriverà il vostro cavaliere, se davvero arriverà, voi presenterete la grazia e la signorina Ware vi darà la lista".

Capitolo Trenta

"DAL GIORNO in cui Jo me l'ha mostrato", disse Grace, camminando nello studio, "ho pensato che il diamante fosse il motivo per cui siamo stati attaccati ad Anversa. Ma invece si trattava solo di una lista".

I raggi di sole del tardo pomeriggio illuminavano la stanza. MacKay aveva accompagnato gli uomini alla locanda e non era ancora tornato. Si fermò a guardare gli intricati disegni del tappeto persiano mentre considerava la valanga di difficoltà che ora li attendeva.

Gli inviati erano rimasti sbalorditi quando Hugh aveva detto loro che aveva il documento, ma sia il Capitano Rivenhall che Sir Rupert Elliot erano chiaramente contrariati dal rifiuto del visconte di fidarsi di loro. Eppure, secondo il loro stesso resoconto, si erano lanciati in quella che poteva essere una caccia all'oca selvatica. Erano arrivati a Baronsford aggrappandosi a una sottile speranza e ora dovevano essere certi che lei l'avesse. Se solo avesse avuto la lista.

Guardò Hugh, seduto alla sua scrivania. "Come farò a produrre una cosa del genere quando torneranno domani? Sono arrivata con nient'altro che i vestiti che indossavo e quel diamante".

"Non avevi detto che gli assassini stavano perquisendo le stanze della locanda quando sei tornata di sopra?", chiese.

Il ricordo tornò a galla, fresco e doloroso come il giorno in cui era accaduto. Si voltò verso la finestra. Suo padre, malato e sofferente, aveva fatto dei progetti per lei. Mentre Grace si occupava di lui, Daniel Ware stava mettendo in atto dei piani per garantire il futuro della sua unica figlia.

"Sì, stavano mettendo a soqquadro la stanza. Ma non devono averla trovata". Si voltò verso Hugh. "La signora Douglas non voleva il diamante. Ha architettato il piano per rapirmi perché pensava che avessi la lista".

"Il suo nome, o il nome di qualcuno a lei vicino, deve essere su quel documento", concordò. "Forse anche il nome del marito".

Grace ricominciò a camminare. "Mio padre teneva la corrispondenza nella giacca. Ma non portava nulla di cui sembrasse preoccuparsi eccessivamente. Nulla di cui parlasse o di cui sembrasse straordinariamente protettivo. In effetti, gli avevo letto tutte le lettere che aveva con sé. E avevo scritto ogni risposta su sua dettatura".

Hugh era appoggiato alla sedia, con le mani incrociate davanti a sé. Osservava ogni suo passo, ma lei sapeva che il suo atteggiamento calmo era una facciata. La sua mente stava lavorando alacremente come la sua.

"Tuo padre era un militare esperto", esordì. "Nessun comandante di successo affronta una battaglia senza un obiettivo chiaro. Osserva il campo, considera i rapporti di ricognizione, applica ciò che conosce delle strategie del nemico e sviluppa le sue tattiche. Ha sempre una tattica primaria e una secondaria da impiegare. Questo è il motivo per cui Daniel Ware inviò due messaggi identici al governo britannico".

Grace si fermò davanti alla scrivania di Hugh. "Temeva che una lettera potesse essere intercettata. Voleva essere certo che la sua lettera raggiungesse le persone competenti".

"Anche in questo caso, come comandante esperto" - Hugh fece una pausa, il suo sguardo si fissò sul viso di lei - "avrebbe affidato la consegna del dispaccio finale solo al suo ufficiale più capace".

"Le sue ultime parole sono state . . ." Un nodo si formò nel suo petto. "Che bravo ufficiale saresti stato". Furono proprio queste le parole che mi rivolse quel giorno".

Hugh si alzò in piedi e appoggiò le mani sulla scrivania. "Con la tua memoria ineguagliabile, non c'era bisogno di portare con sé una lettera fisica. Ciò che sapeva, ciò che doveva essere trascritto e consegnato, intendeva trasmetterlo agli inglesi attraverso di te".

Il suo talento, lo chiamava il padre di Grace. Se quello che aveva detto Hugh era vero, perché non riusciva a ricordarlo? Chiuse gli occhi e si premette le dita sulle tempie. Ma c'erano così tante cose lì dentro. Informazioni, nomi, volti. Tutta la corrispondenza che aveva scritto per lui negli ultimi mesi di vita.

"Troppo. Non so da dove cominciare, cosa cercare", ha detto. "Non ha mai dettato alcuna lista. Non ha detto nulla che possa portarmi a un documento del genere".

Hugh si avvicinò alla scrivania e la prese per mano. "Pensa a tutto ciò che potrebbe riguardare la guerra. Gli inviati hanno detto che queste spie hanno operato durante la campagna peninsulare. Stava attingendo alle conoscenze di quegli anni".

Rivenhall ed Elliot avevano fatto riferimento ai nomi dei sudditi britannici. Nomi in codice.

Un brivido le corse lungo la schiena. Si ricordò.

Gli "ordini" di suo padre.

"So cos'è!" esclamò. "Quello che stanno cercando! Pensavo che fossero gli effetti del laudano su di lui. Quando stavamo salpando dall'America, la sua mente continuava a vagare ai giorni in cui combatteva in Spagna".

"Che cosa ha detto?"

"Voleva che ricordassi le sue 'indicazioni'. Era come se fossi un membro del suo staff. Insisteva perché memorizzassi i suoi ordini. Erano *codificati*".

Hugh rise mentre la travolgeva tra le braccia. "Se Napoleone avesse conosciuto il tesoro della tua mente, non l'avremmo mai sconfitto".

Accostò una sedia alla scrivania e la fece sedere, mettendole davanti carta e penna.

"Scrivi quello che ricordi".

Grace chiuse gli occhi per un attimo, cercando di allontanare le informazioni irrilevanti. La pagina venne messa a fuoco. Lettere e numeri si riversarono dalla sua mente sulla carta. Non avevano alcun senso, ma lei registrò le sequenze esattamente come erano state memorizzate.

Quando lei ebbe finito, Hugh andò alla sua libreria e tornò con un manoscritto sottile e rilegato che pose sulla scrivania.

"Un trattato sulla crittografia di un mio amico che ha lavorato al Ministero degli Esteri. È uno studio affascinante". Guardò la serie di lettere e numeri sulla carta. "Spero che non si tratti del Grande Cifrario di Parigi. Se lo fosse, potremmo impiegare settimane per risolverlo. Ci sono oltre 1.400 numeri che potrebbero sostituire parole o parti di parole in un milione di permutazioni".

Grace conosceva i difetti dell'uso dei messaggi codificati da parte dell'esercito francese. Suo padre se ne era lamentato molte volte nel corso degli anni. Il Grande Cifrario di Parigi era stato ideato per sostituire il fallito Codice Portogallo.

"È il Codice del Portogallo", gli disse. "Ricordo che mio padre me lo disse più volte. Lo disse anche l'ultimo giorno, quando scesi in strada per vedere la nostra carrozza e i nostri bauli".

Grace aveva una mente da enigmista e quando si trattava di riconoscere connessioni e schemi, Hugh la seguiva passo dopo passo. Lavorarono alla pagina riga per riga e un'ora dopo ebbero la loro lista.

Caesar Rising
Tulipano nero
Roccia spartana
Stella cadente
Fenice Rossa

La lista continuava. In tutto ventisette nomi.

"Nomi in codice", disse Grace. "Questi nomi non significano nulla per noi".

"I loro uomini a Westminster hanno presumibilmente una chiave secondaria. Un modo per collegare i nomi in codice alle persone reali che si nascondono dietro di essi". Spinse via il libro di crittografia. "Non mi fido di loro. Rivenhall ed Elliot. Non abbiamo modo di sapere se uno o entrambi sono in questa lista".

Grace lo guardò scendere di nuovo lungo i nomi. "Dimmi cosa stai pensando".

"Non si tratta solo del fatto che non sono riusciti a garantire la sicurezza di tuo padre", spiegò Hugh. "Pochi giorni prima che tuo padre si incontrasse con loro, è stato assassinato. Potrebbe essere una coincidenza, ma io non credo nelle coincidenze".

"Viaggiavamo sotto falso nome. Dovevano tenerci d'occhio".

"Sì. Dovevano sapere che saresti sbarcata ad Anversa. Cosa ricordi degli aggressori?".

Grace ci ripensò. La fredda indifferenza degli assassini. Il loro inseguimento senza sosta nei vicoli del lungomare. Le grida quando si avvicinavano.

"Almeno uno di loro parlava inglese".

Hugh si sedette. "Questi due hanno detto che quando hanno recuperato i corpi, tutti i tuoi effetti personali sono stati rubati. E cosa hai detto che è successo ai tuoi bauli dalla nave?".

"Erano già stati presi", rispose lei. "Tutti e sei. Probabilmente dagli stessi uomini".

"Esattamente. I criminali che hanno ucciso tuo padre si sono impossessati di tutto ciò in cui quella lista poteva essere nascosta".

Eppure, la signora Douglas si era presentata qui, pensò Grace. Sapevano per certo che suo padre non ce l'aveva.

"Non l'hanno trovata, quindi c'era solo un posto dove la lista poteva essere".

"Con me".

"Quando il mio uomo MacKay è arrivato ad Anversa, ha saputo che eri fuggita in quella cassa. Che eri qui in convalescenza. Dovevano presumere che tu avessi la lista e dovevano prenderla prima di essere scoperti".

"Eri certo che la signora Douglas non lavorasse da sola", disse Grace.

"È stata avvisata dai suoi partner ad Anversa ed è venuta direttamente qui. Il momento del suo arrivo ai Borders combacia perfettamente. Ma il responsabile non poteva fidarsi di lei per riuscire dove loro avevano fallito".

"Il capitano Rivenhall ci disse che avevano solo la 'più flebile speranza' che io avessi il documento. Ma Sir Rupert aveva insistito affinché venissero".

"E ha insistito perché sapeva che la lista non era ad Anversa". Il cipiglio di Hugh era cupo. "*Doveva* venire qui. Elliot è il nostro uomo. Il suo nome è su questa lista".

La rabbia che si era accumulata in lei minacciava di esplodere. Era stata seduta nella stanza e aveva parlato con l'uomo che era responsabile dell'omicidio di suo padre e dei loro servi.

"Ti dirò un'altra cosa", aggiunse cupo. "Se consegniamo loro questa lista, non arriverà mai a Londra. Ci sarà un incidente o una rapina per strada. Rivenhall verrà ucciso ed Elliot dirà che la lista è stata presa".

Grace si costrinse a pensare con calma mentre rileggeva i nomi.

"La signora Douglas. Se solo non fosse fuggita", disse con fervore. "Era abbastanza impaurita da scappare per salvarsi la vita. Avrebbe potuto essere stata costretta a collaborare in cambio di clemenza".

"Non è scappata", le disse Hugh.

Grace lo guardò mentre le sue parole venivano registrate.

"L'abbiamo catturata mentre si imbarcava su una nave a Greenock. Branson è andato a Glasgow a prenderla".

Capitolo Trentuno

DALLA FACILITÀ con cui gli inviati conversavano con Lord Aytoun, che era presente al posto del figlio, Grace decise che Elliot e Rivenhall dovevano trovare il nobile più anziano molto più congeniale del suo focoso figlio. Diede un'occhiata alla biblioteca. L'impiegato di Hugh, il signor MacKay, era seduto a un tavolo in disparte e ascoltava attentamente, penna alla mano, ogni parola. A quanto pare, il loro disagio di ieri nel rivelare i dettagli della loro missione era diminuito.

"Come sapete, Vostra Signoria, il Principe di Galles sente un legame affine con i monarchi Stuart del passato", stava dicendo Sir Rupert. "Concedere la grazia alla signorina Ware non è mai stato un problema. Molte delle famiglie giacobite scozzesi sono state restituite alle loro terre e ai loro titoli".

L'inviato continuò a parlare, ma Grace lo vide lanciare continuamente occhiate al documento piegato sulle sue ginocchia. Si rese conto che stava guardando con la stessa intensità la lettera in mano al capitano Rivenhall. Stava per iniziare un gioco di scambi.

Il conte infine interruppe. "Signori, presumo che quello che avete in mano sia un perdono libero, completo e generale per la signorina Ware, per tutti i tradimenti, le ribellioni e i reati di qualsiasi tipo". Tese la mano per prendere la lettera.

"Proprio così, signore", rispose il capitano Rivenhall, porgendoglielo.

"E include l'opportunità per la signorina Ware di richiedere una pensione in futuro", ha aggiunto Sir Rupert. "Se lo desidera".

Mentre aspettavano che il conte leggesse il documento, i due uomini concentrarono tutta la loro attenzione su Grace. Se lei e Hugh avevano ragione - se Sir Rupert Elliot era l'uomo che aveva orchestrato i precedenti attacchi - stava facendo un ottimo lavoro per mantenere la sua espressione naturale. Un contegno implacabile sotto pressione doveva essere certamente un requisito per una spia, pensò.

"Mi è stato chiesto da Lord Greysteil", disse, "di portarle le sue scuse per l'inevitabile ritardo con cui ci raggiungerà. Sono certo che il visconte arriverà a breve".

Lo sguardo del capitano Rivenhall rimase su ciò che Grace teneva sulle ginocchia. . "Signorina Ware, il signor MacKay ci ha fornito solo dei dettagli sommari, ma non possiamo dirle quanto ci sentiamo fortunati che questa corrispondenza di suo padre sia sopravvissuta alla terribile traversata che ha subito".

"Sì, è stata una fortuna per tutti noi che mi sia capitato di portarlo nella mia reticella. Come sapete, il Colonnello Ware aveva piena fiducia in me. Negli anni precedenti alla sua scomparsa, mi affidava tutto ciò che aveva valore quando viaggiavamo".

Entrambi gli uomini guardarono il conte quando si spostò sulla sedia e poi si risistemò. Era evidente che stava leggendo con calma l'atto di grazia.

"Dovrei dirvi che ho rotto il sigillo quando sono arrivata a Baronsford", disse loro. "Ma la lista di nomi, i nomi in codice, non significava nulla per me finché non siete arrivati voi a cercarla. Sono molto contenta di non essermene sbarazzata".

I due uomini lanciarono un'occhiata a Lord Aytoun e Grace notò che il piede di Sir Rupert cominciava a battere sul pavimento. Le nocche del capitano Rivenhall erano bianche per la presa che aveva sulla sedia; non sembrava meno impaziente per il tempo che il conte stava impiegando per finire la sua lettura.

Hugh fece cenno al suo impiegato di continuare a registrare la conversazione mentre la signora Douglas iniziava a inveire sui suoi presunti maltrattamenti.

"Sono stata allontanato con la forza dalla nave, a dispetto di tutte le convenzioni di dignità e cortesia. Sono stata umiliata davanti agli altri passeggeri, che hanno assistito sbigottiti alla lettura di false accuse da parte di quell'idiota seduto laggiù".

"Vi siete imbarcata sotto falso nome", commentò Branson.

"È un crimine?", sbottò la donna. "A causa della posizione di alto livello del mio caro marito scomparso e del servizio *inestimabile* che ha fornito alla nostra nazione nel momento in cui ce n'era più bisogno - servizio che gli ha causato danni irrevocabili alla salute, aggiungerei - ho sempre viaggiato sotto falso nome. Non sapete quanto sia difficile essere costantemente celebrata per il lavoro di cui ho fatto parte. Sì, ne ho fatto parte! L'ho sostenuto e supportato in ogni modo. Ed è a questo che sono sottoposta ora? Brutalmente maltrattata. Umiliata pubblicamente. Trascinata per le strade in catene. Infamata al punto che non so se mi riprenderò mai".

"Niente catene, signore", puntualizzò Branson. "Non abbiamo usato catene".

"Non sapete chi sono? Chi sono i miei amici? Lasciate che vi dica che il Principe Reggente in persona verrà a conoscenza di tutto questo. E quando lo saprà, l'ira di *Dio* si abbatterà sulle vostre misere teste. Vi rannicchierete nelle profondità delle prigioni più luride del paese. Implorerete la mia intercessione presso i tribunali e io vi respingerò come i cani che siete".

"*Posso* parlare ora?" Alla fine, Hugh ne ebbe abbastanza.

Il suo tono era abbastanza deciso da far tacere momentaneamente la donna.

"Siete stata presa in custodia su mio ordine", esordì Hugh. "Siete stata portata qui dove sarete accusata di reati legati al tentato rapimento della signorina Grace Ware e alle gravi ferite subite dal mio fabbro, il signor Darby. Il vostro servo è stato identificato come...".

"È una follia. Se è coinvolto in questa storia, ha agito da solo. Non ho alcun legame con lui. Quando ho lasciato Nithsdale Hall, ha lasciato il mio servizio. Non l'ho più visto da allora e non ho alcun desiderio di vederlo. Ha lavorato alle mie dipendenze come domestico. Tutto qui. No, non avete alcun motivo per trattenermi. Vi chiedo di rilasciarmi immediatamente".

Hugh si appoggiò alla sedia, studiando l'espressione acida della donna.

"Le accuse che ho menzionato non sono nulla in confronto a ciò che dovrete affrontare quando vi condurrò a Londra. I maltrattamenti che presumibilmente siete stata costretta a sopportare non reggeranno il confronto con il trattamento che riceverete sul patibolo".

Il sangue rimasto sul suo viso pallido si prosciugò completament..

"Lasciate che vi spieghi quello che già sappiamo". Hugh indicò la porta. "Proprio in fondo a questo corridoio, la signorina Ware è in possesso di una lettera contenente più di due dozzine di nomi di soggetti inglesi che hanno fornito informazioni e assistenza a Napoleone mentre inseguiva i suoi sogni di conquista. Il governo britannico ha intenzione di scovare tutte le spie il cui tradimento è costato la vita ai nostri soldati. Il suo nome è su quella lista, signora Douglas, così come il nome di un signore che è venuto qui da Bruxelles, un vostro amico".

Mentre Hugh la guardava, gli venne in mente che se il suo viso non fosse stato truccato con tanta cura, i suoi stessi lineamenti sarebbero andati in pezzi e sarebbero finiti sul suo grembo.

"Nella mia biblioteca, in questo momento", continuò, "questo vostro amico sta fornendo una testimonianza destinata a salvargli il collo dal cappio del boia. Il signore vi ha accusata di essere la mandante dell'attacco ad Anversa che ha portato all'omicidio del colonnello Ware e dei suoi servitori. Quando ve ne andrete da qui, non solo dovrete affrontare le accuse di alto tradimento, spionaggio, rapimento e aggressione, ma anche di omicidio. Credo che i tribunali di Londra si dispiaceranno di potervi impiccare solo una volta e il Principe Reggente firmerà lui stesso la vostra condanna a morte".

"È tutta una bugia", ansimò. "Non potete farlo. È una bugia".

Hugh fece cenno a Branson di andare, poi si alzò in piedi.

"Chi?" chiese, cercando di trattenere la nota di panico dalla sua voce. "Chi è che inventa bugie così maligne?".

"Sapete chi è", rispose freddamente. "Ma forse preferireste leggere voi stessa la testimonianza di Sir Rupert Elliot, registrata dal mio impiegato, il signor MacKay, e testimoniata da sua signoria, l'onorevole conte di Aytoun".

Grace sentì il cuore tamburellare quando vide il signor Branson entrare nella biblioteca e spostarsi accanto all'altro impiegato di Hugh. Pregò che le loro deduzioni fossero corrette, ma c'era ancora la possibilità che i nomi di entrambi gli uomini fossero sulla lista.

All'ingresso dell'impiegato, Sir Rupert si alzò e si diresse verso la finestra, senza più cercare di nascondere la sua impazienza.

"Visto che voi signori soggiornate nel villaggio, forse avete sentito parlare dell'attacco sulla strada per Baronsford la scorsa settimana", disse.

"No, signorina Ware, non siamo qui da abbastanza tempo per conoscere le notizie locali", rispose Rivenhall e si rivolse al conte prima che lei potesse continuare. "M'lord, apprezziamo la vostra scrupolosità in questa faccenda, ma la grazia è abbastanza chiara e diretta".

"Il più chiaro e diretto di tutti i documenti governativi, Capitano", rispose Lord Aytoun.

"Allora ne siete soddisfatto, signore?".

"Sì, questo andrà bene", disse, posandolo sul tavolo accanto a lui. Rivolse la sua attenzione a Grace. "Stava parlando dello straziante tentativo di rapirla, signorina Ware".

L'attenzione di Rivenhall tornò su di lei. Sentiva anche gli occhi di Sir Rupert su di sè.

"Siete stata aggredita *qui*, signorina Ware?". Rivenhall ripeté.

Se la sorpresa dell'uomo era finta, Grace decise che era il miglior attore d'Europa.

"Esatto, Capitano. E naturalmente ora sappiamo che il motivo del tentato rapimento è proprio qui". Sollevò il documento piegato.

Lord Aytoun si chinò in avanti. "E c'era dietro la signora Mariah Douglas, moglie del defunto ministro del governo", disse scuotendo la testa. "Difficile da credere".

"State dicendo che la signora Douglas lavorava per i francesi?". Chiese Rivenhall. "Le autorità l'hanno arrestata?".

"In effetti è così".

Grace sapeva che le parole del conte erano state prese come un dato di fatto.

"Mio figlio è stato informato del desiderio della signora Douglas di collaborare pienamente. In questo momento è nello studio del visconte con l'ufficiale giudiziario. Credo che lei fosse con loro a registrare la sua dichiarazione, signor Branson".

L'impiegato annuì, tenendo in mano un fascio di fogli.

"Ha ammesso il suo coinvolgimento?" Rivenhall esclamò.

"Il momento della sua visita qui è piuttosto fortuito, Capitano", disse Grace, voltandosi con disinvoltura per cercare Sir Rupert. Lui stava ancora guardando dalla finestra.

"Avrete l'opportunità di ascoltare la dichiarazione giurata che la signora Douglas ha accettato di rilasciare in cambio della grazia per sé stessa", aggiunse il conte. "Sta offrendo prove solide e l'identificazione dei suoi complici".

"Questa notizia è sbalorditiva".

Prima che Rivenhall potesse completare la sua frase, la porta della biblioteca si aprì. Grace e gli altri rimasero in piedi mentre Hugh e la signora Douglas entravano, affiancati da due camerieri.

Il volto pallido della donna osservò tutti i presenti nella stanza prima di fissare uno sguardo di fredda furia sull'uomo alle spalle di Grace.

Prima ancora che potesse voltarsi, la stanza esplose.

Quando la mano si chiuse sul suo braccio come un nastro d'acciaio, Grace si maledisse per aver permesso a Sir Rupert di arrivare alle sue spalle. Quante volte suo padre le aveva parlato del valore di affiancare il nemico quando un diversivo impegna la sua attenzione altrove? Grace sentì la lama del coltello premuta sulla sua gola mentre veniva scossa all'indietro.

"Lasciala andare", gridò Hugh.

L'intera stanza si trasformò in un putiferio. Hugh e Lord Aytoun attraversarono la biblioteca e si lanciarono verso di loro, mentre Rivenhall rimaneva immobile, con un'espressione stupita. L'espressione di furia della signora Douglas fu sostituita da una espressione sorpresa. MacKay si era mezzo alzato dalla sedia, rovesciando il calamaio, mentre le carte in mano a Branson si spargevano sul pavimento intorno a lui.

Sir Rupert la allontanò dai due uomini.

"Sei una sciocca, Mariah", sputò. "Resta dove sei, Greysteil, o questa è una donna morta".

Il volto di Hugh si oscurò per la rabbia.

Grace sentì l'estremità affilata della lama contro la sua pelle. Non stava accadendo. Era sopravvissuta ad Anversa, al faticoso viaggio nell'oscurità, alle febbri, all'attacco sulla strada... solo per morire in quella situazione? . . li? Aveva impiegato una vita per trovare Hugh e ora sarebbe stata strappata dalle sue braccia. Se quella spia l'avesse portata via da li, Grace sapeva che l'avrebbe uccisa con la stessa spietatezza con cui avevano ucciso suo padre e gli altri.

Dopo tutto quello che aveva perso e che ora aveva guadagnato, dopo aver trovato l'amore, la morte l'avrebbe reclamata?

"Cosa stai facendo?" Gridò Rivenhall. "Metti giù il coltello. Lasciala andare".

Elliot ignorò gli ordini e si diresse verso la porta.

"Non puoi scappare", ringhiò Lord Aytoun.

"Posso e devo farlo", sbottò Elliot. "Greysteil, voi due ci accompagnerete alla carrozza che ci ha portato qui. Io e la signorina Ware ce ne andremo indisturbati e nessuno ci seguirà. Se vedo anche solo un carro di fieno che ci insegue, lei morirà".

"Questa è una follia, Elliot", disse Rivenhall. "Tutto questo deve finire adesso".

Hugh si avvicinò. "*Non* te ne andrai da qui. Non penserai davvero che ti permetterò di portarla via da qui".

Lotta. Le parole di suo padre le risuonavano nelle orecchie. *Combatti sempre. Non permettere mai a te stesso di diventare una preda. Combatti*. Non era una vittima debole e passiva. Avrebbe preferito morire li, tra le braccia di Hugh, piuttosto che nell'oscurità di una carrozza chiusa, per poi veder gettare il proprio corpo lungo la strada.

Schiacciando il tallone più forte che poteva sullo stivale dell'aggressore, Grace si abbassò di lato, sentendo la lama intaccarle la mascella mentre cadeva a terra.

Era tutto ciò che serviva.

Grace sentì il braccio liberarsi e scartò di lato per permettere a Hugh di scagliarsi contro Elliot. Un enorme pugno si schiantò sul volto dell'inviato e lo fece indietreggiare verso il muro. Prima che potesse raddrizzarsi, altri colpi piovvero su di lui.

Il coltello giaceva ai piedi di Grace, che lo raccolse mentre indietreggiava.

Hugh colpì Elliot con entrambe le mani, facendogli scattare la testa all'indietro a ogni colpo sferzante. Le ginocchia dell'uomo crollarono sotto di lui e si accasciò a terra privo di sensi. Hugh era in piedi sopra di lui mentre i due camerieri accorrevano per aiutarlo. Dall'altra parte della stanza, la signora Douglas sprofondò in una sedia. Lord Aytoun osservava con attenzione il Capitano Rivenhall, ma l'uomo era in stato di shock.

Hugh si precipitò e prese Grace tra le braccia.

"Sei ferita".

"No, sto bene".

I suoi occhi preoccupati scrutarono il viso e il collo della donna alla ricerca di eventuali ferite. Non le stava credendo. "Ti ha tagliato. La lama del coltello..."

"Non è niente. Davvero". Dovette prendergli le guance tra le mani e costringerlo a guardarla negli occhi per attirare la sua attenzione. "È finita, Hugh. Mi hai salvato".

Le accarezzò il viso, facendo scorrere il pollice sul punto in cui aveva sentito il coltello premere sulla pelle. "Il mio coraggioso combattente. La mia guerriera. È la seconda volta che la tua impavidità risplende. Non so dirti quanto mi rendi orgoglioso".

"Mi stai dando troppo credito". Lei gli sorrise. "Ogni volta sei stato tu a salvarmi la vita".

"Non avrei potuto farlo senza di te".

Le sue braccia si strinsero intorno a lei. Le sue labbra sfiorarono i suoi capelli. Lo sentì fare un respiro profondo. "Il tuo coraggio... è impressionante. Di fronte a Elliot, sapevo che non saresti rimasta con le mani in mano. Temevo per la tua incolumità, ma ero certo che ti saresti battuta".

Grace capiva le sue paure. Ed era sollevata dal fatto che lui la vedesse come si veeva lei stessa e non vulnerabile come lo era stata Amelia. Il loro era un percorso diverso, irto di nuove sfide e prove.

"Ed ero sicura che tu avresti finito qualsiasi cosa io avessi iniziato".

"Siamo una coppia, io e te", sussurrò contro le sue labbra. "Tu mi completi".

Grace premette le labbra contro le sue, sopraffatta dall'ondata di emozioni. Lui era il suo amore, il suo compagno e presto sarebbe diventato suo marito. Qualunque sfida si prospettasse, l'avrebbero affrontata insieme.

Lui era suo come lei era sua. Per sempre.

Il giorno seguente, il capitano Rivenhall incontrò Grace e Hugh prima di partire per Londra.

"Non posso dirvi quanto mi dispiace per il nostro fallimento nel garantire la sicurezza del suo gruppo quando è sbarcato ad Anversa", disse a Grace. "Il Ministero degli Esteri ha operato partendo dal presupposto che la lista sarebbe stata composta da ufficiali militari. Ci stavamo concentrando sugli uomini di cui il colonnello Ware avrebbe potuto venire a conoscenza durante la sua permanenza nella campagna peninsulare. Non ci aspettavamo che il pericolo venisse dall'interno".

"È spaventoso che il tradimento di Sir Rupert Elliot e della signora Douglas possa essere passato inosservato", disse Hugh.

"Quando Westminster verrà a conoscenza di questa notizia, un'onda anomala travolgerà il Ministero degli Esteri. Questa lista produrrà senza dubbio una serie di scosse". Rivenhall si rivolse a Grace. "A nome della Corona, non potrò mai ringraziarvi abbastanza per tutto quello che avete fatto. Il sacrificio di vostro padre sarà ricordato".

"Riguardo alla fonte dei nomi", disse Grace, dopo averci pensato la sera prima. "Credo che mio padre si sia imbattuto in questa lista di recente. Come sapete, lavorava al servizio del fratello di Napoleone in America. Non so come l'abbia ottenuta, ma ovviamente non conosceva la vera identità di queste persone, altrimenti non avrebbe indirizzato una delle lettere all'inviato a Bruxelles".

"State dicendo che è possibile che questa lista sia stata consegnata con la consapevolezza di Giuseppe Bonaparte?".

"Non posso dirlo. Posso dirvi che Re Giuseppe - o il Conte Survilliers, come viene chiamato ora - non vuole avere nulla a che fare con coloro che sono ancora fedeli a suo fratello. Ha tagliato i legami politici da ogni parte. Forse avete sentito dire che gli è stato offerto il trono del Messico, ma che lo ha rifiutato".

"Sì, l'abbiamo sentito", rispose Rivenhall.

"È vero", affermò Grace. "Si sta ritirando dalla politica. Vuole solo che la sua famiglia viva libera da ulteriori turbolenze. Il governo americano gli ha offerto proprio questo rifugio".

Grace aveva imparato molto nei mesi trascorsi in compagnia di Re Giuseppe. Non condivideva le ambizioni del fratello.

"I resti di mio padre. Che ne è stato?"

"Oh sì. Quando ho scoperto la morte del colonnello, gli uomini della regina Julie erano già venuti a conoscenza dell'omicidio e si erano impossessati dei corpi. Vostro padre è sepolto a Bruxelles, signorina Ware".

"Sono contenta", disse dolcemente, sperando che, visto che non erano arrivati come previsto, la regina Julie fosse andata a cercarli.

"Anche per questo ero convinto che la lista fosse sparita", ha aggiunto Rivenhall. "Pensavamo che chiunque fosse responsabile dell'attacco ad Anversa avesse la lista. Inoltre, pensavamo che la Regina Julie l'avesse recuperata e che in ogni caso fosse perduta per noi".

"Solo Elliot conosceva la verità", disse Hugh. "Ecco perché ha scritto alla signora Douglas, avvisandola di venire ai Borders".

"E ha insistito affinché venissimo qui", aggiunse Rivenhall.

"Che ne sarà di quei due?" Chiese Grace. "E gli altri della lista?"

Hugh e il capitano si scambiarono uno sguardo.

"Credo di poter dire che nessuno dei due vi disturberà mai più, signorina Ware", le disse Rivenhall. "Sir Rupert e la signora Douglas saranno processati e puniti per i loro crimini. Devono rispondere di molte cose".

Capitolo Trentadue

IL CIELO fuori dalle finestre aperte era un po' più chiaro e Grace sapeva che l'alba stava per sorgere. Con delicatezza, sollevò il braccio di Hugh intorno alla sua vita e scivolò via dal suo abbraccio. Lui si agitò leggermente e lei sentì la tentazione di rannicchiarsi di nuovo nel suo calore.

Aveva così tante cose per la testa. Gli altri fratelli Pennington, Gregory, Phoebe e Millie, sarebbero arrivati quel giorno, ma Grace non era più reticente a conoscerli. Non vedeva l'ora di conoscerli prima che il resto della famiglia e i loro ospiti iniziassero ad arrivare.

Quell'anno, l'annuale Ballo d'Estate sarebbe stato preceduto da un matrimonio. Grace guardò sopra le sue spalle il volto tranquillo dello sposo. Era sempre lo stesso durante le ore di veglia, mentre intorno a lui si svolgevano le tumultuose esigenze di pianificazione, scelta e preparazione. Calmo, felice, soddisfatto e abile nel rubare Grace quando sua madre e Jo si giravano dall'altra parte.

Come il profumo delle prime rose che sale dai giardini, una sensazione di felicità aleggiava nella brezza della sua vita.

Il nostro matrimonio, pensò. Manca solo una settimana.

Il volto di suo padre le tornò in mente e con esso il dolore per la sua mancanza. Come avrebbe voluto vederlo quel giorno! Quanto avrebbe voluto dirgli che era riuscita a fare tutto ciò che si era prefissato per lei.

Tirando una trapunta intorno a sé, Grace si avvicinò alla finestra e guardò i campi che iniziavano a brillare di rugiada. La pallida scheggia di luna si era abbassata nel cielo e la sua mente tornò alla lettera che aveva ricevuto il giorno prima.

La Regina Julie le aveva scritto di aver provato un grande dolore per la perdita del padre di Grace. Era un brav'uomo e un soldato leale. Era stato un onore per lei fare in modo che ricevesse i riti di una degna sepoltura. Avrebbe solo voluto che Grace fosse stata presente. La regina le disse che aveva già scritto per condividere la tragica notizia con suo marito in America e che anche lui sarebbe stato addolorato per la perdita.

Infine, la regina Julie affrontò la questione del diamante. *La pietra è tua, ma chérie. Senza dubbio tuo padre l'ha destinata al tuo inizio di vita... o, siccome mi dici che stai per sposarti, alla tua dote. Goditelo, dolcezza. So che lo utilizzerai nel migliore dei modi.*

Grace sapeva esattamente cosa ne avrebbe fatto. Quel diamante avrebbe finanziato una bella espansione della casa-torre.

"Ti sei alzata presto".

La voce di Hugh era un sussurro caldo nel suo orecchio. Il respiro di Grace si fece affannoso nel petto quando sentì il suo calore avvolgerla. "Non riuscivo a dormire. Ho così tante cose per la testa. Ma mi hai promesso un giro all'alba. Se vogliamo svignarcela prima che tua madre e tua sorella si sveglino, dobbiamo andare presto".

Ieri sera aveva suggerito di fuggire per un paio d'ore prima che il trambusto ricominciasse.

Le mani di lui le tolsero delicatamente la trapunta dalle spalle e Grace sentì il suo corpo nudo premere contro il suo da dietro.

"Forse un giro proprio qui prima di 'sgattaiolare' via?".

Grace sentì i suoi denti raschiare la pelle sensibile sotto l'orecchio e rabbrividì per l'eccitazione.

Una mano le palpava il seno, mentre l'altra scendeva sul ventre e scivolava nel suo sesso. Lei reclinò la testa contro di lui mentre i suoi denti le mordicchiavano il lobo dell'orecchio.

"Sai già che non posso rifiutarti". Lei sorrise. Il gioco delle dita di lui che entravano e uscivano dalla sua carne la faceva fremere. Si chinò su un lato e gli infilò le dita nei capelli, baciandolo in profondità.

Lui la girò verso lo specchio che si trovava vicino alla parete, permettendo a Grace di guardare il loro riflesso mentre lui la penetrava. Guardò attraverso una fitta nebbia di passione come una mano esperta le accarezzava il seno mentre l'altra continuava a provocare il piacere dentro di lei. Lui si muoveva con colpi squisitamente ritmati, scivolando dentro di lei ancora e ancora, e Grace fissava con assoluta incredulità l'immagine di due persone che si sollevavano insieme su ondate di passione prima di staccarsi definitivamente in un'esplosione di estasi.

Pochi istanti dopo, ancora senza fiato, ancora avvolta nelle sue braccia, guardò fuori dalla finestra la luce del sole che avanzava sui campi e scacciava le ombre residue della notte.

"E ora", le sussurrò all'orecchio. "Andiamo a fare il giro che ti avevo promesso".

Il sole era una palla arancione brillante dietro di loro quando raggiunsero le rovine di una chiesa. Grace fu sorpresa nel vedere la mezza dozzina di uomini in attesa, ma rimase scioccata nel vedere il pallone gonfiato che si ergeva sopra la cesta saldamente legata.

Truscott, Darby e alcuni sottopostii erano in piedi accanto ad essa e si voltarono all'unisono per salutarli.

"Ottimo lavoro", esclamò Hugh, saltando da cavallo e aiutando Grace a smontare. "Ci è voluta tutta la notte per riempire il pallone?".

"Quasi tutta, signore", disse Darby. "Come avevate previsto, per posizionare l'apertura sull'ingresso del gas c'è voluto un po' di lavoro".

Truscott indicò la lunga corda che partiva dal campanile della chiesa in rovina e arrivava a un treppiede di legni affondati nel terreno a una certa distanza. "L'idea di Darby di armare questa corda e di issare il sacco su di essa è stata geniale. Una volta che gli uomini l'hanno issato e messo in posizione, si è riempito velocemente come la vescica di una pecora".

L'occhio di Grace osservò il velivolo. Il materiale verniciato del pallone scintillava al sole del mattino e il cielo azzurro senza nuvole sembrava ammiccare. L'idea di elevarsi al di sopra della terra, scollegata dal mondo e dall'umanità, per andare dove poche persone sono mai andate, la eccitava oltre misura.

Sembrava passato un secolo da quando aveva promesso di andare in volo con lui, ma non si sarebbe mai aspettata di essere così eccitata dalla prospettiva di volare... fino ad ora.

"È magnifico", sussurrò.

Hugh le prese la mano. "Allora, sei pronta?"

Truscott si avvicinò e li raggiunse. "Non c'è bisogno di farlo, signorina Grace".

"Credo di sì, signor Truscott".

"L'ultimo volo del vostro fidanzato è avvenuto con una brezza più forte di quella di stamattina, e tutti gli abitanti e i contadini delle campagne nel raggio di venti miglia si sono divertiti. Ma il resto di noi, dopo aver pedalato per dieci miglia dall'altra parte di Baronsford, è arrivato solo in tempo per vederlo trascinato come una pietra su muri e siepi per un altro mezzo miglio. Pensavamo fosse un uomo morto".

"Non questa volta", disse. "Lo scorso autunno, mi ha riferito, non ha avuto l'aiuto del nostro eccellente signor Darby, che ha creato una valvola che gli permetterà di controllare la nostra altitudine e la nostra discesa".

Truscott camminò con loro mentre si dirigevano verso la mongolfiera. "Ricorda, Hugh, manca solo una settimana al tuo matrimonio e se dovesse succedere qualcosa a te, ma soprattutto a lei, il conte farà mettere le nostre teste su dei pali sui bastioni. E questo dopo che tua madre ci avrà scuoiati vivi".

"Mi prenderò cura di lui", disse lei sorridendo.

Avevano trascinato una cassa vuota fino alla cesta e Hugh la aiutò a salire. Mentre quelli a terra si preparavano a liberare le corde, Grace si appoggiò al lato e si guardò intorno. Fitte funi e reti di corda si alzavano dai lati della cesta, fissandola al pallone sopra di loro. Una nave volante.

Pensò all'ultima volta che era stata in quella cesta. Esausta per la corsa nei torbidi vicoli di Anversa. Stordita e straziata alla vista del corpo assassinato di suo padre. Aveva paura per la sua stessa vita. Strappata da tutto ciò che aveva sempre conosciuto e spinta verso un futuro sconosciuto.

Grace chiuse gli occhi e passò le mani sulle pareti di vimini e sull'allacciatura di cuoio. Lasciò che le sue dita tracciassero i motivi intrecciati, ricordando l'oscurità e la speranza, che andava via via diminuendo, di respirare aria fresca, di vedere la luce del giorno o di uscire da quella che era arrivata ad accettare come la sua bara.

Il braccio di Hugh la circondò. "Andiamo?"

Lei gli sorrise e annuì.

Quando le corde furono sciolte, Darby li salutò e gli altri lanciarono un grido. Il cesto si alzò dolcemente e in un attimo la chiesa in rovina, la collina e i campi divennero sempre più piccoli e distanti. Stavano navigando verso il sole, il pallone si alzava sopra i cottage, gli stagni e i prati. Gli animali nei loro recinti sembravano giocattoli. Tutto intorno, il mondo era una trapunta patchwork di verde e di tonalità della terra. Un fiume serpeggiava tra prati e foreste.

Lei strinse le braccia intorno a Hugh e lui si chinò a baciarla.

Un tempo questo cesto era stato una bara, un veicolo di oscurità, miseria e morte. Ora non più. Ora era un uccello in volo, che trasportava Grace e l'uomo che amava in un futuro cristallino di luce, vita e gioia.

"Guarda", disse Hugh, indicando.

In lontananza, oltre un'ampia foresta verde, circondata da un lago dalle acque scintillanti, un castello fiabesco si ergeva per accoglierli.

Baronsford, la sua casa.

Grazie per aver letto *Il Mio Amante Scozzese*. Se ti è piaciuto, ti prego di lasciare una recensione online.

Inoltre, visita il nostro sito web per conoscere la nostra libreria online. Lì troverai ebook a prezzi vantaggiosi, edizioni stampate autografate e versioni audiobook dei nostri libri. Grazie.

E assicurati di dare un'occhiata al prossimo libro di questa serie, *Il Dolce Natale delle Highlands*, finalista al RITA© Award.

Freya Sutherland è una zia disperata che cerca di mantenere la custodia della sua giovane e precoce nipote, Ella, anche se questo significa sposarsi per sicurezza invece che per amore.

Il capitano Gregory Pennington non desidera altro che tornare a casa in tempo per Natale, ma gli viene chiesto di scortare alcuni viaggiatori dalle Highlands ai Borders.

I suoi progetti futuri non includono una moglie e un figlio e Freya ha delle responsabilità come tutrice di Ella. Con Ella che cospira per farli incontrare, Penn e Freya potrebbero vivere una piccola magia natalizia.

Nota dell'autore

Come in tutti i nostri romanzi, anche in *Il Mio Amante Scozzese* abbiamo cercato di descrivere un luogo e un'epoca in modo da mescolare il reale e l'immaginario in modo divertente.

Il caso di Jean Campbell è stato un famoso caso giudiziario scozzese avvenuto nel 1817. Le terribili condizioni degli irlandesi nella loro patria e l'ignoranza e la discriminazione che dovettero affrontare come immigrati in Scozia, Inghilterra e America sono state ben documentate. La disastrosa campagna britannica della Guerra Peninsulare, con le sue orrende perdite di vite umane, era molto reale. E l'uso di spie per la raccolta di informazioni, che esisteva all'epoca, è continuato fino ai giorni nostri.

Il lato positivo è che i pionieri del volo erano persone come il nostro Hugh Pennington. All'epoca della nostra storia, l'"età dell'oro" del volo in mongolfiera era appena iniziata. Per il suo prezioso aiuto nella ricerca sui palloni aerostatici, vorremmo ringraziare il Dr. Tom Crouch, curatore senior del Dipartimento di Aeronautica dello Smithsonian National Air and Space Museum. Se abbiamo commesso qualche errore, non dare la colpa a Tom.

Nota dell'autore

Molti dei nostri lettori di vecchia data ricorderanno i genitori di Hugh Pennington, Millicent e Lyon, in *Sogni Presi in Prestito*. In effetti, *Il Mio Amante Scozzese* è uno dei dieci romanzi e novelle che compongono la serie multigenerazionale della famiglia Pennington.

Se hai dell'interesse, ecco l'elenco completo:

La Promessa (*USA Today* Bestseller) - In fuga per la sua vita in un viaggio disperato verso l'America, Rebecca Neville promette alla moglie morente del Conte di Stanmore di crescere e prendersi cura del figlio appena nato, James. Dieci anni dopo, il conte di Stanmore viene a sapere del bambino. Invia nelle colonie il suo giovane erede in modo da poterlo crescere come un pari del regno. Con nessuna intenzione di rinunciare al suo voto, Rebecca torna in Inghilterra con James per affrontare un futuro senza il suo amato figlio, ma deve anche affrontare il suo tumultuoso passato.

Il Ribelle - Jane Purefoy, figlia di un magistrato inglese, assume le sembianze del famigerato ribelle irlandese Egan e guida una banda segreta di rivoluzionari contro la brutalità delle truppe coloniali. Sir Nicholas Spencer si sta recando in Irlanda per corteggiare la sorella minore di Jane. Quando si imbatte in Egan, Sir Nicholas smaschera il leggendario ribelle e scopre Jane. Ammaliato da lei, decide di mantenere il suo segreto e si imbarca in un rischioso piano di seduzione che getterà la famiglia di lei nel caos, il paese nella ribellione e il suo cuore in preda a un amore che non potrà mai essere.

Sogni Presi in Prestito (*RT Award for Best British-Set Historical*) - Spinta a rimediare al male causato dal marito defunto e a dover affrontare la rovina finanziaria, Millicent Wentworth deve contrarre un matrimonio di convenienza con il famigerato "Signore dello Scandalo" Lyon Pennington, il Conte di Aytoun. Lyon è un uomo devastato da un tragico incidente che ha ucciso la sua prima moglie e lo ha lasciato gravemente ferito. Pieno di disperazione, si lascia convincere con riluttanza a partecipare a un matrimonio indesiderato. Una nuova versione de "La Bella e la Bestia".

Sogni Catturati - Portia Edwards è disposta a tutto pur di ritrovare la famiglia che non ha mai conosciuto. E quando incontra il mercante Pierce Pennington - il fratello minore di Lyon Pennington - Portia ha l'occasione perfetta per chiedergli aiuto. Ma il suo orgoglio testardo la fa tacere. Questo fino a quando non riconosce la sua forte attrazione per l'uomo coraggioso che, di notte, è conosciuto come il famigerato Capitano MacHeath, che contrabbanda armi via mare sotto la coltre delle tenebre, tutto in nome della libertà...

Sogni del Destino - Ferito dallo scandalo e dall'omicidio irrisolto di sua cognata, David Pennington è esteriormente insolente e arrogante. Ma nulla gli impedisce di accompagnare la sua amica d'infanzia, Gwyneth Douglas, in Scozia per salvare l'ereditiera scozzese dai cacciatori di dote. Ma il loro arrivo in Scozia comporta un terribile pericolo. Ora, se sperano di soddisfare desideri a lungo nascosti, dovranno sventare il male che minaccia di distruggere le loro vite...

Il Mio Amante Scozzese - Hugh Pennington, un eroe delle guerre napoleoniche, è ora un vedovo addolorato con un desiderio di morte. Quando riceve una cassa attesa dal continente, rimane scioccato nel trovare all'interno una donna quasi morta. La sua identità è sconosciuta e la manciata di monete americane e il prezioso diamante cucito sul suo vestito non fanno che infittire il mistero. Grace Ware è una nemica della Corona inglese. Cercando di sfuggire agli assassini di suo padre, non si sarebbe mai aspettata che la sfortuna la depositasse nella casa di un aristocratico nei Borders scozzesi. Mentre si sforza di mantenere segreta la sua identità, un duello d'ingegno si trasforma rapidamente in passione e romanticismo... fino a quando il pericolo si presenta alle porte di Baronsford, minacciando di separare i due amanti o di distruggerli entrambi.

Il Dolce Natale delle Highlands (Finalista al RITA© Award) - Freya Sutherland è una zia disperata che cerca di mantenere la custodia della sua giovane e precoce nipote, Ella, anche se questo significa sposarsi per sicurezza invece che per amore. Il capitano Gregory Pennington, da poco in pensione, non desidera altro che tornare a casa in tempo per Natale, ma gli viene chiesto di scortare alcuni viaggiatori dalle Highlands ai Borders. I suoi piani non includono una moglie e un figlio, e Freya ha delle responsabilità come tutrice di Ella. Con Ella che cospira per farli incontrare, Penn e Freya potrebbero vivere un po' di magia natalizia.

Accadde Nelle Highlands - La vita di Lady Josephine Pennington fu quasi distrutta quando si diffusero voci sulla sua discutibile discendenza. Anni dopo, quando riceve un pacco dalle Highlands contenente gli schizzi di una donna molto simile a lei, Jo crede di aver trovato un indizio sull'identità della sua madre naturale. Quando il capitano Wynne Melfort fu costretto a porre fine al suo fidanzamento con Jo Pennington sedici anni fa, non avrebbe mai immaginato di rivederla. Ma soprattutto, non si aspettava che i sentimenti a lungo ritenuti morti sarebbero riaffiorati. Mentre si sforzano di svelare il mistero della sua nascita, Jo deve imparare a fidarsi di Wynne. E quando i segreti del passato iniziano a venire a galla, le forze del male non si fermeranno davanti a nulla per impedire a Jo di scoprire la verità e reclamare la sua eredità.

Insonne in Scozia - Lady Phoebe Pennington rischia la vita per smascherare i leader politici corrotti di Edimburgo, scendendo persino negli inferi della città. Una notte, poi, sfugge per poco alla morte e finisce tra le braccia del fratello della sua migliore amica assassinata. Il capitano Ian Bell è un uomo tormentato che sta lottando contro il dolore e il senso di colpa per la perdita di sua sorella e sta ancora dando la caccia al suo assassino. Il destino li ha fatti incontrare, ma la fiducia è sfuggente e il pericolo si nasconde nei vicoli bui della città. Phoebe è l'unica ad aver visto il volto dell'assassino della sua amica e le sinistre ombre del male sono più vicine di quanto lei e Ian immaginino.

Carissima Millie - Il futuro di Lady Millie Pennington sembra luminoso finché il destino non le riserva una tragica mano sotto forma di cancro. Dermot McKendry è un ex chirurgo della Royal Navy che è tornato per aprire un ospedale nelle Highlands. La Provvidenza li fa incontrare, ma le calamità della vita metteranno a dura prova il potere di guarigione del cuore umano.

Come Scaricare un Duca - Lady Taylor Fleming è un'ereditiera con un pretendente alle calcagna. Il suo piano passo dopo passo per scaricarlo è semplice. Ma il Duca di Bamberg non è affatto semplice. Taylor cerca di fuggire nel rifugio delle Highlands, ma i suoi piani si complicano quando il duca arriva alla sua porta e i suoi fedeli alleati la abbandonano. E anche con i piani migliori, le cose possono andare storte...

Un Principe Nella Dispensa - Il principe Timur Mirza, erede al trono persiano, è in missione diplomatica in Inghilterra per scegliere una sposa. Piuttosto che partecipare a un grande ballo, Timour desidera un'ultima notte di libertà. Pearl Smith è cresciuta nell'élite londinese. Ma un rovescio di fortuna ha fatto finire il padre nella prigione dei debitori e lei si è ridotta a lavorare come serva, vittima inconsapevole dell'invidia velenosa di un vecchio amico. Ma c'è magia nella luce della luna piena e l'amore può arrivare quando meno te lo aspetti...

E se ti interessa una storia d'amore di seconda opportunità con un colpo di scena, assicurati di dare un'occhiata a *Jane Austen Non Può Sposarsi!*

Come sempre, se ti è piaciuto *Il Mio Amante Scozzese,* ti invitiamo a lasciare una recensione online e a non perdere il prossimo libro di questa serie, *Il Dolce Natale delle Highlands* (finalista al RITA$_©$ Award), così come la storia di Jo in *Accadde Nelle Highlands*.

Infine, non dimenticare di visitare il sito web della nostra libreria online. Qui troverai ebook a prezzi vantaggiosi, edizioni stampate autografate e versioni audiobook dei nostri libri.

Grazie!

Informazioni Sugli Autori

Gli autori bestseller di *USA Today* Nikoo e Jim McGoldrick hanno realizzato oltre cinquanta romanzi dal ritmo incalzante e ricchi di conflitti, oltre a due opere di saggistica, con gli pseudonimi di May McGoldrick, Jan Coffey e Nik James.

Questi popolari e prolifici autori scrivono romanzi storici, suspense, gialli, western storici e romanzi per giovani adulti. Sono quattro volte finalisti del Rita Award e hanno vinto numerosi premi per la loro scrittura, tra cui il Daphne DuMaurier Award for Excellence, un Will Rogers Medallion, il *Romantic Times Magazine* Reviewers' Choice Award, tre NJRW Golden Leaf Award, due Holt Medallion e il Connecticut Press Club Award for Best Fiction. Le loro opere sono incluse nella collezione Popular Culture Library del National Museum of Scotland.

Also by May McGoldrick, Jan Coffey & Nik James

NOVELS BY MAY McGOLDRICK

16th Century Highlander Novels

A Midsummer Wedding *(novella)*

The Thistle and the Rose

Macpherson Brothers Trilogy

Angel of Skye (Book 1)

Heart of Gold (Book 2)

Beauty of the Mist (Book 3)

Macpherson Trilogy (Box Set)

The Intended

Flame

Tess and the Highlander

Highland Treasure Trilogy

The Dreamer (Book 1)

The Enchantress (Book 2)

The Firebrand (Book 3)

Highland Treasure Trilogy Box Set

Scottish Relic Trilogy

Much Ado About Highlanders (Book 1)

Taming the Highlander (Book 2)

Tempest in the Highlands (Book 3)

Scottish Relic Trilogy Box Set

Love and Mayhem

18th Century Novels

Secret Vows

The Promise (Pennington Family)

The Rebel

Secret Vows Box Set

Scottish Dream Trilogy (Pennington Family)

Borrowed Dreams (Book 1)

Captured Dreams (Book 2)

Dreams of Destiny (Book 3)

Scottish Dream Trilogy Box Set

Regency and 19th Century Novels

Pennington Regency-Era Series

Romancing the Scot

It Happened in the Highlands

Sweet Home Highland Christmas (*novella*)

Sleepless in Scotland

Dearest Millie (*novella*)

How to Ditch a Duke (*novella*)

A Prince in the Pantry (*novella*)

Regency Novella Collection

Royal Highlander Series

Highland Crown

Highland Jewel

Highland Sword

Ghost of the Thames

Contemporary Romance & Fantasy

Jane Austen CANNOT Marry

Erase Me

Tropical Kiss

Aquarian

Thanksgiving in Connecticut

Made in Heaven

NONFICTION

Marriage of Minds: Collaborative Writing

Step Write Up: Writing Exercises for 21st Century

NOVELS BY JAN COFFEY

Romantic Suspense & Mystery

Trust Me Once

Twice Burned

Triple Threat

Fourth Victim

Five in a Row

Silent Waters

Cross Wired

The Janus Effect

The Puppet Master

Blind Eye

Road Kill

Mercy (novella)

When the Mirror Cracks

Omid's Shadow

Erase Me

NOVELS BY NIK JAMES

Caleb Marlowe Westerns

High Country Justice

Bullets and Silver

The Winter Road

Silver Trail Christmas

www.ingramcontent.com/pod-product-compliance
Lightning Source LLC
Chambersburg PA
CBHW031254120726
47906CB00003B/740